HORST ECKERT

NACHT DER VERRÄTER

THRILLER

WILHELM HEYNE VERLAG
MÜNCHEN

Der Verlag behält sich die Verwertung der urheberrechtlich geschützten Inhalte dieses Werkes für Zwecke des Text- und Data-Minings nach § 44 b UrhG ausdrücklich vor. Jegliche unbefugte Nutzung ist hiermit ausgeschlossen.

Penguin Random House Verlagsgruppe FSC® N001967

2. Auflage
Originalausgabe 09/2024
Copyright © 2024 by Horst Eckert
Copyright © 2024 dieser Ausgabe
by Wilhelm Heyne Verlag, München,
in der Penguin Random House Verlagsgruppe GmbH,
Neumarkter Str. 28, 81673 München
Redaktion: Lars Zwickies
Umschlaggestaltung: t.mutzenbach design unter Verwendung
von Motiven von Trevillion Images (Silas Manhood),
Shutterstock.com (Impixmart)
Satz: Uhl + Massopust, Aalen
Druck und Bindung: GGP Media GmbH, Pößneck
Printed in Germany
ISBN: 978-3-453-42941-3

www.heyne.de

TEIL EINS

VLISSINGEN

*Hate was just a legend
And war was never known.*

(Neil Young, »Cortez the Killer«)

1.

Drei Tage vor ihrem Verschwinden machte seine Frau eine Bemerkung, die Max Bauer danach noch mehrfach durch den Kopf gehen würde.

Es war ein Mittwoch im Mai, früher Nachmittag, und sie hatten gerade nach einem kurzen Strandurlaub im niederländischen Domburg den Rückweg in den Düsseldorfer Alltag angetreten. Ihre Tochter, die hinten im Kindersitz festgeschnallt war und auf ihrem Tablet einen animierten Märchenfilm verfolgte, schniefte zum wiederholten Mal. Julia wandte sich zu ihr um und putzte dem Engel ausführlich die Nase.

Emilias dritter Geburtstag stand bevor, nächste Woche war es so weit. Julia und Max hatten sich noch nicht geeinigt, wie sie ihn feiern würden. Ihre Vorstellungen gingen etwas auseinander.

Julia blickte durch die Heckscheibe.

Fast tonlos sagte sie: »Jemand verfolgt uns.«

2.

Max tat, als nehme er ihre Besorgnis ernst. Er hatte gelernt, dass dies am besten für den Frieden war. Für seinen und ihren. Und Julia verdiente es, mit besonderer Aufmerksamkeit behandelt zu werden.

In einer dunklen Zeit der Verzweiflung war sie sein Licht gewesen.

Man sagte, dass Zeit alle Wunden heilte.

Julias Liebe tat es auf jeden Fall.

Max hatte sie vor einem Jahr in der Praxis eines Landarztes in Brandenburg kennengelernt, wo sie damals als Arzthelferin arbeitete. Alles tat ihm weh, und er hatte sicher einen erbärmlichen Anblick geboten. Ihren mitfühlenden Blick, als sie seine Schürfwunden versorgte, würde er nie vergessen.

Ketzin an der Havel.

Die Radtour, zu der er aufgebrochen war, hatten ihm seine Brüder eingeredet. Weil es ihm nach Klinikaufenthalt und Reha kaum besser gegangen war, verordneten sie ihm einen Tapetenwechsel. Kauften kurzerhand das Bahnticket und buchten ihm ein Hotel, in dem man Bikes für Touren ins Grüne mieten konnte.

Schon beim ersten Ausflug war es geschehen. Ein unbefestigter Weg in idyllischer Landschaft. Baumwurzeln und zu hohes Tempo. Und sicher auch mangelnde Fitness nach Monaten ohne Sport.

Von seiner damaligen Unfähigkeit, sich zu konzentrieren, ganz zu schweigen.

Er hatte sich sofort in Julias Augen verliebt. In ihre sanften Hände und die warme Stimme. Ihr Hamburger Dialekt war nicht zu überhören. Er fand das reizvoll.

Mit den Wunden heilte auch der Rest.

Sie gingen jeden Abend miteinander aus. Schließlich gestand er ihr seine »Liebe dritten Grades«, eine Formulierung aus einem Rocksong, den er mochte. Und sie erklärte, dass sie ebenso empfand.

Julia war der Mensch, mit dem er den Rest seines Lebens verbringen wollte.

Er würde alles für sie und ihre Tochter tun.

»Der weiße Toyota«, ergänzte sie jetzt.

3.

Max blickte in den Rückspiegel und staunte, dass Julia die Marke auf die Entfernung erkannte.

»Schon seit Domburg«, behauptete sie.

Vor ihnen tauchte ein Kreisverkehr auf. Dahinter der Ortseingang von Meliskerke. Max wählte die dritte Abfahrt statt der zweiten. Sie kurvten im Zickzack durch ein Wohngebiet voller Einbahnstraßen, menschenleer und aufgeräumt.

Niemand folgte ihnen mehr.

Das Navi berechnete die Route neu.

Max hätte gern gewusst, worin Julias Gefühl, verfolgt zu werden, begründet lag. Ein schlimmes Erlebnis? Litt sie ebenfalls unter einem Trauma? Er konnte darüber nur spekulieren.

Julia sprach nie über ihre Vergangenheit.

Als hätte die Zeit vor ihrem Kennenlernen nicht existiert.

Max hatte also beschlossen, dass es nur die Gegenwart und eine Zukunft gab. Fragen stellte er nicht mehr. Er akzeptierte Julia, wie sie war.

Sie akzeptierte ihn ja auch.

Am anderen Ende des Ortes fand er zurück zu der Route, die auf die Autobahn und nach Vlissingen führte.

Julia wandte sich erneut ihrer Tochter zu und plauderte ein paar Worte mit ihr. Max wusste, dass sie dabei den nachfolgenden Verkehr beobachtete. Endlich drehte sie sich wieder um, machte es sich im Beifahrersitz bequem und entspannte sich. Sie strich ihm über den Oberschenkel, als wolle sie ihre Dankbarkeit ausdrücken.

Max blickte in den Rückspiegel. Emilia war nach wie vor von ihrem Tablet gefesselt.

»Alles safe«, sagte Max.

»Sorry«, entgegnete Julia. »Musik?«

Leise sagte er: »Alles, bloß nicht Stups.«

»O ja!«, rief Emilia von hinten. »Bitte, Mami! Stups, der kleine Osterhase!«

Sie lachten.

Julia schob eine CD in den Player. Die Red Hot Chili Peppers ertönten aus den Lautsprechern. Ein Rocksong, den er ebenfalls mochte.

Marry me, girl, be my fairy to the world ...

»Danke, Schatz«, sagte Max.

Er checkte den Verkehr. Sie waren Teil einer schier endlosen Kette von Fahrzeugen. Unmittelbar hinter ihnen fuhr ein blauer Transporter mit niederländischem Kennzeichen. Ein schwarzer Mercedes folgte als Nächstes.

Vom weißen Toyota war nichts mehr zu sehen.

4.

Der gemeinsame Hafen von Vlissingen und Terneuzen nannte sich *Zeeland Seaports* und galt als der drittgrößte der Niederlande. Ringsum Industrieanlagen, zylinderförmige Tanks, Schlote bis zum Horizont. Dazwischen Windräder, die träge rotierten.

Max konnte einen Blick aufs Wasser erhaschen.

Kräne am Ufer, Containerschiffe.

Hier war er noch nie gewesen. Die Adresse hatte ihm sein Onkel genannt. Max befolgte die Anweisungen des Navis. Zur Rechten erstreckten sich Maschendrahtzaun und Stacheldraht. Die Straße schien nicht enden zu wollen.

»Muss ich am Samstag wirklich zu dieser Party gehen?«, fragte Julia unvermittelt.

Sie meinte den vierzigsten Geburtstag, den Robert, sein ältester Bruder, feiern würde. Im neuerworbenen Zuhause der Familie. Also zugleich die House-Warming-Party.

Jede Menge Verwandtschaft würde kommen. Freunde und Bekannte mit zahlreichen Kindern. Und natürlich Roberts Kollegen aus der Altstadtwache.

Mit denen Max zum großen Teil ebenfalls noch gearbeitet hatte.

Bis sein altes Leben in einem Feuerball aufgegangen war.

»Schatz, du musst gar nichts«, antwortete er.

»Aber du bist mir böse, wenn ich nicht mitkomme.«

»Nein, bin ich nicht. Die Entscheidung liegt ganz bei dir.«

Er spürte, wie ihr Blick auf ihm ruhte.

Julia wusste, dass sie nicht nur Robert, sondern die gesamte Familie brüskieren würde, wenn sie nicht zur Party erschien. Mehrfach hatten sie das diskutiert. Alle würden sich fragen, was los war.

Robert glaubte ohnehin schon, Julia hätte etwas gegen ihn.

Das Navi meldete: *Sie haben Ihr Ziel erreicht.*

Max hielt vor der Einfahrt zum Gelände. Das Tor war verschlossen. Dahinter stand eine Lagerhalle. Max stieg aus, um eine Klingel zu suchen.

Im selben Moment tauchte bereits ein Typ in blauer Arbeitskleidung auf und öffnete. Die Scharniere quietschten. Der Weg war frei.

Max fuhr auf die Halle zu und parkte den Volvo-Kombi vor der Rampe. Ein breites Rolltor rumpelte nach oben. Ein zweiter Blaumann zog etwas auf einem Hubwagen an den Rand der Rampe.

Zwei große Kartons.

Max wusste, was sie enthielten. Hi-End-Gitarrenverstärker made in USA, fabrikfrisch per Frachter eingetroffen. Hochpreisige Röhrengeräte, jeweils mit zwei erstklassigen Zwölf-Zoll-Lautsprechern in Holzboxen verbaut.

Sein Onkel hatte ihn gebeten, ihm die edlen Teile mitzubringen, denn auf eins davon wartete bereits ein Kunde, ein Hobbygitarrist im Rentenalter, für den Geld keine Rolle spielte. Den zweiten Verstärker würde Onkel Albert erst einmal behalten und in seinem Musikhaus im Düsseldorfer Stadtteil Reisholz ausstellen.

Wenn du dich im Wettbewerb behaupten willst, darfst du nicht bloß Dutzendware vorrätig halten, hatte Albert erklärt. Mit Premiumgeräten beeindruckst du die Kundschaft und verführst sie, ein teureres Gerät zu kaufen als geplant.

Max freute sich, seinem Onkel einen Gefallen tun zu können.

Es hieß, das Geschäft laufe derzeit nicht so gut.

Um Platz zu schaffen, nahm Max den himmelblauen Trolley aus dem Kofferraum und schob ihn neben Emilia auf den Rücksitz. Daraufhin verstauten die Lagerarbeiter die beiden Verstärker.

Einer der Arbeiter sagte etwas auf Niederländisch und hielt Max ein Klemmbrett mit dem Lieferschein hin. Max unterschrieb. Der andere schlurfte zum Tor.

Max startete den Motor.

Kurz darauf erreichten sie die Autobahn.

»Okay«, sagte Julia unvermittelt. »Weil es dir wichtig ist.«

»Was?«, fragte Max.

»Roberts Vierzigster. Ich komme mit.«

Max fiel ein Stein vom Herzen. Sie war bereit, über ihren Schatten zu springen. Er bedankte sich.

»Dafür gibst du bei der anderen Sache nach.«

»Emilias Geburtstag?«

»Nur ein kleiner Kreis. Ihre Freundinnen aus der Kita mit deren Eltern.«

»Ruben!«, rief Emilia von hinten.

»Auf jeden Fall«, bestätigte Julia.

»Nicht meine Brüder?«

»Und erst recht nicht deren missratene Kinder.«

Eine Ehe besteht aus Kompromissen, dachte Max.

Und Julia war jeden einzelnen wert.

5.

Max lud seine Familie zu Hause ab und fuhr zum Geschäft seines Onkels.

Music Point befand sich in einem Gewerbegebiet nahe des Rheins, zwischen einem Händler für Bodenbeläge und einer Druckerei. Er nahm die Durchfahrt zum Hof, wo die Kundenparkplätze waren, und hielt vor dem Eingang. Ein paar Autos parkten hier, darunter der Ford Mustang seines mittleren Bruders André, Polizeibeamter wie er und in der Wache Benrath tätig.

André erwartete ihn bereits und half ihm mit den Kisten.

Max staunte, wie schwer sie waren.

»Was machst du hier?«, fragte er. »Wo ist Onkel Albert?«

»Verhindert.«

Drinnen riss André die Kartons auf. Er strich anerkennend über die schwarze Stoffbespannung mit dem aufgedruckten Logo.

»Technik vom Feinsten«, sagte er. »Hundert Prozent Handarbeit. Das kann der Ami noch.«

Max hörte Gitarrenklänge aus dem vorderen Teil des Ladens. Mehrere Akustikklampfen schrammelten die

Akkordbegleitung zur Melodie von »The House of the Rising Sun«. Es handelte sich um den Anfänger-Workshop von Martin Übelreuther, den alle nur Frodo nannten.

Frodo war Profimusiker, Max' Vorbild an der E-Gitarre, und arbeitete samstags im Verkauf. Nach Ladenschluss durfte er die Räumlichkeiten für seine Kurse nutzen. Die Teilnehmer waren potenzielle Kunden, hoffte Albert.

Max fiel ein, wie er vor fast zwanzig Jahren das Gitarrenspiel gelernt hatte. Hunderte Male die gleichen Griffe geübt, bis sie saßen.

»Albert lässt dich grüßen«, sagte André. »Er ist dir sehr dankbar.«

»Der kleine Umweg war nicht der Rede wert«, beteuerte Max.

»Hast du etwas Schriftliches bekommen?«

Max reichte ihm den Durchschlag des Lieferscheins.

»Wenn ich deine kaputten Hände sehe, geht mir jedes Mal ein Schauer über den Rücken«, sagte sein Bruder.

Max ließ das dünne Papier los und trat einen Schritt zurück. Er hielt die Bemerkung seines Bruders für wenig taktvoll. Seine Beweglichkeit war längst wiederhergestellt. Nur die Narben würden für immer bleiben.

»Sorry«, sagte André.

»Nein, sieht ja wirklich nicht schön aus.«

»Tut es noch manchmal weh?«

»Nein, nicht mehr.«

Sieben Transplantationen hatte Max über sich ergehen lassen. Auch an den Beinen. Am Strand von Domburg hatte er seine Hosen anbehalten, um keine komischen Blicke zu ernten.

»Alles gut«, ergänzte er.

André ging zum Schreibtisch, um den Durchschlag abzuheften. Max entdeckte die Kaffeekanne, nahm sich einen Bürobecher und füllte ihn. Dabei fiel sein Blick auf die Zeitung, die auf dem Tisch lag.

Das große Foto – ein Mann, den man abführte.

Max erkannte ihn sofort.

Es war der Irre, dem er die Narben verdankte.

Der Bericht kündigte den Prozessauftakt gegen Lutz Meyer vor dem Landgericht an. Endlich – Max hatte nie verstanden, warum sich die Ermittlungen so lange hinzogen.

André wollte ihm die Zeitung wegnehmen.

Doch Max bestand darauf, den Artikel zu lesen, obwohl er den Sachverhalt längst kannte. Der Irre hatte die Wohnung seiner Mutter in ein Lager für Lebensmittel und Alltagsgegenstände verwandelt, um für den Zusammenbruch der Zivilisation, den er für unausweichlich hielt, vorbereitet zu sein. Außerdem waren bei ihm mehrere Pistolen gefunden worden. Jede Menge Munition. Und Flaschen voller Benzin – ein beachtliches Arsenal an Molotowcocktails.

Lutz Meyer wurde als Prepper bezeichnet.

Die Anklage lautete auf zweifachen Mord und Mordversuch.

Max schauderte. Das Opfer des versuchten Mordes

war er gewesen. Nur durch Zufall hatte er überlebt. Mit zitternden Händen legte er die Zeitung zurück. Er fand, dass der harmlose Begriff *Prepper* dem Irren nicht gerecht wurde.

»Geh nicht hin«, sagte André.

»Ich werde ohnehin in ein paar Tagen aussagen müssen.«

»Ist das nötig?«

»Ich steh das durch. Hauptsache, der Arsch kommt ins Gefängnis.«

André lachte. »In Russland wäre er schon längst im Arbeitslager vergammelt.«

Am anderen Ende des Verkaufsraums stimmte Frodo Übelreuther ein Stück der Beatles an. Seine Kursteilnehmer zupften die Akkorde. Es klang noch etwas holprig.

»Mir geht's gut«, wiederholte Max. »Keine Sorge, Bro.«

6.

Nach dem Abendessen holte Max die Familienalben hervor. Emilia blätterte in rascher Geschwindigkeit und drückte ihren Zeigefinger auf jedes Foto. Bilder aus Max' Kindheit. Emilia sah sie nicht zum ersten Mal.

»Das ist Oma Anne. Das ist Papi.«

Sie fegte das Trennblatt aus Pergamin zur Seite.

»Vorsicht, Emilia!«, mahnte Julia.

»Ja, Mami«, antwortete der kleine Engel und patschte auf den nächsten Abzug. »Das ist Opa. Er war ein Held. Papi, was ist ein Held?«

Max setzte zu einer Erklärung an. »Jemand, der etwas Mutiges tut, um anderen zu helfen.«

Emilia machte weiter, ohne nachzufragen. Sie tippte auf ein Bild, das Max, André und Robert zeigte. Sie waren zwölf, vierzehn und sechzehn und trugen identische Fortuna-Trikots.

»Das ist Papi mit Onkel Robert und Onkel André.«

Nur bei einer Aufnahme konnte sie keinen Namen zuordnen.

»Tante Teresa«, half Max. »Die Mama von Robert und André.«

»Warum küsst Opa Tante Teresa und nicht Oma Anne?«

Max und Julia wechselten Blicke. Jetzt wurde es kompliziert. Und sicherlich irritierend für das Gemüt eines kleinen Kindes. Max versuchte es trotzdem mit der Wahrheit.

»Weil er zuerst mit meiner Mutter verheiratet war und dann mit Tante Teresa.«

»Ist er auch der Papa von Onkel Robert und Onkel André?«

»Nein, die waren da schon auf der Welt. Aber er war wie ein Papa für sie.«

Max sah seiner Tochter an, dass es in ihrem Köpfchen arbeitete. Auch sie war schon auf der Welt gewesen, als er und Julia sich kennenlernten. Ihren leiblichen Vater kannte sie nicht.

Eins von Julias Geheimnissen.

Emilia kannte nur einen Papa, und das war Max.

Und für ihn war sie die Tochter, die er wie auch Julia über alles liebte.

»Emilia ist müde«, sagte er. »Ich bringe dich ins Bett.«

»Nein, Mami soll mich bringen!«

Max lachte, denn er hatte diese Reaktion vorausgesehen. Der kleine Engel befand sich eindeutig in einer Mami-Phase.

Julia führte ihre Tochter ins Kinderzimmer. Erfahrungsgemäß dauerte die Prozedur eine Weile. Max verstaute die Fotoalben sowie diverse Bilderbücher, die herumlagen, dann räumte er in der Küche auf.

Nach einer halben Stunde kehrte Julia zurück. Max hatte eine Flasche Rotwein entkorkt. Julia goss sich ebenfalls ein Glas ein und setzte sich zu ihm aufs Sofa.

»Dass mein Vater ein Held war, muss sie von Robert haben«, sagte Max.

»Wie war er denn so?«

»Mein Papa?«

»Ja.«

»Erzählst du mir dann auch von deinem Vater?«

Selbst Julias Eltern gehörten zur Tabuzone Vergangenheit. Max wusste nicht einmal, ob sie noch lebten. Die Hochzeit hatten sie ausschließlich mit seinen Leuten gefeiert.

Julia lächelte traurig. »Sicher werde ich dir von ihm erzählen. Und von meiner Mama. Irgendwann.«

7.

Geräusche auf der Straße weckten Max. Das Grölen von Jugendlichen und Klirren von Flaschen. Doch Max konnte nicht sauer sein. Er war auch einmal jung und wild gewesen.

Max erkannte, dass Julia in ihrer Hälfte des Betts aufrecht saß, die Knie umklammert, den Blick auf ihn gerichtet. Er fragte sich, was sie wach hielt.

»Wir bleiben am Samstag nicht lang«, sagte er. »Nur kurz Flagge zeigen. Und es ist völlig okay, wenn wir nächste Woche Millis Geburtstag im kleinen Kreis feiern.«

Sie nahm seine Hand.

»Du bist so anders als deine sogenannten Brüder«, sagte sie. »Zum Glück.«

»Schade, dass du sie nicht leiden kannst.«

»›Nicht leiden können‹, ist zu viel gesagt.«

»Aber?«

»Ist dir schon mal aufgefallen, wie ungehobelt die Kinder von Robert und André sind? Sie haben etwas Brutales an sich.«

»Es sind Kinder!«

»Aber nicht der richtige Umgang für Emilia. Sorry. Kann deine Mutter unsere Tochter zu sich nehmen, solange wir bei Robert sind?«

»Ich werde sie fragen. Sicher macht sie das gern.«

Ihre Hand drückte seine.

Dann schmiegte sie sich an ihn, und er schlang den Arm um sie. Ihr Kopf lag auf seiner Schulter, ihre Hand auf seiner Brust. Häufig schliefen sie so ein.

»Wie war dein Vater?«, fragte sie.

»Er war nicht oft da. Aber ich habe ihn als ziemlich streng in Erinnerung. Und ich weiß noch, dass ich ständig versucht habe, ihm zu gefallen. Ordentlich sein, gut in der Schule, aufessen, stark sein, das ganze Oldschool-Programm.«

»Das kenne ich.«

»Soweit ich zurückdenken kann, war Papa stets der große Zampano. Stand immer im Mittelpunkt. Die Leute haben ihn vergöttert.«

»Zum Glück bist du anders. Ich liebe dich für deine ruhige Art. Du musst kein Gott sein und kein Held.«

»Für meine Brüder und mich war er das große Vorbild.«

»Ich finde es schräg, dass du Robert und André als deine Brüder bezeichnest.«

»Wieso? Irgendwie sind sie es doch.«

»Manchmal scheint es, als nehmen sie dich nicht ganz für voll.«

»Meinst du?«

»Ja, und das kränkt mich dann.«

Sie übertreibt, dachte er. Seine Brüder waren nun mal die Älteren und hatten ihn als den Kleinen unter ihre Fittiche genommen. Auch später, als er ihnen in den Polizeidienst folgte. Max hatte das stets als normal empfunden.

Teresas erster Mann war in jungen Jahren bei einem Verkehrsunfall gestorben. Sie lebte mit ihren Söhnen in der Nachbarschaft. Dass Max' Vater mit Teresa schlief, hatte keiner geahnt, bis er überraschend bei ihr einzog. Und bald begann Max, die Wochenenden bei seinem Papa und dessen neuer Familie zu verbringen.

»Die Trennung damals«, sagte Julia. »Wie hat Anne das eigentlich weggesteckt?«

Max konnte sich an keinen Krach erinnern, kein böses Wort. Sie hatte alles stoisch hingenommen. Er hatte sogar den Verdacht gehabt, dass seine Mutter selbst eine Affäre hatte.

Jedenfalls kam es ihr gelegen, ihn am Wochenende los zu sein.

Max zog die Schultern hoch. »Das musst du sie selbst fragen«, antwortete er. »Von einem Drama habe ich nie etwas mitbekommen. Papa war nicht einmal richtig weg. Er ist bloß in die Nachbarschaft gezogen.«

»Wehe, du machst ihm das nach!«

Max lachte. »Wie könnte ich! Du bist die Einzige und die Beste!«

Sie küssten sich.

»Ich bin so glücklich, dass es dich gibt«, flüsterte seine Frau.

8.

Als am nächsten Vormittag der Angeklagte den Saal betrat, fragte sich Max, ob er vielleicht auf André hätte hören sollen.

Geh nicht hin.

Doch da saß er bereits unter den Zuschauern. Rund um ihn waren fast alle Plätze belegt. Medienvertreter sowie neugierige Bürger, die meisten im Rentenalter. Man erinnerte sich auch nach achtzehn Monaten noch sehr lebhaft an die schreckliche Tat.

Fotografen belagerten die Anklagebank. Lutz Meyer verbarg seinen Kopf hinter einem aufgeklappten Aktendeckel. Zwei Anwälte flankierten ihn. Stapelweise packten sie Unterlagen auf den Tisch.

Max erkannte einige Gesichter auf der Bank der Nebenkläger wieder. Familienangehörige von Elif, der toten Kollegin, sowie des Feuerwehrmanns, der sie begleitet hatte, um die Wohnungstür zu öffnen. Max nickte ihnen einen Gruß zu.

Er hatte darauf verzichtet, sich wie sie der Anklage der Staatsanwaltschaft anzuschließen. Er fühlte sich nicht befugt für die Rolle als Nebenkläger. Was war sein

Schicksal schon gegen den Verlust, den diese Leute erlitten hatten?

Aber er wollte, dass Meyer sich erklärte.

Dass er seine Tat bereute.

Und dass die Strafkammer die besondere Schwere der Schuld feststellte und man ihn für den Rest seines Lebens wegsperrte.

Die Richter und Schöffinnen betraten den Saal. Auch Max erhob sich von seinem Stuhl. Die Fotografen zogen ab. Der Angeklagte nahm den grauen Aktendeckel runter. Wer nicht wusste, was Meyer getan hatte, musste ihn für einen harmlosen Durchschnittstypen halten. Sein Gesicht zeigte keine Regung.

Der sogenannte Prepper wirkte unbeteiligt.

Ein paar Falten um die starren Mundwinkel. Grau meliertes Haar, im Nacken zum Pferdeschwanz gebunden. Ein Sakko, das eine Nummer zu groß war. Möglicherweise hatte Meyer in der U-Haft abgenommen.

Rasch entspann sich zwischen den Anwälten, dem Staatsanwalt und der Vorsitzenden Richterin ein Gepläkel um Formalien. Max verstand den Sinn nicht ganz, obwohl er glaubte, ein wenig Ahnung vom Strafrecht zu haben.

Max bereute, dass er sich für dieses Theater freigenommen hatte. Demnächst würde er ohnehin in den Zeugenstand treten müssen. Bald verlor er den Faden und hing seinen eigenen Gedanken nach. Im Groben kannte er den Stand der Ermittlungen. Ein Kollege von der Kripo hatte ihm Teile der Akte zugespielt.

Für Max war der Angeklagte ein glasklarer Soziopath. Einer, der keine Regeln gelten ließ und ohne Empathie über Leichen ging. Der den Staat ablehnte und dessen Repräsentanten hasste.

Vermutlich war ihm sogar seine verstorbene Mutter egal gewesen.

Während ihre Leiche im Schlafzimmer verweste, hatte Meyer ihre Wohnung zur Festung ausgebaut. Dass gegen ihn ein Haftbefehl vorlag, weil die Bezahlung einer Geldstrafe wegen Körperverletzung ausstand, hatte man Max und Elif nicht mitgeteilt. Sie waren dem Auftrag der Leitstelle gefolgt, ohne selbst noch einmal alles abzuklären.

Auch dafür fühlte sich Max schuldig.

Die Vermieterin hatte die Polizei gerufen, weil der Briefkasten der alten Frau Meyer seit Wochen überquoll. Alles deutete darauf hin, dass Max und seine Partnerin auf eine hilflose Person stoßen würden, um die sich dringend ein Notarzt kümmern sollte.

Oder auf eine Verstorbene.

Max erinnerte sich daran, dass Elif und er sich unterwegs über ihre unappetitlichsten Leichenfunde unterhalten hatten. Gestank und Maden. Ein Kellerloch voller Fliegen. Ein Typ mit blau angelaufenem Gesicht, dicker Zunge und heruntergelassenen Hosen, der es beim autoerotischen Strangulieren übertrieben hatte.

Mit dem Sohn der alten Frau hatten sie nicht gerechnet.

Nicht damit, dass er sie ohne Vorwarnung angreifen würde.

Max spürte ein Zittern, als ihn die Erinnerung überkam. Meyer, wie er die Tür aufriss, Benzin verschüttete und einen Molotowcocktail warf, der Elif und den Mann von der Feuerwehr von einem Augenblick auf den anderen in lebende Fackeln verwandelte.

Wie sie hinunter auf die Straße rannten und sich schreiend auf dem Asphalt wälzten. Max, wie er die eigenen Verletzungen ignorierte und versuchte, mit seiner Jacke die Flammen zu ersticken.

Er schloss die Augen und vergrub das Gesicht in den Händen.

Dann vertagte die Vorsitzende Richterin die Verhandlung auf den nächsten Tag. Die Anwälte packten zufrieden ein. Meyer grinste. Die Justizbeamten führten ihn ab.

Max ließ sich mit dem Strom der Zuschauer aus dem Saal und durch das Foyer ins Freie treiben. Dort blieb er orientierungslos stehen.

Er atmete tief durch und schlug schließlich den Weg zur Straßenbahn ein.

Seine Aussage vor Gericht war für den übernächsten Freitag terminiert worden. Er fragte sich, wie er das meistern sollte.

Der Sohn des Helden war ein Wrack.

9.

Zu Hause überraschte Julia ihn mit einem Geschenk. Sie zog einen Karton aus der orangefarbenen Tasche eines Modekaufhauses, das an der Königsallee lag.

»Für den besten Ehemann von allen«, sagte sie feierlich.

»Ja, ist denn schon Weihnachten?«, zitierte Max eine TV-Werbung aus seiner Kindheit.

»Mach auf!«

»Das habe ich nicht verdient!«

Sie strahlte ihn wortlos an.

Er hob den Deckel ab. Der Inhalt war in Seidenpapier eingeschlagen. Es war ein Hemd. Die dünne Baumwolle fühlte sich in seinen Händen herrlich weich an.

»Sicher schweineteuer.«

»Heruntergesetzt im Pre-Sale.«

Es war türkisfarben und hatte ein auffälliges Blütenmuster.

Wunderschön, wenn auch für seinen Geschmack zu bunt.

Wann sollte er so etwas tragen?

Julia schien Gedanken lesen zu können. »Das ist für

die Party. Wenn wir zu Robert und Birte gehen. Mein schöner Mann soll auch ein schönes Hemd tragen.«

Max umarmte seine Frau und bedankte sich.

Doch er war sich nicht sicher, ob er das zum Gartenfest der Familie anziehen konnte.

Er würde auffallen wie ein Pfau.

10.

Während er das Abendessen zubereitete, dachte Max an seine Brüder, die streng genommen nicht seine Brüder waren. Die sich als Russen bezeichneten, ohne welche zu sein.

Albert und Teresa waren tatsächlich im Süden Sibiriens aufgewachsen. In den Neunzigern waren sie als Russlanddeutsche ausgesiedelt. Die Regierung Helmut Kohls hatte ihnen die Tore geöffnet, weil man sich einen Zuzug treuer Wähler erhoffte. Zumindest im Fall von Albert und Teresa war das Kalkül aufgegangen. Konservativer als die beiden konnte man kaum sein.

Im Rückblick empfand Max es als Bereicherung, dass ihm die Trennung seiner Eltern eine neue Welt erschlossen hatte. Vieles wurde in Teresas Haushalt anders gehandhabt. Das Essen, die Umgangsformen. Und sein Vater wurde selbst ein halber Russe, wie er manchmal im Spaß bemerkte.

Max hatte auch noch den Vater von Teresa und Albert kennengelernt, der mit hartem Akzent kuriose Geschichten erzählte. Von einer schier endlosen Bahnfahrt im Viehwaggon nach Osten. Von Hunger und Kälte. Die

Episode von den Krähen, die im Winter erfroren vom Himmel fielen und unverhofft rettende Nahrung boten, hatte sich Max besonders eingeprägt.

Erst viel später hatte er den historischen Zusammenhang recherchiert. Kaiser Joseph hatte Siedler aus dem Saarland nach Galizien abgeworben, das damals zu Österreich gehörte. Die Nazis lockten sie wiederum nach Polen, um einen ganzen Landstrich »deutsch« zu machen. Die Russen verschleppten sie schließlich gegen Kriegsende in einen Landstrich, der heute zu Kasachstan gehörte.

Sie galten als Faschisten. Deutsch sprachen sie nur, wenn sie unter sich waren. Sie lebten in ständiger Furcht, im Gulag zu landen, was das Todesurteil gewesen wäre.

Max erinnerte sich, dass der alte Mann oft belächelt worden war, wenn er seinen Erinnerungen nachhing. Heute tat es ihm leid, dass er nie nachgefragt hatte. Wart ihr wirklich Nazis? Wie habt ihr Sibirien überlebt?

Wenn sich Robert und André als Russen bezeichneten, taten sie das auch, weil sie nach der Ankunft im Rheinland noch lange als Fremde behandelt worden waren.

Max tat es vor allem als ironische Attitüde ab.

Sie beherrschten weder Russlands Sprache noch Schrift und hatten vom Land keine Ahnung. Eigentlich ging es ihnen nur um die korrekte Wodka-Marke.

Baikal, Beluga, Stolichnaya.

Und sie fanden, einer wie Putin würde Deutschland guttun.

Für Julia ein Grund, den Brüdern aus dem Weg zu gehen.

Max hoffte, die Aversion würde sich legen. Vielleicht könnte die Party den Weg dazu ebnen. Die Familie sollte zusammenhalten, fand Max.

Vor dem Einschlafen berichtete Max seiner Frau von dem Besuch im Gericht. Wie heftig ihn seine Erinnerung attackiert hatte. Max erwähnte seine Gewissensbisse.

Hätte er anstelle von Elif die Klingel gedrückt, würde sie noch leben.

Monatelang hatte er sich deshalb schuldig gefühlt.

Und sich gewünscht, ebenfalls tot zu sein.

»Sag mir, Julia, warum bin ich nicht darüber hinweg?«

Sie strich mit dem Finger über seinen Handrücken. »Ich bin froh, dass du nicht den Helden spielst. Lebend mag ich dich lieber.«

Er gab Julia einen Kuss.

»Du weißt gar nicht, wie wichtig du für mich bist«, sagte sie.

Plötzlich fiel Licht in den Raum.

Emilia stand in der Tür. Barfuß in ihrem Pyjama mit dem Einhorn auf dem Bauch.

»Ich kann nicht schlafen«, quengelte sie. »Meine Augen sind noch auf.«

Max knipste die Lampe auf dem Nachtkästchen an und blickte auf die Uhr. Er fragte sich, ob Emilia wegen des vermeintlichen Verfolgers von neulich beunruhigt war.

Er stieg aus dem Bett.

»Nein!« Emilia stampfte auf. »Mami soll!«

Julia strich ihm im Vorbeigehen über den Rücken und lachte. »Nicht eifersüchtig sein, mein Schatz. Die Phase geht vorbei.«

11.

Als Max und Julia eintrafen, war das Fest bereits in vollem Gang. Beim Grill im Garten hatten sich zahlreiche Kollegen versammelt, weshalb es Max zuerst dorthin zog. Julia schloss sich unterdessen einer Hausbesichtigung an, die Roberts Frau Birte anführte.

»Schickes Shirt«, begrüßte Robert ihn und grinste spöttisch.

»Mir gefällt's«, verteidigte Max das Geschenk, das Julia ihm gemacht hatte.

»Alles gut. Ich weiß ja, dass du nicht schwul bist.«

André und die anderen empfingen ihn mit gewohnter Herzlichkeit. Umarmungen, High five. Offenbar waren nicht alle auf dem aktuellen Stand, was seine Tätigkeit in der Behörde anbelangte. Man bedrängte ihn mit Fragen.

»Schon eine ganze Weile arbeite ich wieder«, erklärte Max. »Innendienst.«

»Führungsstelle Direktion GE«, fügte Robert hinzu.

Die anderen nickten. Max stellte sich vor, was ihnen durch den Kopf ging. Der bemitleidenswerte Psycho versucht, ins Leben zurückzufinden. Weil er nicht mehr für die Straße taugt, lässt man ihn Büroklammern biegen und Akten abstauben.

Natürlich war da etwas dran.

Weil das psychologische Gutachten empfahl, ihn dort zu verwenden, wo keine überraschende Situation sein Trauma triggern konnte, hatte man ihn in den Innendienst gesteckt. Direktion Gefahrenabwehr und Einsatzangelegenheiten. Aber zur eigentlichen Gefahrenabwehr taugte er nicht mehr.

Nicht einmal zum Telefondienst in der Leitstelle. Ein Notruf könnte seine seelische Verletzung triggern. Die Psychologin hatte das Schreiben schon aufgesetzt, bevor sie ihn zum Gespräch bat.

Kein ganzer Kerl, dachte Max. Nett, dass die Kollegen es sich nicht anmerken lassen.

»Wie ist Priebe so aus der Nähe?«, fragte eine Kommissarin, die er nur vom Sehen kannte.

Sie meinte den Chef der Direktion, die Nummer vier der Behördenleitung.

»Bis jetzt kann ich nichts Negatives sagen«, antwortete Max. »Und euer neuer PI-Leiter? Wird das Rad jetzt neu erfunden?«

»Ganz okay.«

»Immerhin hält er uns die internen Ermittler vom Leib«, sagte Timo, dessen kleiner Sohn ihm am Bein hing und schüchtern jeden Blickkontakt mit den Erwachsenen vermied.

»Die internen Ermittler? Was wollen die von euch?«

»Haben es auf Mirko abgesehen«, antwortete Robert.

Weil Max fragend schaute, schob er eine Erklärung hinterher: »Hat wohl mal ein Asservat falsch deklariert. Muss sich jetzt einen Anwalt nehmen.«

»So schlimm?«

Die Kollegin warf ein: »Wen die mal am Haken haben…«

Timo sagte: »Sie behandeln uns, als sei die gesamte Wache eine kriminelle Vereinigung. Vor allem Mirkos Einsatztrupp Präsenz und Intervention. Aber Robert hat dem neuen PI-Leiter klargemacht, wie er den Laden am besten zusammenhält.«

»Indem er zu euch steht«, sagte Max.

»Themenwechsel«, ordnete Robert an.

Die Kollegen begannen, leidenschaftlich über die polizeifeindliche Stimmung im Land zu schimpfen. Vermeintliche Übergriffe von Beamten würden hochgespielt. Die Medien bliesen Bagatellen zu Skandalen auf. Grüne und Linke schwadronierten von strukturellem Rassismus. Plötzlich gelte jeder, der eine Uniform trug, als tumber Schläger.

Auch auf die Landesregierung sei kein Verlass. Das Kriminalkommissariat für Beamtendelikte tobe sich in blindem Aktionismus aus. Es war aufgestockt worden. Man hatte auswärtige Leute geschickt, die unvoreingenommen arbeiten sollten.

Kollegen, die gegen Kollegen ermittelten.

Max fragte sich, wie sein Vater sie genannt hätte.

Ehrlose Verräter, Abschaum ohne Anstand.

»Schreibtischtäter ohne jede Ahnung, was auf der Straße los ist«, sagte André, was noch mild klang.

Max fragte sich, wann ihn seine Brüder ebenfalls so einsortieren würden.

Robert winkte ab. »Themenwechsel, hab ich gesagt.«

Timo ging in die Hocke und sprach seinen Jungen an. »Willst du nicht mit den anderen Kindern spielen?«

Der Kleine schüttelte den Kopf und klammerte sich noch fester an den Papa.

Birte brachte eine Platte mit rohen marinierten Steaks aus dem Haus. Offenbar war die Besichtigung abgeschlossen. Teresa und Onkel Albert folgten mit großen Schüsseln, die sie auf dem Gartentisch neben den gestapelten Tellern und den Papierservietten abstellten.

Der Kartoffelsalat sah gut aus. Max spürte Appetit.

Julia eilte herbei.

Sie wirkte unruhig, wie Max auffiel.

Als hätte sie etwas auf dem Herzen.

12.

Birte beschwerte sich: »Warum glüht das noch nicht? Wozu steht ihr Männer hier herum?«

Der Grill war eine große Kugel aus schwarz emailliertem Stahl, der Deckel aufgeklappt, nur ein dünner Rauchfaden stieg daraus auf. Timo fühlte sich angesprochen, griff nach einer Flasche mit Flüssiganzünder und schüttete etwas davon über die Kohle.

Flammen schossen hoch.

Max schreckte zurück.

Timo wiederholte das Spiel mit einem ganzen Schwall aus der Flasche. Gerade noch rechtzeitig brachte er sich vor dem fauchenden Feuerball in Sicherheit und lachte sichtlich verlegen.

»Spinnst du?«, fuhr Julia ihn an. »Was soll der Scheiß?«

Sie nahm Max in den Arm.

Robert nahm dem Kollegen die Flasche ab.

»War sicher keine Absicht«, beteuerte er stellvertretend für ihn. »Komm schon, Timo, entschuldige dich. Du weißt genau, dass Max das nicht abkann!«

»Sorry«, murmelte der Angesprochene. »Hab ich ganz vergessen.«

»Immerhin stimmt nun die Hitze«, sagte Birte und begann, das Fleisch auf den Rost zu legen.

Das Brutzeln der Steaks erinnerte Max daran, was der Molotowcocktail des sogenannten Preppers mit seiner Haut angestellt hatte. Und mit Elif und dem Feuerwehrmann.

Max registrierte den Blick, den Birte ihm zuwarf.

Als hätte *er* den Aufruhr verursacht.

»Geht's wieder?«, fragte Julia leise.

»Ja, danke.«

»Was ich dich fragen wollte: Weißt du, wo deine Mutter mit Emilia hinwollte?«

»Nein, warum?«

»Ich kann sie nicht erreichen. Weder mobil noch übers Festnetz.«

»Emilia ist in guten Händen. Mach dir keine Sorgen.«

Julia widersprach nicht, wirkte aber immer noch beunruhigt.

»Was hast du, Schatz?«, fragte er.

Julia schüttelte nur den Kopf.

Sie nahm ihr Handy ans Ohr. Offenbar versuchte sie erneut, Anne zu erreichen.

Im nächsten Moment war Julia aus seinem Blickfeld verschwunden.

13.

Nachdem Max eine Kleinigkeit gegessen hatte, ging er ins Haus, um nach Julia zu sehen. Vielleicht wünschte sie, vorzeitig zu gehen. Er hatte es ihr angeboten.

Durch die Terrassentür gelangte er in eine großzügig geschnittene Wohnküche. Es roch nach frischer Farbe, Teile der Einrichtung waren nagelneu. Unter der Decke hingen zwei Luftballons in Form von Ziffern, die eine *40* bildeten.

Auf dem Sofa unterhielt sich Onkel Albert mit einem Mann, den Max zum ersten Mal sah. Er war schlank und muskulös, etwa fünfzig Jahre alt, vielleicht auch sechzig. Das Gesicht voller grauer Bartstoppeln, das Kopfhaar ebenso kurz und grau.

»Hey, schickes Hemd«, rief Albert ihm zu.

»Danke.«

»Danke noch mal für die Lieferung aus Vlissingen neulich!«

Der Grauhaarige streckte seine Rechte aus. Der Handrücken war tätowiert. Eine Stimme wie tiefes Gurgeln.

»Birol Güler.«

Max ergriff die Hand. »Freut mich. Max Bauer.«

Birol fielen offenbar die Brandnarben auf.

»Was ist passiert?«, fragte er.

»Das war im Dienst. Angriff auf Einsatzkräfte. Besser verheilt, als es aussieht.«

Der Graue nickte verständnisvoll.

Max wandte sich an Albert. »Seit wann arbeitet André in deinem Laden?«

»Er hat mich nur wegen eines Arzttermins vertreten.«

Max lachte. »Seit wann gehst du zu Ärzten?«

»Nichts Ernstes, nur ein Routine-Check.«

»Ich würde gern mal auf dem neuen Verstärker spielen.«

Albert zwinkerte. »Soll ich dir was verraten, Max? Es heißt doch, nicht die Gitarre macht den Sound.«

»Sondern der Amp.«

»Sagt man. Aber auch der ist es nicht. Weder das Instrument noch die Anlage, und sei sie noch so teuer. Es bist in erster Linie du selbst. Deine Finger, deine Technik. Was du mit den Saiten anstellst.«

Max musste grinsen. »Erzähl das bloß nicht deinen Kunden. Sonst laufen sie alle zu Frodos Kurs, und du verkaufst nichts mehr!«

Albert lachte aus vollem Herzen. »Komm vorbei, wann immer du magst, und schließ deine Gitarre an. Lass hören, was du draufhast!«

»Mach ich«, antwortete Max. Dann fragte er die beiden Männer: »Habt ihr Julia gesehen?«

Albert schüttelte den Kopf.

Birol zuckte mit den Schultern. Er kannte sie nicht einmal.

Max sah überall nach, selbst auf den Toiletten.
Draußen tobten die Kinder um den kleinen Pool. Eine ruppige Bande. Sie warfen Timos Jungen ins Wasser, der heulend herauskletterte und bei seinem Vater Schutz suchte.
Max musste an Emilia denken.
Vielleicht war es tatsächlich besser, dass sie nicht hier war.
Er stieß auf Robert, der ihm ebenfalls nicht sagen konnte, wo Julia geblieben war.
Schließlich versuchte er es telefonisch bei seiner Frau, erreichte aber nur ihre Mailbox. Max beschloss, noch einmal durch das Haus zu streifen, und begegnete André. Der hatte Julia zuletzt bei dem Zwischenfall mit dem flüssigen Grillanzünder gesehen.
Das war jetzt mehr als eine halbe Stunde her.
Max fragte Birte, Teresa und etliche weitere Gäste. Eine Bekannte hatte gesehen, wie Julia telefonierte. Aber auch das lag schon eine Weile zurück.
Er konnte nicht glauben, dass seine Frau heimlich abgehauen war. Also unternahm er einen noch gründlicheren Rundgang durch das Haus. Es war ihm peinlich, immer wieder nach Julia zu rufen, aber er wusste sich nicht anders zu helfen. Er öffnete sogar die Tür zum Elternschlafzimmer.
Vergeblich.

War seine Frau gegangen, ohne jemandem Bescheid zu sagen?

Max checkte sein Handy. Keine WhatsApp oder SMS. Nichts auf Messenger. Er versuchte noch einmal, Julia anzurufen. Er schrieb ihr eine Nachricht und starrte eine halbe Ewigkeit auf das Display, doch die Antwort blieb aus.

Irritiert verabschiedete sich Max von den Gastgebern und trat den Heimweg an.

14.

Bevor Max losfuhr, dachte er nach. Wie sollte seine Frau ohne Auto von hier wegkommen? Er wusste, dass Büttgen einen Bahnhof besaß. Sicher gab es eine S-Bahn-Verbindung nach Düsseldorf.

Wenn er Glück hatte, wartete Julia noch auf den Zug.

Keine zwei Minuten später hielt er im Ortszentrum auf einer Fläche, die als Bushaltestelle diente, und lief durch das kleine Bahngebäude zu den Gleisen. Er konnte alles überblicken und erkannte sofort, dass Julia nicht da war.

Also zurück zum Auto.

Er kreuzte noch einmal durch die Siedlung, in der Robert und Birte wohnten. Vielleicht hatte sich Julia auf der Party, zu der er sie überredet hatte, unwohl gefühlt und schlenderte jetzt durch die Gegend, um ein wenig allein zu sein.

Max ließ seinen Blick wandern. Hinter ihm hupte es. Dann übersah er eine Frau mit Lastenfahrrad, der er die Vorfahrt raubte und die ihm gerade noch ausweichen konnte. Sein Herz klopfte. Wieder gelangte er an den Bahnhof.

Vielleicht war Julia erst jetzt hier angekommen.

Er sah die Rücklichter der S8 nach Düsseldorf.

Beide Bahnsteige menschenleer.

Max setzte sich erneut in seinen Volvo und rief bei Robert an. Birte ging ans Telefon.

Während seiner Abwesenheit war Julia nicht wiederaufgetaucht.

»Ich habe alle Leute gefragt«, sagte Birte, die sich offenbar ebenfalls sorgte. »In der letzten Stunde hat niemand sie gesehen.«

Max bedankte sich und fuhr los.

Auf dem Weg zur Autobahn bemerkte er im Rückspiegel einen weißen Toyota.

Jetzt bloß nicht paranoid werden, ermahnte Max sich.

Zwanzig Minuten später parkte er seinen Wagen in Düsseldorf-Bilk vor dem Haus, in dem er seit Jahresanfang mit Frau und Kind lebte, stürmte die drei Stockwerke nach oben und schloss in banger Erwartung die Wohnungstür auf.

»Julia!«, rief er, während er den Fuß über die Schwelle setzte.

Wo sollte sie sonst sein, dachte er.

15.

Rasch erkannte er, dass seine Frau nicht zu Hause war. Alles sah aus wie am frühen Nachmittag. Im Wohnzimmer brannte noch das Lämpchen am Gitarrenverstärker. Max schaltete ihn aus. In die Küche hatte in den letzten Stunden niemand einen Fuß gesetzt, zumindest wirkte sie immer noch genauso wie zu dem Zeitpunkt, als sie die Wohnung verlassen hatten.

Das Schlafzimmer bot ein anderes Bild.

Die Schranktüren standen offen. Eine Schublade war herausgezogen. Ein Strumpf lag auf dem Boden.

Max dachte zuerst, jemand wäre eingebrochen.

Doch dann wäre die Wohnungstür nicht abgeschlossen gewesen.

Im Schrank hingen etliche leere Bügel. Die geöffnete Schublade war fast vollständig ausgeräumt. Der hellblaue Koffer, mit dem sie neulich ans Meer gereist waren und den sie für gewöhnlich unter dem Bett aufbewahrten, fehlte.

Im Badezimmer vermisste Max den Kulturbeutel seiner Frau sowie einige Sachen, die sonst auf dem Bord unter dem Spiegel standen.

Sie ist hier gewesen, dachte er.

Und hat in Eile gepackt.

Max durchstöberte die Wohnung auf der Suche nach einer Nachricht. Aber da war nichts, auch nicht auf dem Handy. Immerhin hat Julia hinter sich abgeschlossen, dachte er bitter.

Was war in sie gefahren?

Wieder rief er sie an. Inzwischen rechnete er nicht mehr damit, dass sie sich meldete. Zum ersten Mal sprach er auf ihre Mailbox.

»Was ist los, Julia? Wo steckst du? Gib mir Bescheid, falls ich dir helfen kann. Wir machen uns Sorgen!«

Ratlos betrachtete er sein Handy.

Wo könnte Julia sein? Warum hatte sie ihm nicht verraten, was sie vorhatte?

So hatte er sie noch nie erlebt.

Plötzlich schrillte der Klingelton.

Max drückte die Taste und nahm das Handy ans Ohr.

»Julia!«, rief er voller Zuversicht.

16.

»Bist du's, Max?«

Es war die Stimme seiner Mutter. Er versuchte, sich seine Enttäuschung nicht anhören zu lassen. »Julia hat versucht, dich zu erreichen«, sagte er.

»Ich weiß. Sieben Anrufe in Abwesenheit. Ist sie da?«

»Nein.«

»Weißt du, was sie wollte?«

»Warum bist du nicht rangegangen?«

»Wir waren im Aquazoo. Dort war wohl zeitweise kein Empfang.«

»Ist Emilia bei dir?«

»Natürlich, was meinst du denn?«

»Kannst du sie mir bringen? Ich will jetzt nicht weg. Für den Fall, dass Julia aufkreuzt.«

»Was ist los?«

»Erklär ich dir gleich.«

Eigentlich eine Lüge, dachte Max, denn er hatte keine Erklärung.

Anne versprach, mit ihrer Enkelin in zehn Minuten da zu sein.

Max lief durch das Treppenhaus und klingelte an jeder Tür. Die meisten Nachbarn reagierten nicht oder waren nicht da. Einmal glaubte Max, Musik zu hören, doch niemand öffnete.

Der alte Herr im Erdgeschoss, der auch zu Hause Krawatte trug, gab an, dass er Julia an diesem Nachmittag nicht gesehen habe.

Die Dame gegenüber machte zunächst einen etwas verwirrten Eindruck.

»Sind Sie nicht der Polizist, der neu im Haus ist?«

»Seit fünf Monaten. Dritter Stock. Mit Frau und Tochter.«

»Ihre Frau habe ich gesehen. Gestern, als ich die Zeitung hereingeholt habe.«

»Und heute? So vor einer Stunde?«

»Nein, tut mir leid.«

Max bedankte sich.

Im selben Moment hörte er die Klingel oben in seiner Wohnung. Seine Mutter stand mit Emilia vor dem Haus. Max ließ sie herein.

17.

Seine Tochter war müde und wollte sich tragen lassen.

»Wo ist Mami?«, fragte sie, als sie in der Wohnung ankamen.

»Kommt später nach Hause.«

Er setzte sie vor das Anna-und-Elsa-Puzzle, das sie am Vortag begonnen hatte. Weil sie nicht gleich loslegte, schob er ihr auch einen Karton voller Saurier- und Drachenfiguren hin, damit sie sich selbst beschäftigte. Dann machte er Kaffee.

»Schickes Hemd«, sagte seine Mutter.

»Fang du nicht auch noch damit an.«

»Was hast du? Es gefällt mir, ehrlich. Endlich mal Farbe!«

»Hast du eine Ahnung, wo Julia sein könnte?«

Anne schüttelte ratlos den Kopf.

»Gibst du mir mal dein Handy?«, fragte Max.

Zögernd reichte sie es ihm.

Ihm war klar, dass sie ihm etwas verheimlichte.

Er rief die Liste der Anrufe auf.

Über einen Zeitraum von mehr als vierzig Minuten hinweg hatte Julia es mehrfach bei Anne versucht. Einmal hatte sie ihr auch auf die Mailbox gesprochen. Der letzte Eintrag war seine eigene Festnetznummer. Also hatte Julia auch aus der Wohnung angerufen.

Exakt eine Stunde war das her.

»Du hattest im Aquazoo keinen Empfang?«, fragte Max.

»Genau.«

»Fast eine Dreiviertelstunde lang? Mama, das glaube ich dir nicht.«

Sie schwieg und wich seinem Blick aus.

»Du hattest das Handy gar nicht dabei, stimmt's?«

»Okay, ich hab's vergessen. Sei nicht sauer.«

Seine Mutter war eine Meisterin der kleinen Lüge. Vor allem Julia bestand stets darauf, dass Anne ihr Handy mit sich führte, wenn sie sich um die Kleine kümmerte. Um sie jederzeit erreichen zu können.

»Schon gut«, sagte er. »Ist halb so wild.«

Max fragte sich, was Julia von seiner Mutter gewollt hatte.

Er checkte ihren Anruf auf der Mailbox.

Anne, wo steckst du gerade? Hier ist Julia. Kannst du Emilia nach Hause bringen? Ich bin in einer Viertelstunde da. Ich hoffe, du hörst das bis dahin. Also, danke, bis gleich!

Max blickte seine Mutter an.

Sie zuckte mit den Schultern.

Max rief Julias Nachricht noch einmal ab und konzentrierte sich auf den Klang ihrer Stimme. Es war, als stünde sie unter Strom. Der scharfe Ton passte nicht zu ihr.

Er tippte ein drittes Mal auf das Wiedergabesymbol und achtete auf die Hintergrundgeräusche.

Da war ein Rauschen und Brummen. Gleich darauf das leise Ticken eines Blinkers.

Julia hatte aus einem fahrenden Auto angerufen.

Woher verfügte sie über einen Wagen?

Max fühlte sich leer und erschöpft.

»Ich mach uns was zu essen«, sagte seine Mutter.

Später las Anne Bauer ihrer Enkelin etwas vor. Emilia war sichtlich nur mit halber Konzentration dabei. Sie spürte, dass etwas nicht stimmte, traute sich aber nicht, ein weiteres Mal nach ihrer Mami zu fragen.

Max rief unterdessen die Taxizentrale in Kaarst an, die auch für die Ortschaft Büttgen zuständig war. Danach versuchte er es bei den drei konkurrierenden Unternehmen in Düsseldorf. Überall die gleiche Antwort.

Keine Fahrt von Büttgen in den Düsseldorfer Stadtteil Bilk in der fraglichen Zeit.

Mit dem Taxi war sie also nicht unterwegs gewesen.

Max blickte auf die Uhr. Einmal mehr wählte er Julias Nummer.

Ohne Erfolg.

Emilia bestand darauf, auch heute von ihrer Mutter zu Bett gebracht zu werden. Sie begriff nicht, warum das nicht möglich war. Max fielen keine Ausflüchte ein. Seine Mutter schwieg betreten.

»Nur Mami darf!«, schrie Emilia und warf Spielzeug durch das Zimmer.

Max versuchte ruhig zu bleiben. Er redete leise auf Emilia ein. Er bot ihr Gummibärchen an. Eine Stunde später lag Emilia endlich mit geputzten Zähnen im Bett. Max setzte sich zu Anne, schloss die Augen und atmete tief durch.

Jetzt begann seine Mutter, Fragen zu stellen.

Erneut durchforstete Max seine Erinnerungen.

Nein, sie hatten nicht gestritten. Er hatte in letzter Zeit auch keine Veränderung an Julia bemerkt. Erst recht hatte es keine Andeutung gegeben, dass sie ihn verlassen wollte.

Eine absurde Vorstellung, fand Max.

Seine Mutter stimmte ihm zu.

»Morgen ist Julia wieder da«, sagte sie.

Die Umarmung zum Abschied fiel länger aus als üblich.

Kurz darauf schlurfte Emilia ins Zimmer. Vielleicht hatten die Worte auf dem Flur oder das Geräusch der Wohnungstür sie geweckt. Die Kleine schlang ihre Arme um Max.

»Mein Bauch tut weh«, klagte sie.

»Wo genau, mein Schatz?«

Emilia deutete auf ihren Nabel.

Er hielt sie fest, bis er fand, dass es nun wirklich Zeit war, schlafen zu gehen.

Emilia verlangte, dass er mit ihr kuschelte.

Als wolle sie sicherstellen, dass nicht auch der Papi sie verließ.

18.

Als er sicher war, dass seine Tochter tief schlummerte, schlich er ins Schlafzimmer hinüber. Er durchsuchte Julias Teil des Kleiderschranks und ihre Kommode, bis ihm klar wurde, dass er dadurch nicht erfahren würde, wo sie jetzt steckte. Ratlos schloss er sämtliche Türen und Schubladen und versuchte, Schlaf zu finden, was ihm irgendwann auch gelang.

Er träumte, dass Julias Verschwinden nur ein Traum war.

Noch während des Erwachens tastete er zu ihrer Hälfte des Bettes hinüber.

Die Leere schmerzte.

Kurz darauf kam Emilia zu ihm herein.

»Ich kann nicht schlafen«, sagte sie.

»Ich auch nicht.«

Der kleine Engel kletterte ins Bett und rollte sich neben ihm zusammen. Max strich über Emilias Haar. Sie hielt seine Hand fest.

»Holst du Mami zurück?«, fragte sie.

»Das werde ich tun, mein Liebling.«

»Versprichst du das?«

»Ja, versprochen.«

Sie verlangte, dass er zur Bekräftigung mit dem Finger drei Kreuze in ihre kleine Hand zeichnete. Er fragte sich, woher sie das hatte. Von Anne oder aus dem Kindergarten.

»Ich schwör's dir, Milli«, sagte Max. »Und jetzt schläfst du.«

»Ja, Papi.«

»Hab dich lieb.«

19.

Während des Frühstücks klingelte das Telefon. Max eilte zum Gerät, das in der Ladestation steckte.

»Ja, hallo!«, rief er hoffnungsfroh, denn natürlich würde sich Julia irgendwann melden – etwas anderes konnte sich Max nicht vorstellen.

Es war seine Mutter.

»Gibt's was Neues, mein Junge?«

»Nein.«

Sein Blick fiel aus dem Fenster auf die Dachterrasse des gegenüberliegenden Hauses. Die Frau, die dort wohnte, topfte etwas ein. Sie trug Schürze und Handschuhe wie ein professioneller Gärtner. Max glaubte sich zu erinnern, dass sie gestern schon auf ihrer Terrasse gewerkelt hatte.

»Gib mir Bescheid, sobald du etwas weißt«, sagte seine Mutter.

»Natürlich.«

»Falls ich dir helfen kann ...«

»Es wäre großartig, wenn du dich am Montagnachmittag um Emilia kümmern könntest.«

»Gern.«

»Du bist ein Schatz.«

»Ach was. Du weißt, wie sehr ich das Kind liebe.«

Max bedankte sich und legte auf.

Wie oft würde er noch mit klopfendem Herzen zum Telefon sprinten?

Wieder blickte er zur Nachbarin hinüber.

Sie war alleinerziehende Mutter, ihr vierjähriger Sohn Ruben ging wie Emilia in die Kita Zwergennest. Max versuchte vergeblich, sich an den Namen der Frau zu erinnern. Er wusste, dass Julia den Kontakt mit ihr pflegte.

Er wandte sich an seine Tochter, die gerade versuchte, ihrer Puppe auch noch eine vierte Jacke überzuziehen, als ginge es ins winterliche Sibirien.

»Milli, ich bin gleich wieder da.«

Die Kleine protestierte. Sie klammerte sich an ihn und heulte. Er beteuerte, in fünf Minuten zurück zu sein. Doch Emilia wollte ihn partout nicht gehen lassen.

Also nahm er sie mit.

Auf der Straße hielt er die Hand seiner Tochter fest und ging mit ihr hinüber. Beim Anblick der Klingelschilder erkannte Max den Namen der Nachbarin.

Castello.

Max drückte den Knopf.

»Gehen wir zu Ruben?«, fragte Emilia.

»Ich muss seine Mama etwas fragen.«

Die Nachbarin meldete sich aus der Gegensprechanlage. »Ja, hallo?«

»Max Bauer von gegenüber. Kann ich Sie kurz sprechen?«

Der Summer ertönte.

Oben wartete Frau Castello in der geöffneten Wohnungstür. Beim Anblick Emilias strahlte sie. Max fielen ihre makellosen Zähne auf. Mit ihrem kleinen Finger strich sie eine dunkle Haarsträhne hinter das Ohr.

»Haben Sie zufällig meine Frau gesehen?«, fragte Max. »Gestern Nachmittag?«

»Mami ist weg«, ergänzte Emilia, die zu seiner Verwunderung kein bisschen fremdelte.

Die Nachbarin bat sie hinein und zog ihre Arbeitshandschuhe aus. Ihr Sohn begrüßte Emilia und zeigte ihr sein Spielzeug. Eine Burg aus Legosteinen, an der er gerade baute.

Emilia fand die Unterhaltung der Erwachsenen interessanter.

»Waren wir neulich nicht schon beim Du?«, fragte Frau Castello.

»Max«, sagte er und streckte ihr die Hand hin.

»Ich weiß. Und ich heiße Pina. Falls du das auch vergessen hast.«

Hatte er. Was ihm peinlich war.

»Ja, ich habe sie gesehen«, ergänzte Pina.

»Wirklich?«

»Ich war den ganzen Tag draußen. Die Terrasse auf den Sommer vorbereiten. Eine Heidenarbeit, allein der Vogeldreck ...«

»Und?«

»Ich hab nur mitbekommen, wie Julia abgereist ist.«

»Abgereist?«

»Keine Ahnung. Ist sie das nicht? Es sah jedenfalls danach aus.«

»Erzähl weiter!«

Sie zögerte, als kapiere sie erst jetzt, dass etwas nicht stimmte.

»Sie war mit einem Auto unterwegs«, half Max ihr auf die Sprünge.

»Ja, es hat auf dem Radweg geparkt. Direkt vor der Haustür. Ich wurde aufmerksam, weil eine Radfahrerin laut geschimpft hat. Julia ging zu euch ins Haus und kam keine fünf Minuten später mit einem Koffer wieder zurück.«

»Und dann?«

»Dann sind sie weggefahren.«

»Sie?«

»Na ja, Julia und der Typ, der im Auto gewartet hat.«

»Hast du ihn gesehen?«

»Nur kurz, als er ihr geholfen hat, den Koffer zu verstauen.«

»Beschreib ihn mir!«

»Blond. Volles Haar. Jeans und dunkles T-Shirt. Kann auch ein Polo oder Kurzarmhemd gewesen sein. Von hier oben aus erkennt man nicht viel.«

»Wie alt?«

»Schwer zu sagen. Unser Alter, vielleicht auch vierzig oder etwas darüber.«

»Und das Auto?«

»Ein mittelgroßer SUV. Frag mich nicht nach der Marke.«

»Farbe?«

»Nichts Buntes. Eher grau oder cremefarben. Jedenfalls hell, aber nicht weiß.«

»Hat Julia den Wagen gefahren?«

»Nein, der Typ.«

Plötzlich fiel Max ein, wie Julia in den Niederlanden davon überzeugt gewesen war, dass ein Fahrzeug sie verfolgte.

»Ist sie freiwillig zu ihm eingestiegen?«, fragte er. »Welchen Eindruck hattest du?«

Pina blickte ihn irritiert an. Dann lächelte sie unsicher.

»Ist sie wirklich verreist, ohne dir etwas zu sagen?«

»Genau das ist passiert.«

»Und du hast keine Ahnung, warum?«

»Nicht die geringste.«

Die Nachbarin blickte ihn sorgenvoll an, als täte er ihr ernstlich leid.

»Also, Max, wie eine Entführung hat es nicht ausgesehen. Eher wie …«

»Was?«

»Na ja, eben freiwillig.«

20.

Das bedeutete noch lange nicht, dass Julia mit einem Liebhaber durchgebrannt war, dachte Max, als er mit Emilia auf die Straße trat.

Immerhin hatte Pina keinen Austausch von Zärtlichkeiten mit dem blonden Unbekannten beobachtet.

Natürlich gab es keinen anderen Mann in Julias Leben.

Dass es Pina wie eine freiwillige Abreise vorgekommen war, musste nichts bedeuten. Der Typ konnte Julia mit subtilen Mitteln gezwungen haben, ihn zu begleiten.

Max nahm seine Tochter bei der Hand.

Es war Sonntagvormittag. Tag zwei seit Julias Verschwinden.

Er musste etwas tun.

»Weißt du was?«, sagte er. »Wir fahren jetzt zu meiner früheren Wache.«

Die U72 brachte sie in die Heinrich-Heine-Allee.

Seit dem Vorfall mit dem sogenannten Prepper war Max nur noch sporadisch hier gewesen. Um Hallo zu sagen, als feststand, dass er nach seiner langen Krankschreibung nicht zurückkehren, sondern in den Innendienst im Präsidium wechseln würde. Und zur Weihnachtsfeier im vergangenen Jahr, zu der ihn Robert überredet hatte. Ein sinnloses Besäufnis.

Die alte Wirkungsstätte zu betreten, löste in Max gemischte Gefühle aus.

Der Kollege hinter dem Empfangstresen erkannte ihn, sprang auf und grüßte herzlich. Dann wandte er sich Emilia zu.

»Ja, wer bist denn du?«

Die Kleine blieb stumm und machte einen Schritt zurück.

»Meine Tochter«, erklärte Max.

»Ich wusste gar nicht, dass du …«

»Ich habe vor einem halben Jahr geheiratet.«

»Verstehe. Gratuliere. Alles wieder im Lot bei dir?«

»Wie man's nimmt. Meine Frau ist verschwunden.«

Der Kollege grinste. »Nach nur einem halben Jahr?«

»Das ist nicht komisch. Ich bin hier, um eine Vermisstenanzeige aufzugeben.«

»Verstehe.«

Max fragte nach Robert, doch der hatte dienstfrei.

Als Zweites fiel ihm Mirko ein.

Die Züge des Beamten hinter dem Tresen erstarrten.

»Was ist?«

»Der Mann ist suspendiert.«

Max erinnerte sich an den Ärger wegen der internen Ermittler. Auf der gestrigen Feier war das erwähnt worden. Falsch deklarierte Asservate oder etwas in der Art.

Max hätte nicht erwartet, dass dies solch ernste Folgen haben würde.

Er fragte nicht weiter nach, denn er hatte andere Sorgen.

»Timo?«

»Ja, der ist da«, sagte der Kollege und griff zum Hörer, sichtlich glücklich, Max eine positive Auskunft geben zu können.

Gleich darauf kam Timo nach vorn und führte Max und dessen Tochter in sein Büro.

»Du musst Emilia sein. Hab bereits viel von dir gehört!«

Emilia versteckte sich hinter Max.

»Keine Angst!« Timo lachte. »Hab einen Sohn in deinem Alter, der ist genauso schüchtern.«

Emilia reckte das Kinn und schob sich auf einen der Besucherstühle.

»Sorry noch mal wegen des Grillfeuers gestern«, sagte Timo.

»Julia ist verschwunden«, erwiderte Max.

»Du hast sie schon auf der Party vermisst.«

»Sie ist von dort abgehauen, ohne was zu sagen. Eine Nachbarin hat beobachtet, wie sie vor unserem Haus aus einem hellen SUV stieg und gleich darauf mit einem Koffer wiederkam. Das muss so gegen 16 Uhr gewesen sein. Seitdem habe ich kein Lebenszeichen mehr von ihr.«

Timo senkte die Stimme. »Hattet ihr Streit?«

»Wenn es nur so wäre! Nein, da war nichts. Gar nichts, wirklich! Es gibt keine Erklärung für ihr Abtauchen.«

»Und jetzt willst du Anzeige erstatten?«

»Ich weiß, dass wir da normalerweise nicht viel machen.«

»Mal sehen.« Timo bearbeitete seine Tastatur, um das entsprechende Formular aufzurufen. Beim Tippen fragte er: »Julia war im Vollbesitz ihrer geistigen und körperlichen Kräfte?«

»Du hast sie bei der Party erlebt.«

»Ja, das war sie.« Er tippte weiter. »Gibt es Anzeichen einer Gefahr für Leib und Leben? Braucht sie lebensnotwendige Medikamente, oder hat sie Suizidabsichten geäußert?«

»Nein. Weder noch.«

Timo hielt inne. »Deutet etwas auf ein Verbrechen hin? Irgendeine Gefährdungslage?«

»Der Typ, der sie gefahren hat, könnte …«

»Ein anderer Mann?«

»Ein Unbekannter.«

»Für dich, aber womöglich nicht für sie.«

»In den Niederlanden hat uns jemand verfolgt.«

»Wirklich?«

»Julia hatte den Eindruck.«

»Max, um ehrlich zu sein …«

»Timo, irgendetwas ist da los. Da geht es sicher nicht um eine Affäre!«

»Robert meint, deine Frau sei etwas eigenartig.«

»Wie bitte?«

»Dass sie dir nichts über ihre Vergangenheit erzählt hat. Wo sie aufgewachsen ist, wer ihre Eltern sind. Wer zum Beispiel Emilias Vater ist.«

Max strich seiner Tochter über den Kopf. »Das bin ich.«

»Ja, ist klar.«

»Ist nicht jeder von uns manchmal eigenartig?«, fragte Max schließlich zurück. »Soll ich mir deshalb keine Sorgen machen, wenn meine Frau von der Bildfläche verschwindet? Und komm mir jetzt bitte nicht damit, dass eine erwachsene Person ihren Aufenthaltsort frei wählen kann. Ich bin mir hundertprozentig sicher, dass Julia, falls sie frei wählen könnte, bei mir und Emilia wäre.«

Max hatte in seiner Erregung die Stimme gehoben, was ihm leidtat. Er wollte Timo auf seiner Seite haben, nicht gegen sich.

Der Kollege schien nachzudenken. Dann nickte er und fuhr damit fort, etwas in seinen Rechner einzugeben.

»Okay«, sagte er. »Du hast eine Nachbarin erwähnt.«

Max nannte in aller Ruhe den Namen und die Adresse von Pina Castello. Er glaubte zwar nicht, dass sie den Ermittlern mehr erzählen konnte als ihm, aber er war dankbar, dass Timo ihn ernst nahm.

Der Kollege schob ihm Stift und Zettel hin.

»Schreib mir Julias Nummer auf und den Mobilfunkbetreiber.«

»Willst du sie orten lassen? Dafür brauchst du die Genehmigung eines Richters.«

»Pass auf, Max, ich schreibe jetzt da rein, dass deine Frau akut suizidgefährdet ist, aber wir halten die Anzeige bis Montagmorgen zurück. Wenn sie sich dann immer noch nicht gemeldet hat, bekommen die Ermittler vom KK12 den Vorgang auf den Tisch. Die sind für so was zuständig, und aufgrund der Gefährdung werden sie das große Rad drehen. Du wirst sehen, dann geht alles ganz schnell. Okay?«

Max fiel ein Stein vom Herzen. Er bedankte sich.

»Keine Ursache, mein Lieber«, antwortete Timo. »Du weißt doch, dass du auf uns zählen kannst. Du wirst immer ein Teil unseres Teams bleiben.«

Darauf gaben sie sich die Hand.

Max war nicht allein.

Die Suche würde bald ein Ende haben.

21.

Den restlichen Tag lang versuchte Max, seine Tochter davon abzulenken, dass ihre Mutter fehlte. Sie nutzten das warme, trockene Wetter, spielten im nahe gelegenen Park und aßen Eis.

Am Nachmittag klingelte das Handy.

Aufgeregt zog Max es hervor, doch schon der Blick aufs Display verriet ihm, dass es nicht Julia war. Eine unterdrückte Nummer.

»KOK Brandstätter«, meldete sich eine Frauenstimme. »Spreche ich mit dem Kollegen Max Bauer?«

Eine Oberkommissarin der Kripo. Hatte Timo die Anzeige doch schon weitergeleitet? Gab es Informationen zu Julia?

War ihr etwas zugestoßen?

»Was gibt es?«, fragte Max zurück.

»Können wir das bei dir besprechen? Wann passt es dir?«

»Ich kann in zehn Minuten zu Hause sein.«

»Okay, bis gleich, Kollege.«

Max wischte Emilia mit der Serviette den Mund sauber, dann brachen sie auf. Der Anruf hatte die schlimmsten Ängste in ihm geweckt. Warum ließ ihn die Kollegin im Ungewissen?

Keine drei Minuten nach ihrer Rückkehr klingelte es an der Tür.

Sie waren zu zweit. Ein gemischtes Pärchen in Zivil. Sie in Max' Alter, er ein wenig älter. Der Mann streckte zuerst seine Hand aus.

»Dominik Roth. Das ist Kim Brandstätter. Können wir reinkommen?«

Die förmliche Frage fand Max unpassend. Ebenso, dass die Frau ihren Dienstausweis zückte. Als zweifle er daran, dass es sich um Kollegen handelte.

»KK11, Mordkommission«, fügte Roth hinzu.

Max spürte, wie seine Knie weich wurden. Er blickte sich nach Emilia um. Sie hatte sich in ihr Zimmer verzogen, die Tür war geschlossen. Vermutlich guckte sie schon wieder einen Film auf ihrem Tablet, aber das war Max in diesem Moment egal.

Sie nahmen im Wohnzimmer Platz.

Sein Herz raste. Alles in ihm verkrampfte sich.

»Was ist mit Julia?«, fragte Max.

Die beiden Kripo-Leute blickten sich an.

»Habt ihr sie gefunden?«, fragte Max noch einmal.

»Wovon sprichst du?«, wollte Brandstätter wissen.

»Meine Frau ist seit gestern verschwunden. Ich habe das vorhin angezeigt.«

»Die Leiche, wegen der wir ermitteln, ist männlich.«

Max fiel ein Stein vom Herzen.

Julia lebt.

Zugleich ärgerte er sich maßlos über das Pärchen von der Kripo. Wieso jagten sie ihm einen solchen Schrecken ein? Was wollten sie überhaupt von ihm?

»Du kennst den Toten«, sagte Brandstätter.

TEIL ZWEI

WO BIST DU?

*Do we have something
or nothing at all?*

(The Rolling Stones, »Tell Me Straight«)

22.

Die beiden Kripo-Leute gehörten dem Kommissariat für Tötungsdelikte an. Zu Zeiten seines Vaters hatte diese Dienststelle als besonders angesagt gegolten, wie Max wusste. Die interessantesten Fälle, die hellsten Köpfe im Team, schier unbegrenzte Mittel.

Heutzutage kämpfte das KK11 um Nachwuchs, lockte vergeblich mit Karriereversprechen und war chronisch unterbesetzt. Der Grund lag auf der Hand: Jeder Fall kam unverhofft und diktierte die Arbeitszeiten. Freizeitplanung und geregeltes Familienleben waren unmöglich.

Sicher waren Brandstätter und Roth seit dem frühen Morgen auf Achse. Kein Feierabend absehbar. Und das an einem Sonntag.

Das Gegenteil des Jobs, den Max nun versah.

Innendienst hatte auch Vorteile.

»Was kannst du uns über Martin Übelreuther erzählen?«, fragte Roth.

»Frodo?« Max konnte es nicht fassen. »Ist das euer Toter?«

»Komischer Spitzname.«

»Wegen seines runden Gesichts. Immer so vergnügt. Was ist mit ihm passiert?«

»Wir stellen die Fragen, und du erzählst einfach mal.«

»Jetzt spannt mich doch nicht auf die Folter!«

»Spurensicherung und Obduktion sind noch nicht abgeschlossen.«

»Sag einfach, was du über ihn weißt«, forderte Brandstätter ihn auf.

»Frodo ... Martin Überlreuther ist ... war Gitarrist. Hat als Profi in mehreren Bands gespielt. Kennt ihr Persolator? Oder The Guardians of World's End?«

Beide machten Notizen. Sprachen die sich nicht ab, wer fürs Protokoll zuständig war?

»In der Corona-Zeit hat mein Onkel Albert ihn über Wasser gehalten, indem er ihn in seinem Laden als Verkäufer angestellt hat. Obwohl es bei ihm selbst auch nicht so toll lief.«

»Sieh an. Albert König, der Wohltäter.«

»Ach was. Als Musiker war Frodo nun mal prädestiniert dafür, Instrumente und Verstärker zu verkaufen. Und die Teilnehmer von Frodos Workshops wurden automatisch Alberts Kunden.«

»Du stehst in Übelreuthers Telefonliste.«

Max zuckte mit den Schultern.

»Wie kommt das?«, fragte Roth. »Wie eng war der Kontakt?«

Max fand den Ton des Kollegen immer befremdlicher.

»Ich hatte vor, bei ihm Unterricht zu nehmen.«

»Also auch Gitarrist?«

Max lachte. »Hab als Jugendlicher mal gespielt. Und vor ein paar Monaten wieder angefangen.«

»Persolator? Guardians of World's End?«

»Nein, nur so zum Spaß, für mich allein. Die Therapeutin meinte, Musik täte gut.«

Roth wandte sich an seine Kollegin. »Posttraumatische Belastungsstörung. Er war dabei, als der Prepper ...«

»Ach du Scheiße«, sagte Brandstätter.

Roth fragte: »Und Albert König ist dein Onkel?«

»Nicht ganz. Ich bin quasi mit seinen Neffen aufgewachsen. Den Söhnen der zweiten Frau meines Vaters.«

»Held der Geiselnahme von 2006.«

Max staunte. Roth hatte gründlich recherchiert.

»Dein Vater hat Robert und André adoptiert. Ihr tragt denselben Nachnamen. Wie nahe steht ihr euch?«

»Wie Brüder eben. Warum fragst du danach?«

Roth antwortete nicht. Brandstätter übernahm an seiner Stelle. Ihr Ton war wesentlich angenehmer, ohne jede Schärfe. Max beschloss, sich davon nicht täuschen zu lassen.

Sie fragte: »Irgendeine Ahnung, wer ein Motiv haben könnte, Übelreuther zu ermorden?«

»Nein.«

»Hast du in letzter Zeit irgendwelche Änderungen an Übelreuthers Verhalten festgestellt?«

»Dazu kannte ich ihn zu wenig. Aber jetzt sagt mir endlich, was mit ihm los ist. Wieso ist er tot?«

Beide blickten ihn schweigend an, ohne zu antworten.

Max hatte den Eindruck, die Raumtemperatur sinke gerade um einige Grade.

Roth fragte: »Was hast du letzte Nacht getan?«

Max verschränkte die Arme. »Warum wollt ihr das wissen?«

»Routine. Fragen wir jeden.«

»Wollt ihr mich nicht über meine Rechte aufklären?«

Roth verzog die Mundwinkel. »Die kennst du ohnehin.«

»Was ist bloß los mit euch? Habt ihr etwa *mich* unter Mordverdacht? Nur weil ich mal überlegt habe, bei Frodo Unterricht zu nehmen?«

»Das ist lediglich ein erstes Gespräch. Wie wir es mit allen führen, die auf der Kontaktliste des toten Hobbits stehen.«

»So ein Schwachsinn. Viel Spaß dabei!«

Brandstätter hob die Hände. »Ruhig bleiben, Jungs.«

Max bemerkte, dass Emilia in der Tür stand.

Er erhob sich vom Sofa. »Wie gesagt, ich kannte Frodo kaum. Hab euch alles erzählt, was ich weiß.« Max nahm seine Tochter auf den Arm. »Keine Angst, Milli, das sind nur zwei Kollegen von mir. Wir sind auch schon fertig, und die beiden gehen jetzt.«

23.

»Waren die wegen Mami da?«, fragte Emilia, nachdem Max die Wohnungstür hinter Brandstätter und Roth geschlossen hatte.

»Nein, mein Schatz. Einem Mann, den ich kenne, ist etwas passiert. Wir haben uns beraten, wie wir ihm helfen können.«

»Ist der Mann auch verschwunden?«

Mehr als das, dachte Max.

»Nein, mit Mami hat das nichts zu tun. Wirklich nicht, mein Schatz.«

»Die Leute haben mir Angst gemacht.«

Max setzte sich, nahm die Kleine auf den Schoß und knuddelte sie. »Wir waren doch heute auf der Wache. Du erinnerst dich an Timo, der einen Jungen in deinem Alter hat?«

Emilia nickte.

»Er und seine Kollegen suchen jetzt nach Mami. Das sind liebe Kollegen, die uns helfen.«

»Onkel Robert und Onkel André?«

»Ja, die helfen auch.«

»Und wenn keiner sie findet?«

»Dann meldet sie sich von selbst.«
»Und wenn sie mich nicht mehr lieb hat?«
»Mami hat dich sehr lieb. Mehr als alles andere auf der Welt. Deshalb wird sie auch wieder zurückkommen. Ist doch klar!«
Emilia nickte.
Max sah ihr an, dass es in ihrem Kopf arbeitete.

Er bereitete das Abendessen zu. Aus Routine deckte er für drei Personen. Als Max den überschüssigen Teller wieder abräumen wollte, protestierte Emilia und bestimmte, dass alles so sein solle wie immer. Max spielte mit und prostete Julias verwaistem Platz mit seinem Glas zu.

Danach las er Emilia vor. Bald fielen ihr die Augen zu, und er trug sie ins Bett. Ein anstrengender Tag für die Kleine, dachte er.

Der Besuch in der Wache, das Toben im Park, die Sorge um ihre Mutter.

Und wenn sie mich nicht mehr lieb hat?
Arme Emilia.
Max fragte sich, ob Julia *ihn* noch liebte.
Konnte er wirklich sicher sein, dass sie keinen anderen hatte?
Er wählte die Nummer von Albert König.
»Die Polizei war vorhin wegen Frodo bei mir«, berichtete Max. »Weißt du, was passiert ist?«
»Gequirlte Scheiße ist mit Frodo passiert. Er ist tot, mehr weiß ich auch nicht. Die haben mir nichts erzählt.«

Also waren die Leute der Mordkommission auch bei Albert gewesen.

»Stell dir vor«, sagte Max. »Mich haben sie nach meinem Alibi gefragt. Nach meiner Beziehung zu dir, Robert und André. Hast du wirklich keine Ahnung, um was es da geht?«

»Sag du's mir. Es sind *deine* Kollegen!«

Alberts Worte klangen wie ein Vorwurf.

Die Mordkommission fischt im Dunkeln, dachte Max. In der momentanen Situation kann sie nur ihre Netze in alle Richtungen auswerfen. Der Besuch bei ihm war ein Zeichen dafür, wie schwer sich die Ermittler taten, die auf die Sache angesetzt waren.

Ich sollte mich nicht aufregen.

»Ist Julia wieder da?«, fragte Albert.

»Nach wie vor vom Erdboden verschluckt. Seit der Party bei Robert und Birte. Morgen wollen die Kollegen versuchen, ihr Handy zu orten. Drück mir die Daumen.«

»Tu ich, mein Junge.«

»Ich kann das alles nicht nachvollziehen. Ich fühle mich wie in dem seltsamen Film mit den verschobenen Parallelwelten.«

»Ich kenne mich mit Kino nicht aus, aber ich kann nachfühlen, wie es dir geht.«

»Sie hatte keine Affäre.«

»Das glaube ich dir.«

»Wenn ich nur wüsste, wo ich mit der Suche ansetzen kann.«

»Lass das mal deine Kollegen machen. Weißt du was? Morgen kommst du nach Feierabend zu mir, mein Junge, und bringst deine Gitarre mit. Wolltest du nicht den neuen Amp ausprobieren? Er freut sich schon auf dich. Und dein alter Onkel auch!«

Wer weiß, was morgen ist, dachte Max.

Vielleicht feiere ich mit Julia das heiß ersehnte Wiedersehen.

Trotzdem sagte er Albert zu.

24.

Für Max begann die Arbeitswoche im Präsidium mit einer Teambesprechung. Wichtigster Punkt war die Planung einer Großdemonstration, die von Vertretern eines Palästinenservereins für Freitag angemeldet war, dem Jahrestag dessen, was diese Leute *Nakba* nannten: die Flucht oder Vertreibung anlässlich der israelischen Staatsgründung.

Weil sich die Demo nicht nur auf den Bereich der Polizeiinspektion Mitte beschränken würde, lag die Planung in der Hand der übergeordneten Führungsstelle, der Max angehörte. Es ging um Straßensperrungen, Umleitungen, Anforderung von Einsatzkräften – für Max war das alles in den letzten Monaten zur Routine geworden.

Zurück in seinem Büro schob er seine Unterlagen zur Seite und griff zum Handy.

Julias Nummer an ihrem Arbeitsplatz hatte er eingespeichert.

Besetzt.

Max versuchte es wieder und wieder. Endlich hatte er wenigstens computergenerierte Klimpermusik und eine Bandansage am Ohr. Er solle sich gedulden. Falls er Laborergebnisse abfragen wolle, möge er es ab Mittag erneut versuchen. Momentan seien alle Plätze besetzt.

Max blieb dran.

Endlich: »Gemeinschaftspraxis Dutta und Vukovic.«

»Max Bauer hier. Ich nehme an, Julia ist heute nicht zur Arbeit gekommen, oder?«

»Nein. Sie hat sich auch nicht abgemeldet. Wo steckt sie denn? Hier ist der Teufel los!«

Er überlegte, seine Frau mit einer Notlüge zu entschuldigen. Dann entschied er sich jedoch für die Wahrheit.

»Mir hat sie auch nichts gesagt. Seit Samstagnachmittag ist sie weg.«

»Also kommt sie heute nicht rein?«

»Ich muss Ihren Ärztinnen ein paar Fragen stellen. Persönlich. In fünfzehn Minuten bin ich bei Ihnen.«

»Unmöglich. Ohne Termin ...«

Max beendete das Gespräch und griff nach seiner Jacke.

Das Klingeln seines Telefons hielt ihn zurück.

»Ja?«

»Dornier, KK12. Max Bauer?«

»Am Apparat.«

»Die Vermisstensache. Kannst du mal zu mir rüberkommen?«

25.

Die Sonne brannte ins Zimmer des Kripo-Kollegen. Offenbar klemmte die Jalousie, sie hing schräg unter dem oberen Rand des Fensters. Die Luft war stickig. Draußen auf dem Fürstenwall herrschte zu viel Verkehrslärm, um das Fenster zu öffnen.

Kriminalhauptkommissar Dornier hatte die Ärmel hochgerollt, unter den Achseln zeichneten sich Schweißflecken ab. Er winkte Max zum Besucherstuhl auf der anderen Seite seines Schreibtisches.

»Du hast alle Kontaktmöglichkeiten abgeklappert?«, fragte Dornier.

»Mehrfach.«

»In der Anzeige steht etwas von Suizidgefahr. Wie akut ist das denn?«

»Ich habe echt ein ganz blödes Gefühl.«

Zu einer richtigen Lüge konnte sich Max nicht durchringen. Sein Gegenüber würde ihn durchschauen, fürchtete er. Der Kripo-Kollege nickte nachdenklich.

»Folgendes«, sagte Dornier. »Ich werde eine Handy-Ortung beantragen, wie es der Kollege von der Wache vorgeschlagen hat. Sollte das zum gewünschten Resultat führen, werden die örtlichen Kollegen deine Frau aufsuchen, wo auch immer sie sich aufhält, und nach dem Rechten sehen. Bis zum späten Nachmittag solltest du Bescheid haben.«

»Super, danke!«

»Moment, Kollege Bauer. Sollte sich herausstellen, dass sich deine Frau bester psychischer Gesundheit erfreut, aber leider keinen Kontakt mit dir aufnehmen will, dann ist das ihre Entscheidung. In dem Fall können wir nichts machen, und du musst dich damit abfinden. Ist dir das klar?«

Dass Julia den Kontakt verweigern würde, konnte Max sich nicht vorstellen.

Dornier schraubte eine Wasserflasche auf und nahm einen großen Schluck. Dabei richtete er einen strengen Blick auf ihn.

»Selbstverständlich«, antwortete Max.

26.

Anders als die Angestellte am Telefon es angekündigt hatte, brauchte Max keine Terminvereinbarung und auch keine lange Wartezeit. Die junge Frau an der Anmeldung schickte ihn zum Wartebereich in einem der Flure der weitläufigen Praxis Dutta und Vukovic. Fünf Stühle an einer mit abstrakten Kunstdrucken geschmückten Wand. Schon nach zwei Minuten wurde sein Name aufgerufen.

Weil es um Julia ging.

Dr. Marina Vukovic stand in der Tür am Ende des Gangs. Die zierliche Frau mit den lockigen Haaren empfing ihn mit einem freundlichen Lächeln. Max kannte sie, denn sie war seine Hausärztin, seit Julia sie ihm wärmstens empfohlen hatte.

Im Gegensatz zu ihrem vorherigen Arbeitgeber in Düsseldorf. Die erste Anstellung nach ihrem Umzug an den Rhein hatte Julia bei einem Arzt namens Feuerbach gehabt. Dort hatte sie es jedoch nur knapp zwei Wochen lang ausgehalten. Laut Julia war der Doktor ein Stümper, seine Praxis schlecht geführt, mit viel Stress und miesem Klima.

Weil Arzthelferinnen dringend gesucht wurden, hatten Dutta und Vukovic sie mit Kusshand eingestellt.

»Wie geht es Ihnen?«, fragte Dr. Vukovic und gab Max die Hand.

»Julia ist vorgestern ohne Ankündigung verschwunden. Niemand kann mir sagen, wo sie steckt. Da können Sie sich vorstellen, wie es mir geht.«

Sie nahmen Platz.

»Und Emilia?«

»Ist völlig von der Rolle.«

»Wenn Sie wollen, kann ich Ihnen ein pflanzliches Mittel zur Beruhigung ...«

Max winkte ab. »Nein, danke, Frau Doktor. Ein Anhaltspunkt, wo ich Julia suchen kann, wäre mir lieber.«

»Damit kann ich leider nicht dienen. Was ist mit einer besten Freundin, Verwandtschaft, alten Bekannten?«

»Als ich Julia kennenlernte, war sie Arzthelferin in einem Nest in Brandenburg. Das ist alles, was ich von ihrer Vergangenheit kenne. Sie weigert sich, darüber zu sprechen.«

»Das ist ungewöhnlich.«

»Bis jetzt dachte ich, dass die Vergangenheit keine Rolle in unserer Beziehung spielt. Aber vielleicht habe ich mir das nur eingeredet.«

»Sie hat mir bei ihrer Bewerbung ein Arbeitszeugnis von einem Arzt in Ketzin an der Havel vorgelegt. Aber ihre Ausbildung zur medizinischen Fachangestellten hat sie in Hamburg erhalten.«

Hamburg – sein Sprachempfinden hatte ihn nicht getäuscht.

»Bei welchem Arzt?«

»Da muss ich passen. Das Ausbildungszeugnis habe ich mir nur sehr oberflächlich angeschaut.«

»Erwähnt hat sie nie etwas?«

»Nicht mir gegenüber, aber ich werde mich mal unter der Belegschaft umhören. Lassen Sie uns morgen telefonieren.«

Max nickte.

»Aber vielleicht ist Julia bis dahin wiederaufgetaucht.«

Max bedankte sich. Dr. Vukovic gab ihm wieder die Hand.

»Hoffentlich«, sagte sie. »Mitarbeiterinnen mit solchem Wissen und Einfühlungsvermögen sind rar. Für unsere Patienten ist sie fast die dritte Ärztin. Ein echter Schatz.«

»Das finde ich auch«, sagte Max.

27.

In der Straßenbahn checkte er sein Handy. Kein Anruf von Julia, den er vielleicht überhört hatte. Nichts bei WhatsApp. Keine SMS.

Auf Social Media war Julia nicht unterwegs. Sie hatte sogar einmal darauf gedrängt, dass er einen Post mit einem Foto löschte, auf dem sie zu sehen war.

Zurück an seinem Schreibtisch musste sich Max mehrfach dafür rechtfertigen, dass er die letzten beiden Stunden gefehlt hatte. Arbeit war liegen geblieben, er hatte dringende Anfragen wegen der bevorstehenden Demonstration zu beantworten, musste Dinge recherchieren, regeln und weiterleiten. Offenbar waren größere Sicherheitsbedenken aufgetaucht.

Doch bald spürte Max, dass ihm die Konzentration für seine Arbeit fehlte. Der Gedanke an Julia ließ ihm keine Ruhe. Er rief Dornier vom KK12 an.

»Hallo, Bauer, was gibt's?«, fragte der Kollege.

»Das wollte ich von dir wissen.«

»Bitte?«

»Wolltest du mir nicht Bescheid geben, was die Handy-Ortung ergeben hat?«

»Ach ja, sorry, Kollege Bauer. Das war leider nichts.«

»Was heißt das? Hat der Richter sie nicht genehmigt?«

»Doch, die Geschichte von der Suizidgefahr hat ihn überzeugt.«

»Aber?«, fragte Max ungeduldig.

»Die Ortung hat nicht geklappt.«

»Wie kann das sein?«

»Kommt vor. Handy ausgeschaltet, Akku und SIM-Karte rausgenommen. Oder das Handy ist zerstört, da machst du nichts mehr.«

Tolle Aussichten, dachte Max.

»Heißt das …«

»Wenn du mich fragst, will deine Frau nicht geortet werden.«

Oder der Typ, der sie entführt hat, verhindert das, dachte Max. Warum ziehst du das nicht in Betracht, du Idiot?

»Sorry, Kollege«, sagte Dornier. »Manchmal stoßen wir eben an unsere Grenzen.«

»Willst du damit sagen, dass du aufgibst?«

»Was heißt aufgeben? Ich kann nicht mehr für dich tun. Tut mir leid.«

Max beendete das Gespräch.

Fuck.

Er hatte sich von der Ortung so viel versprochen.

Es wurde Mittag. Max ignorierte das Knurren seines Magens. Er grübelte über Dorniers Ergebnis nach. Die Möglichkeit, dass Julia den Kontakt zu ihm verweigern könnte, erschien ihm abwegig.

Aber sie machte ihm zu schaffen. Die offenen Fragen, die damit verbunden wären, würde er nicht ertragen können.

Er überlegte, Urlaub zu nehmen.

Wenn nötig, ein ganzes Sabbatjahr.

Er würde die Suche nach Julia zu seinem Lebensinhalt machen.

Der Klingelton seines Handys riss Max aus den Gedanken.

Die aufgeregte Stimme seiner Mutter.

»Max? Ich bin's, Anne.«

»Was ist los?«

»Kannst du sofort ins Zwergennest kommen? Hier ist gerade etwas völlig Seltsames passiert!«

28.

Außer Atem erreichte Max den Kindergarten, in dem Emilia unter der Woche die Vormittage verbrachte.

Die meisten Kinder waren bereits abgeholt worden. Max entdeckte seine Nachbarin Pina Castello. Sie und seine Mutter plauderten fröhlich mit der Erzieherin, und es wirkte, als sei nie etwas vorgefallen.

Max blickte sich um. Emilia spielte unbeschwert mit dem Sohn der Nachbarin.

Er sprach seine Mutter an. »Warum hast du mich herbestellt?«

Anne Bauer wurde ernst und wies auf die Erzieherin.

Sie hieß Gudrun, wie Max sich erinnerte. Eine Frau um die fünfzig, korpulent und an normalen Tagen von unerschütterlicher Heiterkeit. Jetzt kräuselte sich ihre Stirn.

»Ja, genau«, begann sie. »Ein Mann war hier und wollte Emilia abholen. Eine gruselige Situation, im Nachhinein betrachtet.«

»Was für ein Mann?«

»Thomas Meier oder so. Angeblich ein Kollege von Ihnen. Er gab vor, dass Sie ihn geschickt hätten.«

»Hab ich nicht.«

»Genau, das dachte ich mir.«

»Und weiter?«

»Um ein Haar hätte er mich trotzdem überzeugt, denn er hielt mir ein Kärtchen unter die Nase. Dienstausweis oder so etwas. Aber die Dinger kann man fälschen, nicht wahr? Vor allem die zudringliche Art des Kerls hat mich dann stutzig gemacht. Ich dachte mir, mit dem stimmt was nicht.«

»Gut, dass Sie standhaft geblieben sind, Gudrun.«

»Zum Glück sind mir ein paar Mütter und Väter beigestanden. Wir haben ihn praktisch hinausgedrängt. Ich hab schon befürchtet, es kommt zur Schlägerei.«

Emilia hatte aufgehört zu spielen. Sie kam zu Max, griff nach seiner Hand und hörte aufmerksam zu.

»Können Sie den Mann beschreiben?«, fragte Max.

»Groß, noch etwas größer als Sie. Eher hager. Blond, mittellange Haare. Um die vierzig Jahre, würde ich sagen. Ach ja, genau, seine Nase war etwas schief, ein kleiner Knick zur Seite. Als hätte er mal geboxt und was abgekriegt.«

»Thomas Meier.«

»Oder Tobias. Ich kann's jetzt nicht beschwören.«

»Was stand auf dem Dienstausweis?«

»Den habe ich mir im Eifer des Gefechtes nicht richtig angesehen. Ich hab spontan überlegt, Sie anzurufen. Hinten im Büro hab ich ja Ihre Handynummer. Aber dann hätte sich der Kerl in der Zwischenzeit Ihre Tochter geschnappt und wäre auf und davon.«

Der Entführer, dachte Max.

Er wandte sich an Pina Castello.

»Der gleiche Typ, den du am Samstag von deiner Terrasse aus beobachtet hast?«

»Kann ich nicht sagen«, antwortete die Nachbarin. »Als ich hier ankam, war er schon weg.«

»Papi, war das ein böser Mann?«, fragte Emilia besorgt.

Max ging in die Hocke. »Geh nie mit jemandem mit, den du nicht kennst. Versprichst du mir das? Dann kann dir auch nichts passieren, und du musst keine Angst haben.«

29.

Max bedankte sich noch einmal bei der Erzieherin. In Gedanken wiederholte er ihre Beschreibung des Unbekannten, um sie sich einzuprägen.

Ein großer Blonder. Die Nase. Das Alter.

Ein Anhaltspunkt.

Dann wandte er sich an seine Mutter.

»Bist du mit dem Auto da? Dann lass uns am besten zu Unbehaun fahren, ein Eis essen.«

»Erdbeere!«, rief Emilia.

Max ergriff Emilias heiße, schweißfeuchte Hand. Er wünschte sich, dass sie die neuerliche Aufregung bald vergessen würde.

»Dürfen wir uns anschließen?«, fragte Pina Castello.

»Für mich Schoko!«, rief Ruben.

Max strengte sich an, seiner Tochter einen normalen Nachmittag vorzuspielen. Emilia sollte sich wohlfühlen. Morgen war ihr Geburtstag. Auch die Feier würde ihr guttun.

Max hatte spontan einen weit größeren Kreis eingeladen als von Julia geplant.

Seine Mutter umhegte die Kleine ebenfalls, und Pina verwöhnte sie mit einem zweiten Eisbecher. Fast schien es Max, als bemühe sich sogar der vierjährige Ruben, den Engel von allen düsteren Gedanken fernzuhalten.

Deine Mutter ist nur kurz weg.

Sorg dich nicht.

Während Emilia ihren zweiten Becher vertilgte, überlegte Max, wo er als Nächstes ansetzen konnte, um ihre Mutter zu finden. Ihm fiel ein, was Dr. Vukovic über Julias Ausbildung erzählt hatte. Es gab ein Zeugnis aus Hamburg, mit dessen Hilfe sie jederzeit Arbeit finden konnte.

Eine mögliche Spur in ihre Vergangenheit.

Er würde sie in Julias Unterlagen finden.

Sie brachen auf. Seine Mutter setzte sie alle vor seinem Haus ab. Pina verabschiedete sich mit einem Kuss von Emilia und drückte Max voller Anteilnahme.

Seine Tochter rannte die Stufen hoch.

Oben drehte Max den Schlüssel und staunte, dass die Wohnungstür nicht abgeschlossen war. Eigentlich vergaß er das nie. Mit einer Vorahnung eilte er ins Wohnzimmer.

Eine Schublade der Regalwand stand minimal offen.

Max bemerkte das sofort.

Hier lagen die Pässe und andere wichtige Papiere. Die Lade klemmte, falls man sie nicht achtsam genug bewegte. Max drückte stets an beiden Seiten mit gleicher Kraft, um sie zu schließen. Jetzt hatte sich der Kasten auf den letzten Millimetern verkantet.

Jemand war hier gewesen.

Der Entführer, dachte Max.

Er nahm ein Taschentuch zu Hilfe, ruckelte an der unteren Kante und zog die Schublade komplett heraus. Seine Sachen waren noch da.

Der Rest fehlte.

Julias Pass, Zeugnisse, sogar Emilias Geburtsurkunde.

Max fragte sich, ob Julia die Papiere bereits am Samstag mitgenommen hatte. Nein, der Spalt an der Schublade war neu.

Max bezweifelte, dass Julia hier gewesen war.

Sie wusste mit der Lade umzugehen.

Falls sie *nicht* entführt worden war, hatte sie jemanden geschickt, um das abzuholen, was sie am Samstag vergessen hatte. Nur sie würde etwas mit den Sachen anfangen können. Brauchte sie ihren Pass, um in ein Land außerhalb der EU zu reisen? Sollte ihr der Nachweis ihrer Ausbildung helfen, anderswo einen Job zu finden?

Wozu?

Warum lässt du mich und unsere Tochter im Stich?

Zum ersten Mal ärgerte sich Max über seine Frau.

Und zwar gewaltig.

30.

Eine Stunde später klingelte es an der Tür. Es war Robert. Er hatte von seiner Wache ein paar Sachen zur Sicherung von Fingerspuren mitgebracht. Max führte ihn zur Regalwand im Wohnzimmer, wo die Schublade noch immer offen stand.

»Und du glaubst, der Rußpinsel genügt?«, fragte er.

»Das Holz ist lackiert, keine saugenden Oberflächen. Müsste also das richtige Mittel sein.«

Sie waren beide keine Experten.

Max erinnerte sich dunkel an einen Fortbildungskurs, den er vor einigen Jahren absolviert hatte. Er tupfte das Spezialpulver auf alle Oberflächen, die man beim Öffnen und Schließen berühren konnte, und ging behutsam vor.

Schwarze Flecken begannen sich abzuzeichnen. Max pustete vorsichtig das überschüssige Pulver beiseite. Robert reichte ihm die Klebefolie.

Max drückte die Streifen mittig auf das glatte Holz und strich sie zu den Seiten fest an, damit sich keine Falten bildeten. Dann zog er sie samt den rußigen Flecken wieder ab und klebte sie auf dünne Kunststoffplatten, die als Spurenträger dienten.

Er erwartete Abdrücke von drei Personen. Seine eigenen, die von Julia sowie die des Einbrechers. Falls dieser keine Handschuhe getragen hatte.

»Und jetzt?«, fragte Robert. »Wie willst du das auswerten?«

»Der Daktyloskop aus der Kriminaltechnik hat mir zugesagt, dass er das für mich macht. Ich hatte noch nie mit ihm zu tun, aber ein Einbruch bei einem Kollegen ist ihm notfalls eine Überstunde wert, sagt er.«

»Zum Glück gibt's bei der Kripo auch noch feine Leute, nicht nur Luschen und Verräter.«

Max fiel ein, dass Roberts Wache Ärger mit den internen Ermittlern hatte.

»Wie geht's Mirko?«, fragte er. »Hab gehört, dass er suspendiert wurde.«

Robert winkte ab. »Angeblich ist ein Kilo Kokain aus der Asservatenkammer verschwunden, und das wollen sie ihm anhängen. Du erinnerst dich daran, dass unser Einsatztrupp eigenständig einen halben Dealer-Ring hopsgenommen hat?«

»Stand groß in der Zeitung.«

»Ganz ohne die Damen und Herren von der Drogenfahndung. Und die sind jetzt stinkig. Statt sich bei Mirko und seinem Team zu bedanken, bombardiert man sie mit Scheiße. Irgendwie typisch für unsere Behörde. Überall nur noch grün-liberale Bürokraten. So fährt man das Land garantiert gegen die Wand.«

»Robert.«

»Was ist? Bist du jetzt einer von denen?«

»Natürlich nicht.«

»Na also.«

Robert packte das Set zur Spurensicherung wieder ein.

»Neues von Julia?«, fragte er.

»Nichts. Das Handy konnte nicht geortet werden.«

»Akku und SIM-Karte entfernt?«

»Vermutlich.«

Robert berührte seinen Arm. »Bro, glaubst du immer noch, sie ist entführt worden?«

Max zuckte mit den Schultern.

Er wusste längst nicht mehr, was er glauben sollte.

31.

Max steckte die Spurenträger in einen Umschlag. Dann griff er nach der Tasche, die seine Gitarre enthielt, sowie nach der Hand seiner Tochter, die seit dem Einbruch erst recht nicht allein bleiben wollte. Zuerst fuhren sie zum Präsidium.

Der Fachmann für Fingerabdrücke war im Stress. Er hatte neue Arbeit ins Labor geliefert bekommen. Es ging um den Mord an Martin Übelreuther, aber Genaueres konnte Max nicht erfahren.

»Kann dauern«, sagte der Kollege, als er den Umschlag mit den Spuren aus Max' Wohnung entgegennahm.

Emilia, die sonst jeden Erwachsenen begeisterte, würdigte er keines Blickes.

Wir stören hier nur, erkannte Max.

Sie fuhren nach Reisholz zu Onkel Alberts Laden.

Music Point stand in großen, gelblich strahlenden Neon-Lettern über der Schaufensterfront. Max parkte wie immer auf dem Hof. Sein Auto war das einzige Fahrzeug neben einem Mercedes Sprinter mit dem Firmenlogo und Alberts ockerfarbenem Oldsmobile Vista Cruiser, einem riesigen, bald fünfzig Jahre alten Kombi.

Albert begrüßte sie in bedrückter Stimmung.

»Deine Reklame strahlt, als wäre es Nacht am Broadway«, sagte Max. »Willst du nicht Strom sparen?«

»Damit jeder glaubt, ich hätte das nötig?«

In einer Ecke saß der Grauhaarige, den Albert zur Geburtstagsfeier seines Neffen in Büttgen mitgebracht hatte. Max fiel sein Name ein, Birol Güler, und dass er ihn wegen der Narben an seiner Hand angesprochen hatte. Birol las den *Guitar Player*. Als er aufblickte, winkte Max einen Gruß hinüber.

Albert seufzte und deutete in die menschenleere Gitarrenabteilung. »Normalerweise wäre Frodo jetzt mit seinem Workshop hier.«

Übelreuthers Tod machte Albert sichtlich zu schaffen. Kein Wunder, dachte Max.

Dann widmete sich der alte Mann Emilia, und seine Miene hellte sich auf. Er versuchte, sie zu bespaßen und zugleich davon abzuhalten, mit tollpatschigen Kinderhänden wertvolles Equipment zu beschädigen. Währenddessen schloss Max seine erst wenige Monate alte Charvel-Gitarre an den Edelverstärker aus den USA an und begann zu spielen.

Blues-Licks. Hendrix-Akkorde. Ein paar Rock-Riffs.

Der kräftige, warme Sound gefiel ihm. Er drehte den Gain-Regler hoch. Die Aggressivität überzeugte ihn.

Max wusste, dass ein Profi wie Martin »Frodo« Übelreuther noch ganz andere Töne erzeugt hätte. Schnellere Läufe, exaktere Bendings. Albert hatte völlig recht: In erster Linie bist du es selbst.

Was du mit den Saiten anstellst.

Ich habe noch viel zu üben, erkannte Max.

Bald darauf saßen er und Albert im Büro. Emilia schlief auf einem alten Sessel. Sie gab leise Schnarchlaute von sich.

»Ein Engel«, sagte Albert.

Max wollte über Frodo reden.

»Bei dir waren sie also auch«, begann er.

»Wollten mein Alibi hören. Genau wie bei dir.«

»Nimm's nicht persönlich, Albert. Ist wahrscheinlich Routine.«

»Trotzdem eine Unverschämtheit!«

»Weißt du inzwischen mehr?«

»André hat was gehört.«

»Und?«

»Frodo ist angeblich auf offener Straße erschossen worden. Ich kann's nicht fassen.«

»Wer macht so was?«

»Räuber, wahrscheinlich. In Frodos Wohnung fehlen wohl ein paar Gitarren. Du weißt, er hatte zwei, drei wertvolle Teile in seiner Sammlung.«

Max hatte von einer originalen '65er Gibson gehört, halbakustisch, weinrot lackiert und gut erhalten. Aber wer tötete für ein Musikinstrument? Der Versuch, die Beute zu verkaufen, bedeutete ein hohes Risiko für den Täter. Jeder Händler würde Verdacht schöpfen und die Polizei anrufen.

»Hast du inzwischen ein Lebenszeichen von Julia?«, fragte Albert.

Max verneinte.

»Kopf hoch, Junge«, sagte Albert. »Sicher wird sie sich morgen melden. Den Geburtstag der Tochter vergisst eine Mutter nicht.«

Normalerweise, dachte Max.

Aber hier war nichts normal.

32.

Emilia erwachte, als Max sie im Kindersitz festschnallte.

Der Besuch im Music Point hatte sie beeindruckt. Sie redete ununterbrochen davon. Albert hatte sie einige Töne auf einem Keyboard anschlagen lassen. Jetzt wollte sie unbedingt ein solches Instrument haben.

Max fiel auf, dass ihnen ein BMW folgte, ein älteres Modell in Silbergrau. Auch noch, als sie auf die Schnellstraße bogen. Zeitweise fuhren Autos zwischen ihnen, aber Max sah den BMW weiterhin im Rückspiegel. Er wechselte auf die linke Spur und beschleunigte.

An der Ampel vor dem Südring glaubte Max, den Verfolger abgehängt zu haben.

Er beruhigte sich und schimpfte sich einen Spinner.

Verdammte Paranoia.

Max wandte sich nach hinten. »Was hältst du davon, wenn wir eine richtig große Geburtstagsparty feiern? Mit meinen Brüdern und allen ihren Kindern, mit Tante Teresa und Onkel Albert ...«

»Au ja!«

Sie bogen in die Aachener Straße ab. Max blickte noch einmal in den Rückspiegel.

Da war er wieder.

Der BMW folgte mit gut fünfzig Metern Abstand.

Eine Straßenbahn kam ihnen entgegen. Max hielt in zweiter Reihe, um den Verfolger zum Stoppen zu zwingen. Er sprang aus seinem Wagen und eilte auf den BMW zu, doch der scherte mit aufjaulendem Motor aus und umkurvte ihn in einem waghalsigen Manöver – unmittelbar vor der mit schriller Klingel heranrauschenden Straßenbahn.

Max glaubte, zwei Personen in dem Wagen ausgemacht zu haben. Ob der große Blonde darunter war, konnte er nicht sagen.

»Papa, warum hast du angehalten?«, fragte Emilia, als er wieder einstieg.

Max gab keine Antwort.

Zwei Minuten später fand er unweit von ihrem Hauseingang eine freie Parklücke. Der Wind rauschte in den Platanen. Max ließ sich Zeit mit dem Aussteigen und Verriegeln des Wagens. Er blickte die Straße hinauf und hinunter.

Wer mich observiert, weiß wahrscheinlich ohnehin, wo ich wohne, dachte Max.

Er versuchte, seine Anspannung vor Emilia zu verbergen.

33.

Am nächsten Morgen servierte Max seiner Tochter zum Frühstück ein Stück Himbeertorte mit drei aufgesteckten Kerzen, die er anzündete.

»Du darfst dir etwas wünschen.«

»Dass Mami wiederkommt.«

»Ja, hoffentlich.«

»Du hast es mir versprochen!«

»Blas die Kerzen aus. Das bringt Glück.«

Emilia gehorchte. Sie brauchte drei Anläufe, bis die Flammen erloschen waren.

Nachdem Max seine Tochter beim Kindergarten abgeliefert hatte, fuhr er zu Dr. Feuerbach, Julias erstem Arbeitgeber in Düsseldorf.

Er hatte keinen Termin, also zeigte er seinen Dienstausweis.

»Polizei Düsseldorf«, sagte er zu der Angestellten am Empfang. »Es geht um eine frühere Mitarbeiterin dieser Praxis.«

Max fühlte sich unwohl. Sein Herz klopfte. Keines seiner Worte war gelogen, aber die Frau musste ihn für einen Kripo-Beamten halten, der einer offiziellen Ermittlung nachging. Streng genommen beging er Amtsmissbrauch.

Sie bat ihn, im Wartezimmer Platz zu nehmen.

Er fand einen freien Stuhl zwischen den Patienten. Ein alter Herr neben ihm hustete, seine Bronchien rasselten, und Max hoffte, sich nicht anzustecken. Er schnappte sich eine Zeitschrift. Promiklatsch, gekrönte Häupter, Harry und Meghan. Das Blatt war abgegriffen und bereits zwei Monate alt. Rasch legte Max es zurück.

Ihm fielen die großformatigen Bilder auf, die an den Wänden hingen. Abstrahierte Frauenakte in bunten Farben. Jeweils rechts unten signiert mit *Feuerbach*.

Nach zehn Minuten erlöste ihn die Arzthelferin und führte ihn ins Sprechzimmer. Feuerbach war ein mürrisch dreinschauender Mann um die sechzig mit Klobrillenbart, der am Kinn etwas zottelig wirkte. Er musterte Max über seine Lesebrille hinweg.

Max beschloss, dem Doktor reinen Wein einzuschenken. »Ich bin Max Bauer, und es geht um meine Frau Julia, die Anfang des Jahres bei Ihnen gearbeitet hat.«

»Die Möchtegern-Ärztin«, erwiderte Feuerbach in spöttischem Ton.

Max fand den Arzt nun vollends unsympathisch, aber er riss sich zusammen.

»Ich weiß, dass Sie nicht im Guten auseinandergegangen sind.«

»Das kann man wohl sagen, Herr Bauer. Ich habe Ihre Frau entlassen, weil sie sich ärztliche Kompetenzen angemaßt und meine Therapievorschläge infrage gestellt hat. Kein Arzt kann das dulden, wenn eine Angestellte sich einer Patientin gegenüber ein solches Verhalten erlaubt. Aber das war noch nicht alles. Ich habe nämlich überprüft, was es mit ihrer Ausbildung auf sich hat.«

»Und?«

»Ich schlage vor, dass Sie das mit Ihrer Frau erörtern und mich hier meine Arbeit tun lassen. Sie sehen ja, wie voll mein Wartezimmer ist.«

»Julia ist verschwunden.«

»Ach. Und was habe ich damit zu tun?«

»Sie nichts. Aber Julias Vergangenheit, die Sie überprüft haben, wie Sie sagen.«

»Meinen Sie ihre Ausbildung?«

»Was hat es damit auf sich?«

»Der Kollege, der ihr Zeugnis unterschrieben hat, existiert nicht.«

»Sie meinen ...«

»Das Zeugnis war eine Fälschung. Ihre Frau kann von Glück sagen, dass ich sie nicht angezeigt habe. Eigentlich wäre ich dazu verpflichtet gewesen.«

Plötzlich glaubte Max, Julia verteidigen zu müssen.

»Wie erklären Sie es sich dann, dass meine Frau ihren Job so gut macht, wenn sie angeblich nicht dafür ausgebildet war?«

»Machen Sie sich nicht lächerlich, junger Mann. Und jetzt entschuldigen Sie mich bitte, denn ich habe zu tun.«

Damit wandte Feuerbach sich dem Schreibkram auf seinem Tisch zu.

Grußlos verließ Max das Zimmer.

34.

Er schob den Einkaufswagen aus dem Getränkemarkt und packte den Inhalt in seinen Kofferraum. Eistee, Limonade und Fruchtsaft. Für die Erwachsenen würde er Kaffee machen. Als er und Julia den Nachmittag planten, hatte sie ihn davon überzeugt, dass Alkohol auf einem Kindergeburtstag nichts zu suchen hatte. Daran würde er festhalten, auch wenn Robert und André vielleicht maulten.

Er holte Emilia aus dem Zwergennest ab und fuhr mit ihr zu der Filiale einer Bäckereikette, wo er gestern bereits das Stück Himbeertorte geholt hatte. Hier gab es einen großen Parkplatz, der selten voll war und für Kurzparker gratis. Max stoppte unmittelbar vor dem Eingang.

Er wandte sich nach hinten. »Dauert bloß eine Minute. Du kannst mich da drüben sehen. Bin sofort wieder da. Okay?«

»Ja, Papi.«

Max eilte in den Laden. Er hatte vorbestellt, musste nur noch bezahlen und die in Papier eingeschlagene Palette mit Plunderteilchen und gemischtem Obstkuchen entgegennehmen. Er steckte gerade die Bankkarte wieder ein, als er von draußen Kindergeschrei vernahm.

Schrille Panik.

Emilia.

Die hintere Tür seines Wagens stand offen. Ein fremder Typ machte sich am Kindersitz zu schaffen. Max ließ den Kuchen stehen und rannte hinaus.

Die Kleine kreischte und schrie.

Der Fremde war groß und hellblond. Er lief mit Emilia los, bevor Max den Wagen erreichen konnte.

Max blieb ihm auf den Fersen. An der Straße wartete ein heller SUV mit offener Fahrertür und laufendem Motor. Max streckte die Hand nach dem T-Shirt des Kerls aus und verfehlte ihn.

Emilia wehrte sich. Sie boxte dem Blonden ins Gesicht. Sie riss an seinem Haar und schrie wie am Spieß nach ihrem Papa.

Max erwischte die Schulter des Kerls. Der Blonde geriet ins Straucheln und stürzte. Max entriss ihm das Kind.

Emilia schlang ihre Ärmchen um seinen Hals.

Der andere sprang auf, rannte zum Wagen und stieg ein. Beim Losfahren krachte die Tür zu. Die Reifen drehten durch, Staub stieg auf.

Dann war der SUV verschwunden.

Max, der sich bemühte, Emilia zu trösten, hatte nur noch erkennen können, dass es ein Düsseldorfer Kennzeichen war. Aber er hatte sich das Gesicht des Mannes eingeprägt. Es entsprach der Beschreibung des Kerls, der Emilia bereits aus dem Zwergennest hatte rauben wollen.

Die Nase, das Haar.

Blond auch Brauen und Wimpern. Die Augen hellblau.

»Wir lassen einander nicht mehr los, Milli«, sagte Max.

Seine Tochter schniefte und nickte heftig.

Dann hielt sie ihm ihre Handfläche hin.

Er machte drei Kreuze.

35.

André klingelte als Erster. Mutter, Frau und Tochter im Schlepptau. Die mit viel Tüll und ganz in Rosa gekleidete Sofie bestürmte Emilia und drückte ihr einen Schmatz ins Gesicht. Andrés Frau tat dasselbe mit Max. Max nahm ihren Schnapsatem und den Bluterguss unter ihrem Auge wahr, den sie mit Schminke kaschiert hatte. Er musste daran denken, dass Julia seine russischen Brüder für primitive Machos hielt.

Ein wenig zu laut begann André »Happy Birthday« zu singen. Die anderen stimmten in das Lied ein. Tante Teresa überreichte Emilia ein Geschenk. Sofort fetzte der Engel das bunt gemusterte Papier vom Karton.

Es war ein Bausatz von Lego. Ein Disney-Märchenschloss mit allerlei goldenen Turmspitzen und einer Zugbrücke. Emilia verschwand damit in ihr Zimmer, gefolgt von der dicklichen Sofie, die laut krakeelte, dass ihr Schloss weitaus größer sei.

»Hast du frei?«, fragte Max.

André schüttelte den Kopf. »Late Show.« Er meinte die Nachtschicht. »Und vorher muss ich noch was erledigen. Kann also nicht lang bleiben.«

»Schön, dass du überhaupt gekommen bist.«

»Ist doch selbstverständlich.«

Wieder musste Max an Julia denken.

André sagte: »Hab gehört, dass sie wegen Frodo auch bei dir waren.«

»Gibt's was Neues?«

»Nur, dass ihm angeblich zwei Männer vor seinem Haus aufgelauert haben. Spätabends, als er nach Hause kam. Bämm – eine Kugel in die Brust, eine in den Kopf.«

Das klang nach einer Hinrichtung.

»Wegen ein paar Gitarren?«

André zuckte nur mit den Schultern.

Weitere Gäste trafen ein. Mütter aus der Kita nebst ihren Gören. Pina und Ruben von nebenan. Auch Timo brachte seinen Sohn mit.

Es wurde laut. Die Kids tobten durch die Wohnung.

Max' Mutter half beim Bewirten der großen und kleinen Gäste. Teresa ging ihr zur Hand. Die beiden benahmen sich wie beste Freundinnen. Als hätte eine der anderen nie den Mann weggenommen.

Zuletzt kreuzten Robert und Birte mit ihrem Kleinen auf. Ihr Geschenk bestand ebenfalls aus einem Lego-Set.

Ein Zug mit Micky-Maus-Figuren.

»Krass!«, jubelte Emilia beim Aufreißen der Packung.

Robert gesellte sich zu Max. Er überreichte ihm mit feierlicher Geste ein Fotobuch.

»Hab ich für alle Gäste machen lassen. Als Dankeschön fürs Kommen.«

Es waren Schnappschüsse von der Party, auf der Julia verschwunden war. Max blätterte nur kurz darin. Er bedankte sich höflich.

»Konnte dein Kripo-Mann etwas mit den Fingerspuren anfangen?«, fragte Robert.

»Noch nicht. Das KK11 hat ihn mit Arbeit eingedeckt. Der Fall Frodo, nehme ich an.«

»Frag ihn doch mal dazu, Bruder. Was das für zwei Typen waren. Onkel Albert freut sich echt über jede Info. Er stand Frodo näher als jeder von uns.«

»Wo steckt Albert eigentlich? Gestern wollte er noch kommen.«

»Sein Immunsystem ist seit der Chemo noch nicht wieder bei hundert Prozent. Und die Kinder schleppen eine Menge Bazillen mit sich herum.«

»Chemo?«, fragte Max erstaunt.

»Die Lunge.«

»Davon hab ich gar nichts mitgekriegt!«

Robert verzog die Mundwinkel. »Mir scheint, du kriegst so manches nicht mit, Bro.«

»Die Prognose ist gut, sagt Onkel Albert«, warf André ein. »Und verrat ihm nicht, dass du das mit seiner Krankheit von uns weißt, okay?«

»Natürlich.«

»Albert will das nicht an die große Glocke hängen. Angeblich ist er jetzt auskuriert. Einen wie ihn wirft das nicht um.«

Robert blickte auf die Uhr.

André nickte. »Wir müssen los.«

Die Kinder tobten immer wilder, doch irgendwann wollte Emilia nur noch bei ihrem Papa sein.

»Was hat sie?«, fragte Birte.

Max drückte seine Tochter zärtlich an sich. »Der Typ, der sie neulich aus dem Hort entführen wollte, hat es heute Mittag wieder versucht. Aber wir waren stärker. Stimmt's, Milli?«

Emilia nickte.

»Ist ja klar, was da läuft«, sagte Birte.

»Was meinst du?«

»Julia hat ihren Lover geschickt, weil sie die Kleine bei sich haben will.«

»Meine Frau hat keine Affäre!«

Birte atmete tief durch. Ihr mitleidiger Blick ärgerte Max.

Als sei er ein hoffnungslos naiver Fall.

36.

Max füllte die Kaffeemaschine ein weiteres Mal mit Wasser und Pulver. Teresa brachte einen Stapel benutzter Teller aus dem Wohnzimmer. Sie klappte die Spülmaschine auf und sortierte die Teller ein. Max bedankte sich für ihre Hilfe.

»Wie wollt ihr Sorgerecht machen?«, fragte sie mit ihrem harten Akzent.

»Fängst du jetzt auch noch damit an, dass sich Julia wegen eines anderen von mir getrennt hätte?«

»Vielleicht kennen sie sich von früher. Vielleicht Emilias Vater.«

Max war es leid, dagegen anzureden.

Teresa sagte: »Komisch, dass diese Frau nie mit ihrer Geschichte rausgerückt ist. Wo stammt sie her, was sind Wurzeln, was ist Heimat? Du kannst froh sein, dass sie weg ist. So richtig zusammengehört habt ihr nie.«

»Im Gegenteil«, widersprach Max entschieden. »Sie hat mich erst wieder in die Spur gebracht.«

»Du warst fertig, weil deine Leute verbrannt sind. Da greift man nach dem Strohhalm. Ist ganz normal. Aber diese Frau ist dir auf der Nase herumgetanzt. Den Eindruck hatten wir alle. Ganze Familie denkt so.«

Max nahm Getränke aus dem Kühlschrank, um den Gästen nebenan nachzuschenken.

Teresa sagte: »Robert und André tut das mit der Radtour längst leid. Yoko Ono. Tut immer so, als wär sie was Besseres. Nicht gut für unseren Max.«

Max hielt inne. »Yoko Ono?«

»Julias Spitzname bei uns Russen. Robert hatte von Anfang an Sorge, dass diese Frau die Bauer-Brüder auseinanderbringt wie damals das Weib aus Japan die vier Beatles.«

»Warum sollte sie das tun?«

»Wir Russen sind Julia nicht gut genug. Und auch du nicht. Max, sei realistisch. Wär sie sonst abgehauen?«

Ihre Worte taten ihm weh.

Offenbar sah Teresa ihm das an.

»Sorry. Bin ehrliche Haut. Liebesleid ist schrecklich. Aber mein Max wird darüber wegkommen, ja?« Sie fuhr ihm durch die Haare. »Gibt schönes Sprichwort. Andere Mütter haben auch schöne Töchter. Du bist jung. Und deine Familie wird dir immer beistehen, auch wenn es Frösche regnet und der Mond schwarz wird.«

Bald darauf wirkte ein Streit der Kinder wie ein Signal zum Aufbruch. Nach und nach verabschiedeten sich die Gäste. Zuletzt auch Pina und ihr Sohn.

»Wir müssen dann auch mal«, sagte sie und strich

Max über den Arm. »Kommt doch mal zum Essen rüber, ihr zwei. Wie wär's mit morgen Abend?«

Bevor Max antworten konnte, wandte sich die Nachbarin an seine Tochter.

»Was meinst du, Milli? Spaghetti?«

»Au ja!«, krähte Emilia.

Dann kann ich wohl nicht Nein sagen, dachte Max.

»Bis morgen«, sagte Pina und hauchte Max ein Küsschen auf die Wange.

Zurück blieb ein Chaos. Überall lagen Legosteine, Puppen und anderes Spielzeug verstreut. Im Kinderzimmer zierten Buntstiftkrakeleien die Wände.

Emilia drängte sich erneut an Max und rieb sich die Augen.

»Leo ist doof«, beschwerte sich der kleine Engel im Quengelton.

Der Sohn von Robert und Birte.

Max musste daran denken, dass Julia vor allem die Kinder seiner Brüder nicht auf Emilias Party sehen wollte.

Yoko Ono.

War der Blonde von heute Mittag tatsächlich ein Mann aus einer früheren Beziehung? Jemand, den sie schon länger kannte und nie ganz aus ihrem Leben gestrichen hatte?

Max, sei realistisch.

37.

Am nächsten Morgen klopfte Max an Dorniers Bürotür.

»Du schon wieder«, beschwerte sich der Kollege vom KK12. »Hab dir doch gesagt, dass die Handy-Ortung erfolglos war.«

»Es gibt Neuigkeiten. Gestern hat jemand versucht, meine Tochter zu entführen. Übrigens schon zum zweiten Mal.«

Max berichtete von dem Blonden, der Emilia vom Kindergarten abholen wollte und sie am Tag danach auf dem Parkplatz vor dem Bäcker aus dem Wagen geraubt hatte.

Dornier öffnete auf seinem Rechner die Akte zu Julias Vermisstensache und notierte etwas dazu.

»Kennzeichen des SUV?«

»Sorry, es ging alles zu schnell.«

»Hast du dir das Gesicht des Täters einprägen können?«

»Das schon.«

»Okay. Pass auf, Kollege Bauer. Wenn eine Ehefrau verschwindet, ist das kein Grund, gegen sie vorzugehen. Wenn sie aber einen Komplizen anstiftet, die Tochter zu entführen, dann schon. Du gehst jetzt in die Kriminaltechnik zu dem Kollegen, der die Phantombilder erstellt. Solange deine Erinnerung frisch ist, sollten wir das fixieren.«

»Und dann?«, fragte Max.

»Nimm ihn fest, wenn du den Kerl wiedertriffst, und bring ihn zu mir.«

»Wie wär's mit Fahndung?«

Dornier stützte die Ellbogen auf und beugte sich weit vor. »Sag mal, du führst mich doch nicht an der Nase herum, oder?«

»Wie kommst du darauf?«

»Ich hab schon häufig Fälle erlebt, in denen ein verlassener Ehemann die kuriosesten Geschichten erzählt, weil er der Wahrheit nicht ins Auge sehen will. Du weißt, dass du dich mit so was strafbar machen würdest.«

Max stand auf und ging.

Glaub mir oder glaub mir nicht.

Allmählich hab ich's satt.

Dennoch suchte er die Kriminaltechnik auf und fragte nach dem Kollegen, der dort für Phantombilder zuständig war.

Josef Burska saß in einer Box am Ende eines Großraumbüros. Er bat Max, neben ihm Platz zu nehmen.

»Kannst Jupp zu mir sagen.«

»Du bist also hier der Zeichner.«

»Nee, zeichnen kann ich nicht. Nur die Software bedienen. Dann legen wir mal los.«

Burska rief das Programm auf.

Max sagte: »Am auffälligsten ist die Nase des Kerls. Die Spitze ist leicht zur Seite geknickt. Als hätte er ...«

»Ein Schritt nach dem anderen«, unterbrach Jupp ihn. »Wir fangen mit der Form des Kopfes an.«

Sie einigten sich auf ein Oval.

Jupp zog am Kinn, bis es Max passend erschien. Als Nächstes schlug Jupp Frisuren vor. Sie justierten das Kinn nach. Jupp setzte Augen ein und schob die Brauen hin und her.

Endlich war die Nase dran.

Anschließend schlug Jupp verschiedene Münder vor. Max war mit keinem davon zufrieden, bis der Kollege noch einmal das Kinn verbreiterte. Zuletzt ging es an die Feinabstimmung.

»Na, ist das dein Tünnes?«, fragte Jupp, als er fertig war.

Max antwortete anscheinend nicht schnell genug.

»Wenn du nicht zufrieden bist, liegt's nicht an mir. Ich bin nicht besser als deine Erinnerung.«

»Kann ich einen Ausdruck haben?«

Der Kollege tippte den Druckbefehl. Auf der anderen Seite der Trennwand surrte eine Maschine. Max bedankte sich.

Er verließ die Box und griff in das Ausgabefach des Druckers.

Außer dem Phantombild des Blonden lagen noch weitere Blätter darin. Jemand hatte sie offenbar dort vergessen. Max sah das südländisch wirkende Gesicht eines jungen Mannes.

Am unteren Bildrand stand *Phantombild Polizei Düsseldorf*, gefolgt vom Aktenzeichen, einer langen Kombination aus Ziffern und Buchstaben.

Auf dem nächsten Ausdruck ein ähnlicher Typ. Womöglich waren sie verwandt.

Dasselbe Aktenzeichen.

Max musste an Frodo Übelreuther denken.

Zwei Unbekannte hatten dem Musiker aufgelauert.

Onkel Albert freut sich über jede Info.

Die Lunge, Chemotherapie, armer Kerl.

Er nahm die Blätter mit.

38.

Da Max schon mal in der Kriminaltechnik war, schaute er auch noch beim Fachmann für Fingerspuren vorbei.

Der Kollege saß angespannt vor seinem Monitor, starrte auf einen riesig vergrößerten Fingerabdruck und markierte Verzweigungen, Endpunkte, Wirbel und Haken der Papillarleisten. Die sogenannten Minutien.

Sie waren bei jedem Menschen unterschiedlich angeordnet, sogar bei eineiigen Zwillingen. So viel wusste Max.

Er räusperte sich.

Der Daktyloskop blickte auf.

»Sorry, zu deiner Einbruchssache bin ich noch nicht gekommen. Mord hat Prio. Und du kannst dir gar nicht vorstellen, wie viele Spuren so ein Mietwagen hergibt.«

»Das Fluchtfahrzeug?«

»Mhm«, brummte der Kollege. »Bisher keine Übereinstimmung in unserer Datei. Wäre auch gelacht, wenn die Mafia jemanden schicken würde, der hierzulande schon mal erkennungsdienstlich behandelt wurde. Wenn du mich fragst, wurden die eingeflogen.«

»Mafia?«

»Oder Russen oder Araber-Clans. Da steckt jedenfalls was Größeres dahinter, wenn du mich fragst.«

»Martin Übelreuther war ein Musiker, warum sollte ...«

»Ja, das ist schon strange. Das Opfer ist nie auffällig geworden. Keine Akte, nichts.«

»Wenn man die Mietwagenfirma kennt, dann kann vielleicht ein Angestellter eine Beschreibung der Männer liefern.«

»Bist ein ganz Schlauer, was? Ist schon geschehen, hat aber auch nichts gebracht. Die Killer sind längst über alle Berge. Was nützt es, wenn wir sogar die Tattoos kennen, mit denen sie sich den Hals haben verschandeln lassen?«

In seinem Büro in der Führungsstelle Gefahrenabwehr und Einsatzangelegenheiten breitete Max die Ausdrucke aus.

Zuerst der blonde Kerl, der sich Emilia schnappen wollte. Die Zeichnung sah ihm ähnlich, aber etwas störte Max an der Darstellung. Perfekt war sie nicht.

Dann zwei grimmig wirkende Männer. Dunkle Haare, eng stehende Augen, Bartschatten. Sie wirkten wie nahe Verwandte.

Und schließlich war da noch eine Zeichnung.

Zuerst dachte Max an eine Mariendarstellung.

Eine weibliche Gestalt mit schwarzem Umhang. Das Haar bedeckt, die Hände gefaltet. Den unteren Rand der Zeichnung bildeten drei Rosenblüten. Flammen umzüngelten die Gestalt. Ihr Gesicht ließ Max den Atem anhalten.

Es war das eines Totenkopfes.

Große schwarze Augenhöhlen. Ein Loch anstelle der Nase. Zwei lange Zahnreihen grinsten Max an.

Weil das Blatt zusammen mit den Phantombildern ausgedruckt worden war und ebenfalls das Aktenzeichen trug, war Max sicher, dass es sich um das Tattoo der Mörder Frodos handelte. Offenbar hatten es die Angestellten der Mietwagenfirma exakt beschreiben können.

Die Heilige der Killer.

Wer ließ sich ein solches Tattoo stechen?

Sicher fragte sich das gerade auch die Mordkommission.

39.

Nach einer Renovierung hatte der Pächter die Kantine in »Kasino« umbenannt. An der Qualität der Speisen hatte sich allerdings nichts geändert. Max hoffte, dass er mit einem griechischen Salat nicht viel falsch machen konnte. Er ließ den Blick durch den Speisesaal schweifen.

Kim Brandstätter vom KK11 saß allein an einem Vierertisch.

Max ging mit seinem Teller zu ihr hinüber.

»Ist hier noch frei?«

Sie wirkte erstaunt. »Ja, klar.«

Max glaubte sich zu erinnern, dass sie die freundlichere der beiden Mordermittler gewesen war, die ihn neulich aufgesucht hatten.

»Wie schmeckt das Curry?«, fragte er.

»Geht so.«

Max nahm einen Bissen von seinem Salat. Das Dressing war sauer. Er beschränkte sich auf die Feta-Würfel und die wenigen Oliven.

Dann kam er zur Sache. »Und, seid ihr inzwischen weitergekommen?«

»Ja und nein.«

Nicht sehr gesprächig, dachte Max.

»Hab gehört, es war ein Raubmord«, sagte er. »Weil ein paar Gitarren fehlen.«

»Nein, die haben wir im Proberaum seiner Band gefunden.«

»Was war dann das Motiv?«

Brandstätter kaute mit vollem Mund und machte eine unbestimmte Geste mit der Gabel.

»Jedenfalls sorry, dass ich euch nicht weiterhelfen konnte«, sagte Max.

Die Kollegin kaute langsamer und blickte ihn seltsam an.

Ein Mann in Jeans und schwarzem Pulli trat an den Tisch und stellte sein Tablett ab. Am Hals ein Goldkettchen.

»Mahlzeit.«

Dominik Roth, der Unsympath.

Du hast mir gerade noch gefehlt, dachte Max.

»Sieh einer an«, rief der Mordermittler. »Der Gitarrenschüler von unserem Hobbit!«

Brandstätter zog den Mund schief. »Er hat bloß überlegt, Unterricht zu nehmen. So war's doch, oder?«

»Und trotzdem stand seine Nummer in Frodos Büchlein. Welch ein Zufall.«

Max stand auf. Es reichte ihm.

Er rang sich ein Lächeln ab. »Muss wieder an die Arbeit. Schönen Tag noch.«

Fast wäre Max zu spät zur Sitzung der Führungsstelle erschienen. Er grüßte mit einem Nicken in die Runde und nahm Platz.

Zu seiner Überraschung stand jetzt ein Verbot der Demonstration im Raum. Eigentlich hatte Max die Planung des Polizeieinsatzes im Groben für abgeschlossen gehalten. Die Anzahl der erwarteten Teilnehmer war überschaubar. Der Schutz jüdischer Einrichtungen schien gewährleistet.

Polizeidirektor Priebe, Chef der Direktion Gefahrenabwehr und Einsatzangelegenheiten, rief sämtliche Details noch einmal auf und stellte alles infrage. Er wirkte fahrig, verhedderte sich mehrfach in Zahlen und Begrifflichkeiten.

Max schätzte, dass ihm die Politik im Nacken saß.

Die Anmelder der Demo erwarteten einige Tausend Palästinenser, die aus dem Ruhrgebiet und auch aus angrenzenden Bundesländern anreisen würden. Priebe betonte die Gefahr, dass es zu volksverhetzenden antisemitischen Ausrufen kommen könnte. Und vielleicht würde es nicht bei Worten bleiben.

Die Horrorvorstellung waren Angriffe auf Mitbürger bereits während der Anreise. Brandsätze auf die Synagoge am Paul-Spiegel-Platz. Schlechte Schlagzeilen und Schuldzuweisungen an die hiesige Polizeibehörde.

Nach langem Hin und Her beschloss der Polizeidirektor, die Entscheidung zu vertagen. Für morgen wollte er einen weiteren Austausch mit Kollegen des Landeskriminalamts anregen, die für politisch motivierte Delikte zuständig waren. Leute aus dem Innenministerium sollten ebenfalls hinzukommen.

Verfassungsschutz, nahm Max an. Priebe traut sich nicht, ein Verbot auf die eigene Kappe zu nehmen.

Überraschend sprach ihn der Polizeidirektor beim Verlassen des Konferenzraums an.

»Bauer, Sie begleiten mich morgen zum LKA.«

Max nickte.

»Meine Sekretärin wird Ihnen die Uhrzeit durchgeben.«

40.

Max betrat den Music Point und entdeckte Onkel Albert in der Keyboard-Abteilung. Er befand sich im Kundengespräch. Max wollte nicht stören und ging nach vorn zur Straßenseite.

Er blickte aus dem Schaufenster.

Ein Wagen war ihm während der Herfahrt im Rückspiegel aufgefallen. Jetzt parkte er schräg gegenüber. Ein schwarzer Mercedes.

Sie geben sich immer weniger Mühe, unentdeckt zu bleiben, dachte Max.

Wer auch immer mich beschattet.

Ein tiefes Gurgeln: »Schaust du nach etwas Bestimmtem?«

Birol stand neben ihm.

»Der Mercedes«, antwortete Max. »Ich dachte, ich hätte ihn schon mal gesehen. Hab mich wohl geirrt.«

»Nimm das nicht auf die leichte Schulter«, ermahnte ihn Birol. »Und sag mir Bescheid, wenn wieder was ist, okay? Heutzutage kann man nicht aufmerksam genug sein!«

»Klar, mach ich.«

Birol setzte sich auf eine Lautsprecherbox und blätterte in einem Katalog. Max fragte sich, welche Rolle der Grauhaarige hier einnahm. Als Verkäufer schien Albert ihn nicht angestellt zu haben.

Max beobachtete aus der Distanz, wie eine linkische Jugendliche unter Alberts Anleitung ein E-Piano ausprobierte. Eine ältere Frau in einem orangefarben geblümten Kleid stand interessiert daneben.

Mit seinem geschwächten Immunsystem sollte Albert nicht im Verkauf arbeiten, dachte Max. Sobald Julia wieder da ist, unterstütze ich ihn.

Frodo fehlt.

Nach ein paar Minuten kam Albert zu Max und führte ihn ins Büro.

»Tut mir leid, dass ich gestern nicht kommen konnte. Musste kurzfristig etwas ausliefern. Das hier ist für Emilia.«

Er drückte Max ein Instrument in die Hand, das in einer schwarzen Hülle steckte. Max zog den Reißverschluss auf. Es handelte sich um eine Melodica.

»Sie hat sich neulich so sehr für die Tasteninstrumente interessiert. Ich denke, damit kann sie schon mal anfangen.«

»Milli ist gerade erst drei geworden.«

»Sie ist weit für ihr Alter. Hat kräftige Finger. Du wirst sehen, in einem Jahr spielt sie Klavier.«

»Danke. Sie wird sich sehr freuen!«

»Emilia ist meine Lieblingsgroßnichte. Absolut. Aber sag das nicht den anderen.«

Sie waren nicht wirklich verwandt. Doch Max wusste, wie Albert das meinte.

»Warum hast du mir nichts von deiner Krankheit gesagt?«, fragte er.

»Ach, die Ärzte übertreiben maßlos. Mein Vater hatte die gleiche Geschichte. Und du weißt, wie alt er geworden ist. Gute Gene, frei von westlicher Dekadenz.«

Max erinnerte sich an den greisen Herrn und die unglaublichen Erzählungen aus Sibirien, die er in seinen letzten Lebensjahren oft wiederholte. Die Verschleppung im Viehwaggon. Die gefrorenen Krähen.

Er zog die Ausdrucke der Phantombilder aus seiner Jackentasche.

»Du interessierst dich für Frodo. Die Kripo hat Neuigkeiten. Das sind die zwei Männer, die ihn getötet haben.«

Grimmig nahm Albert die Blätter entgegen.

Er strich sie auf seinem Schreibtisch glatt.

Max sagte: »Vielleicht waren diese Typen mal hier im Laden, um Frodo auszukundschaften. Hast du was bemerkt?«

Albert stützte die Hände auf die Tischplatte und studierte kopfschüttelnd die Gesichter.

Dann rief er Birol dazu.

»Nein, nie gesehen«, sagte der Graue.

»Türken, Araber?«, fragte Albert.

»Vielleicht Mocro.«

Albert musste husten.

Birol klopfte ihm auf die Schulter und begab sich wieder nach vorn.

»Marokkaner?«, fragte Max, nachdem sich Alberts Husten beruhigt hatte.

»Diese Typen beherrschen in Belgien und den Niederlanden das Drogengeschäft.«

»Frodo und *Drogen*?«

Albert zuckte mit den Schultern.

Es klopfte an der Tür, die offen stand.

Die ältere Frau im geblümten Kleid.

»Meine Enkelin hat sich entschieden. Wir nehmen das Roland-Piano, das Sie uns zuletzt empfohlen haben.«

»Gute Wahl«, kommentierte Albert.

Dann wandte er sich noch einmal an Max. Er strahlte und war wieder ganz der Alte.

»Das Roland ist bald auch etwas für Emilia«, sagte er. »Und grüß den Frosch ganz herzlich vom Lieblings-Großonkel!«

41.

Pina Castello öffnete Max die Tür und verschwand gleich wieder in ihrem Arbeitszimmer. Weil dort die Tür offen stand, bekam er mit, dass sie ein berufliches Telefonat führte. Emilia lief herbei und holte sich einen Begrüßungskuss ab.

Max folgte seiner Tochter ins Wohnzimmer, wo sie und Ruben mit kleinen Pferdefiguren Familienszenen nachstellten. Er staunte, wie harmonisch die beiden Pferde-Papa und Pferde-Mama spielten. Kein Versuch, den anderen zu dominieren. Mit den Kindern seiner Brüder hätte das Spiel anders ausgesehen.

Max wusste inzwischen, dass Pina seit Längerem geschieden war, und fragte sich, ob Ruben seinen Vater vermisste, der in England lebte. Wie weit reichte ein Kindergedächtnis zurück? Würde sich Emilia in einigen Jahren noch an ihre Mutter erinnern, falls sie bis dahin nicht wiederauftauchte?

So etwas darfst du nicht denken, schalt Max sich.

Ich werde meine Frau finden.

Pina kam herein. »Sorry. Das war leider wichtig.«

Max stand auf, und sie begrüßten sich mit beidseitigem Wangenküsschen, das für Pina obligatorisch war.

»Du musst dich nicht entschuldigen. Im Gegenteil, ich stehe in deiner Schuld. Ich habe ein ganz schlechtes Gewissen, weil ich dir Emilia aufgehalst habe.«

»Das macht mir wirklich nichts aus. Ich kann sie öfters mitnehmen. Die meisten Tage arbeite ich im Homeoffice. Und deine Tochter ist ein ganz reizendes Kind.« Sie lachte. »Ruben und sie verstehen sich so gut!«

Max war Pina dankbar. Er konnte nicht jeden Nachmittag freinehmen wie vorgestern oder einfach dem Büro fernbleiben wie an Emilias Geburtstag. Aber morgen war erst mal seine Mutter wieder dran.

Er half Pina beim Kochen, schälte Knoblauch und rieb Käse. Pina schraubte eine Flasche Rosé auf und drückte ihm ein Glas in die Hand. Plötzlich spürte Max, wie ihm die Ereignisse der letzten Tage zugesetzt hatten.

Der Wein half zu entspannen.

Und Pinas Gesellschaft tat ihm gut. Es gelang ihm auszublenden, wie sehr seine Welt aus den Fugen geraten war. Beim Essen öffneten sie die zweite Flasche.

Danach verzogen sich die Kinder in Rubens Zimmer. Max und Pina machten es sich auf dem Sofa bequem und redeten über Gott und die Welt. Nur Julias Verschwinden und die verstörenden Versuche, Emilia zu entführen, klammerten sie aus. Auch die Brandnarben an seinen Händen sprach Pina nicht an.

Max fühlte sich wohl.

Unverhofft erwähnte Pina seinen Vater.

»Emilia sagt, ihr Opa ist ein Held.«

»Er war Polizist wie ich. Beim Versuch, eine Geiselnahme zu schlichten, hat er sein Leben verloren.«

»Oh, das tut mir leid.«

»Es ist lange her. Ich stand damals kurz vor dem Abi. Es war ein harter Schlag, aber wir waren mächtig stolz auf ihn.«

»Bist du deshalb zur Polizei gegangen?«

»Ja, klar. Und dann habe ich eines Tages einen Kripo-Kollegen getroffen, der damals in der Mordkommission gearbeitet hat. Den habe ich dummerweise auf den Helden angesprochen.«

»Wieso war das dumm?«

»Ich musste erfahren, dass sich mein Vater falsch verhalten hat. Keine Verstärkung gerufen. Zu wenig auf Eigensicherung geachtet. Solche Sachen. Und damit keine unangenehmen Fragen aufkamen, hat sich die Behördenleitung lieber auf die Heldengeschichte festgelegt.«

»Verstehe. Da ist ein Denkmal zerbröselt.«

In Rubens Zimmer war es still geworden, die Kinder schliefen längst. Max spürte, dass auch er müde war. Und ziemlich angetrunken. Er beschloss, Emilia zu holen und mit ihr nach Hause zu gehen. Er stellte sein leeres Glas ab und erhob sich vom Sofa.

»Ich breche dann mal auf.«

Sie umarmten sich zum Abschied. Plötzlich drückte Pina ihre Lippen auf seine. Max erwiderte den Kuss.

Er hatte den Eindruck, noch nie so weiche Lippen geküsst zu haben.

Er stand in Flammen.

Pina ergriff seine Hand und führte ihn in ihr Zimmer.

42.

Mitten in der Nacht erwachte er im Bett seiner Nachbarin. Ein leichter Geruch von Lavendel hing im Zimmer. Draußen war es völlig still. Schwaches Licht fiel durch das vorhanglose Fenster herein – Straßenlaternen oder der Mond.

Pina lag neben ihm, bis über die Schultern in ihre Bettdecke gehüllt. Er betrachtete ihren Hinterkopf und das dunkle Haar, das über ihr Kissen fiel.

In seinen Gedanken waren sie noch immer umschlungen, ihre Körper verschmolzen. Die Erinnerung daran saß in jeder seiner Poren. Pinas Haut an seiner Haut. Warm und straff und fest zupackend, zugleich feucht und weich. Er schmeckte und roch sie. Er hörte sie heftig atmen. Ein leises Stöhnen, als sie kam.

Am liebsten hätte er das alles gleich hier und jetzt wiederholt.

Dann dachte er an Julia.

Vorsichtig schälte er sich aus seiner Decke und stand auf. Er spürte, dass er noch lange nicht nüchtern war. Vermutlich hatte er eine Fahne.

Er tastete nach seiner Kleidung und fand sein Handy.

Schließlich schlich er aus dem Zimmer und suchte die Toilette auf, die er zum Glück sofort fand.

Ihm war eingefallen, dass er das Telefon während der gestrigen Besprechung mit Polizeidirektor Priebe stumm geschaltet hatte. Seitdem hatte er den Klingelton nicht wieder aktiviert. Wie konnte er das nur vergessen?

Womöglich hatte seine Frau in der Zwischenzeit versucht, ihn zu erreichen.

Max drückte die Taste, das Display wurde hell.

Tatsächlich – ein verpasster Anruf.

Die angezeigte Nummer stammte allerdings aus dem Präsidium.

Max beruhigte sich wieder.

Der Anrufer hatte eine Nachricht hinterlassen.

Max tippte auf das grüne Symbol und nahm das Handy ans Ohr.

»Ich bin's, Wilke, Kriminaltechnik. Dies ist eine Nachricht für Max Bauer. Die Prints, die du mir gebracht hast, stammen von dir sowie von einer weiteren Person. Der Abgleich mit AFIS hat einen Treffer ergeben. Die Kripo Hamburg hat die Person vor dreieinhalb Jahren erkennungsdienstlich behandelt. Willst du wissen, wer es ist?«

Blöde Frage, dachte Max. Deshalb habe ich die Fingerspuren doch gesichert.

Nach einer Kunstpause fuhr der Kollege fort: »Es handelt sich um eine gewisse Sandra Tessin, geboren am 2.12.1991 in Uetersen, Schleswig-Holstein. Okay?

Danke, bitte, gern geschehen, Kollege Bauer. Kostet dich bei Gelegenheit ein Uerige.«

Max konnte nicht glauben, was er da vernommen hatte.

Er hörte sich die Sprachnachricht noch einmal an.

Das Datum, das Wilke nannte, war der Geburtstag seiner Frau.

Sie stammte also aus Uetersen bei Hamburg.

Und war wegen einer Straftat festgenommen worden.

Oder man hatte ihre Fingerabdrücke genommen, um ihre Identität festzustellen. Was auch nichts Gutes bedeutete. Deshalb also ihre Geheimniskrämerei.

Und ihr Name war eine Lüge.

Sandra Tessin.

Die Papiere, das Ausbildungszeugnis – gefälscht.

Max fühlte sich wie im freien Fall. Wie in einem Aufzug, dessen Seile man gekappt hatte und in dem es nichts gab, um sich daran festzuhalten. Er holte tief Luft.

Julia, wer bist du?

Er starrte auf sein Handy, als könnte es ihm Antworten geben.

Ein Klopfen an der Toilettentür. Leise ertönte Pinas Stimme.

»Max, ich muss auch mal!«

43.

Max trug Emilia zur anderen Straßenseite hinüber. Sie schlang ihre Ärmchen um seinen Nacken, schlummerte aber weiter.

Am nächsten Morgen schien es ihr ganz natürlich zu sein, im eigenen Bett aufzuwachen, obwohl sie bei Ruben eingeschlafen war.

Etwas früher als sonst fuhren sie zum Zwergennest. Obwohl er die Zähne geputzt hatte, lag ein öder Geschmack auf seiner Zunge. Kopfschmerzen hatte er keine. Pinas Wein konnte nicht schlecht gewesen sein.

Noch in der Nacht hatte er mit Pina vereinbart, Ruben zur Kita mitzunehmen. Auf sein Klingeln kam der Junge sofort die Treppe heruntergepoltert. Seine Nachbarin bekam Max nicht zu Gesicht.

Vor dem Zwergennest parkte er in zweiter Reihe. Er begleitete die Kinder hinein, wo Gudrun sie in Empfang nahm. Danach beeilte er sich, ins Präsidium zu kommen.

Max wollte Kontakt zur Kripo in Hamburg aufnehmen, um alles über Julia alias Sandra Tessin zu erfahren, was dort bekannt war. Er rief dem Pförtner einen flüchtigen Gruß zu, betrat das Foyer und lief in zwei Männer hinein, die dort standen.

»Sorry«, sagte er und wandte sich dem Paternoster zu.

»Max Bauer?«

Er blieb stehen. »Was gibt's?«

»Das würden wir gern in unserem Büro besprechen«, antwortete der ältere der beiden, ein unfreundlich dreinschauender, untersetzter Mann mit sorgfältig getrimmtem Vollbart. Er deutete nach oben.

»Ich kenne euch nicht«, erwiderte Max. »Wer seid ihr?«

»Wir kommen eigentlich von der Kripo Mönchengladbach und sind seit fünf Wochen hier im besonderen Einsatz. Mein Name ist Jürgen Brockhoff, und das ist Sebastian Leonhard.«

Er wies auf den Jüngeren. Max' Blick blieb an dessen Jeans hängen. Die Hosenbeine hatten schmale, silbrig glänzende Seitenstreifen. Offenbar hielt man das in Mönchengladbach für den letzten Schrei. Max hob den Blick. Zu allem Überfluss versuchte der Kollege auch noch seine Stirnglatze zu kaschieren, indem er sämtliche Haare vorn zusammenkämmte.

»Jetzt weiß ich immer noch nicht, was ihr von mir wollt.«

»Interne Ermittlungen.«

Die Staatsanwaltschaft hatte Leute von außerhalb angefordert, damit die Unabhängigkeit gewährleistet blieb. Max erinnerte sich an Mirko von der Altstadtwache, der suspendiert worden war, nachdem ihn die Internen unter die Lupe genommen hatten.

Wann hatte er Mirko zuletzt gesehen? Jedenfalls vor der Sache mit dem Prepper, als er noch an der Heinrich-Heine-Allee im Wach- und Wechseldienst gearbeitet hatte. Also vor fast zwei Jahren.

Über den Kollegen weiß ich nichts, dachte Max. Als Zeuge bin ich komplett untauglich. Außerdem steht ihr auf der falschen Seite.

Handlanger der Politik statt Polizei.

»Heute geht es nicht«, antwortete Max. »Hab zu tun.«

»Kein Problem. Das haben wir mit Polizeidirektor Priebe geklärt. Er braucht dich erst am Nachmittag.«

»Dann sagt jetzt endlich, um was es geht.«

Zwei Kolleginnen durchquerten das Foyer. Max grüßte sie. Der Modebewusste stierte ihnen hinterher. Weitere Beamte liefen vorbei. Schichtwechsel, Dienstbeginn.

»Nicht hier«, sagte der Bärtige. »Vertrauliche Dinge besprechen wir besser hinter verschlossener Tür, nicht wahr?«

»Ich verpfeife niemanden.«

»Natürlich. Am Anfang behauptet das jeder. Aber bis jetzt haben wir jeden von den Vorzügen der Kooperation überzeugen können.«

Er lächelte wie ein Folterknecht der Inquisition beim Geständnis einer armen Seele.

Sie führten Max in ein kleines Büro am Ende eines langen Ganges, in das man einen zweiten Schreibtisch gestellt hatte. Stapel von Akten auf der Kommode verstärkten den Eindruck von Enge und Provisorium. Wer den Kripo-Leuten aus Mönchengladbach diesen Raum zugewiesen hatte, schien ihren Status nicht sehr hoch einzuschätzen.

Brockhoff und Leonhard schien das nicht zu bekümmern.

Der Ältere wies auf den einzigen Besucherstuhl. Leonhard zog den Drehsessel von seinem Arbeitsplatz herüber und zwängte sich an die Seite des Tisches. Er schlug die Beine übereinander und präsentierte die Glitzerstreifen.

Brockhoff blätterte Fotos aus einem Umschlag auf die Tischplatte und drehte sie so, dass Max sie studieren konnte.

Der Hafen von Vlissingen.

Sein Volvo an der Rampe der Lagerhalle.

Er, zwei Arbeiter im Blaumann, zwei Kisten.

Grobkörnige Aufnahmen mit dem Tele.

Dann der Hof des Music Point. Sein Wagen neben einem schwarzen Ford Mustang.

André und er beim Ausladen derselben Kisten.

Max spürte ein Kribbeln. Er war froh, dass er saß.

Brockhoff und Leonhard waren auf keinen Fall seine Freunde.

»Das hätte ich mir denken können«, sagte Max. »Die eigenen Kollegen haben mich observiert. Ein weißer Toyota, ein schwarzer Mercedes und ein silbergrauer BMW. Stimmt's oder habe ich recht?«

»Unter anderem«, antwortete Brockhoff.

»Habt ihr wirklich nichts Besseres zu tun?«

»Wenn ein Polizeibeamter Drogen schmuggelt, hört der Spaß auf.«

»Wie bitte?«

»Wir wissen Bescheid, Bauer. Zwei Kilo Kokain. Zwischen die Lautsprecher in zwei Verstärker der Marke Friedmann gepackt. Du kannst uns nichts vormachen.«

Max schwieg.

Leonhard ergänzte: »Tu nicht so, als hättest du nichts davon gewusst. Die Masche kannst du dir sparen.«

44.

Einen Moment lang lähmte die Überraschung sein Denkvermögen. Die Anschuldigung, die im Raum stand, raubte ihm fast den Atem. Max sah nicht nur seinen Ruf und seine Karriere in Gefahr, sondern sein gesamtes bürgerliches Leben.

Auf das, was diese Leute ihm vorwarfen, stand eine mehrjährige Haftstrafe.

Ich sage kein Wort mehr, dachte er.

Ich will hier raus.

Dann rief Max sich ein paar einfache Übungen in Erinnerung, die er nach der Flammenattacke des Preppers während der Reha gelernt hatte. Konzentriere dich auf deine Atmung. Tief und gleichmäßig. Balle die Fäuste und spanne die Zehen an. Lass wieder los.

Mach dich locker.

Mit fester Stimme sagte Max: »Auf den Fotos kann ich keine Drogen erkennen.«

»Ich wusste es«, brummte Leonhard. »Er will uns für dumm verkaufen.«

»Wie kommt ihr auf so eine absurde Geschichte?«

Das Ganze ist nur ein Bluff, sagte er sich. Sie vermuten bloß. Es gibt keine belastbaren Anhaltspunkte. Sonst würden sie anders auftreten.

Brockhoff antwortete: »Wir könnten Mirko Topalovic jederzeit wegen des Diebstahls beschlagnahmter Beweismittel ins Gefängnis bringen. Die Fakten haben wir schon lange beisammen.«

»Oh, ich hab's mit zwei ganz tollen Hechten zu tun.«

Brockhoff fuhr ungerührt fort: »Von Beginn an hat sich abgezeichnet, dass es nicht bloß um *einen* Kollegen geht. Auch nicht um seine ziemlich spezielle Dienstgruppe. Der viel gerühmte Einsatztrupp Präsenz und Intervention ist lediglich Teil eines korrupten Netzwerks mit Kontakten bis ins Ausland.«

»Einsatztrupp Näschen im Schnee«, feixte Leonhard. »Aber wem erzähle ich das. Nicht wahr, Bauer?«

»Dieser Dienstgruppe habe ich nie angehört, und das wisst ihr.«

»Seit Samstagabend geht es nicht mehr bloß um Drogen. Sondern um Mord. Was bedeutet, dass wir jedes Geschütz auffahren können.«

»Du kannst dir also ausrechnen, was dir als Drogenkurier blüht«, fügte Leonhard hinzu.

Max ahnte, worauf die Drohung hinauslaufen würde. All das Schwadronieren von der Verschwörung zahlreicher Beamter.

Die internen Ermittler halten mich für eine Randfigur.

Die man umdrehen kann.

Sie brauchen mich, weil sie nichts als Vermutungen haben.

»Wow!«, entgegnete Max. »Dumm nur, dass die Mordkommission keine korrupten Bullen im Visier hat, sondern zwei südländisch wirkende Männer. Hat man euch die Phantombilder nicht gezeigt?«

»Wir führen unsere Ermittlungen getrennt, aber wir stehen in ständigem Austausch, keine Sorge. Die Frage lautet, wer den Typen den Auftrag erteilt hat. Und uns ist aufgefallen, wie intensiv du dich für den Mordfall interessierst.«

Max verdrehte die Augen.

Schaumschläger, dachte er.

»Wir bieten dir die Chance, straflos aus der Sache herauszukommen.«

Max stand auf. »Tschüss, Jungs. War nett, mit euch zu plaudern.«

Brockhoff klopfte auf die Fotos. »Wer kümmert sich um deine Tochter, wenn du deswegen in U-Haft sitzt?«

Leonhard ergänzte: »Jetzt, wo deine Frau dich im Stich gelassen hat?«

Das hatte sich also auch herumgesprochen.

»Entscheide dich, Bauer. Allerdings gibt es keine Bedenkzeit.«

Max setzte sich wieder. »Was soll ich tun?«

»Du pflegst weiterhin den Kontakt zur Bande und berichtest uns lückenlos und wahrheitsgemäß. Solltest du uns allerdings auch nur eine Kleinigkeit verschweigen, landest du im Gefängnis.«

»Und irgendwann werden wir dich verkabeln«, sagte Brockhoff.

»Klingt interessant.«

»Na endlich.«

»Nur blöd, dass ich die Bande nicht kenne, von der ihr sprecht.«

Leonhard schloss die Augen und schüttelte den Kopf.

Brockhoff sagte: »Wir wissen, dass du am Samstag bei Robert Bauer warst. Er und André Bauer waren am Dienstag bei dir. Auch deine Kontakte mit Albert König sind verbürgt. Erst gestern warst du wieder im Music Point.« Er beugte sich nach vorn. »Und zwar, um brühwarm Interna der Düsseldorfer Kripo auszuplaudern.«

Sie haben Alberts Büro verwanzt, stellte Max fest.

In seinem Kopf begann es zu arbeiten.

»Bauer, hör zu!«

»Was noch?«

Brockhoff drehte eine Mappe zu Max hin und schlug sie auf.

»Hier die Vereinbarung. Straffreiheit gegen volle Kooperation. Du siehst die Unterschrift des Staatsanwalts. Fehlt nur noch dein Autogramm. Da bei dem Kreuz. Bitte schön.«

Max zögerte.

Leonhard deutete mit dem Finger auf ihn. »Deine Brüder sind nicht deine Brüder. Euch eint nicht mehr als die Verehrung eines vermeintlichen Helden.«

Sie haben sich gründlich mit meiner Vita befasst, staunte Max.

»Und wehe, du warnst diese Leute, Bauer. Die geringste Änderung in ihren Gewohnheiten bekommen wir mit. In Echtzeit und in Farbe. Dann bist du der Erste, den wir einbuchten.«

»Denk an deine Tochter«, sagte Brockhoff.

»Lasst Emilia aus dem Spiel!«, entfuhr es Max.

»Falls du im Knast landest, steckt das Amt sie im besten Fall nicht ins Heim. Sondern findet eine Pflegefamilie, und die Kleine lernt rasch, dich zu vergessen. Sie ist ja erst drei.«

Max begann die beiden Typen zu hassen.

»Aber dazu muss es nicht kommen.« Brockhoff legte einen Stift auf die Erklärung.

Max dachte an seine russische Familie. Mit Robert, André und auch mit Albert war er seit seiner Jugend verbunden. Als es ihm dreckig ging, hatten sie ihn unterstützt, wie es niemand sonst getan hatte.

»Also?«, fragte Brockhoff.

Leonhard kreuzte erneut die Beine.

Max deutete auf die Jeans.

»Schicke Hose«, sagte er und nickte anerkennend.

Dann stand er auf und verließ das Büro der Internen.

45.

Max hielt den Mief nicht mehr aus.

Er trat aus dem Gebäude aus den frühen Dreißigerjahren, das einer Festung glich, folgte dem Fürstenwall, passierte nach wenigen Minuten Rheinturm und Wasserschutzpolizei und stand schließlich auf der Fußgängerbrücke über die Zufahrt zum Rheinhafen. Die Luft roch fast wie an der Nordseeküste Zeelands, wo er vor Kurzem mit Emilia Sandburgen gebaut hatte.

Als die Welt noch in Ordnung war.

Max ging zum kleinen Strand hinunter. Der Sand war kühl und weich unter den Sohlen seiner Sneakers. Er lauschte dem leisen Tuckern eines sich nähernden Frachters.

Hatte er tatsächlich Kokain transportiert?

Sicher, Albert war ein Schlitzohr. Er beherrschte alle Tricks, die ein guter Verkäufer benötigte. Aber als Drogendealer konnte sich Max den Mann, der für ihn manchmal wie ein Vater war, nicht vorstellen.

Und nie hätte Albert ihn für so etwas eingespannt.

Und wenn doch?

Was wussten Robert und André darüber?

Hatten sie etwas mit dem Mord an Frodo zu tun?

Max bückte sich und sammelte flach geschliffene Rheinkiesel ein. Er ließ einen nach dem anderen über die Wellen hüpfen und sah zu, wie sie mehrfach das Wasser berührten. Ein paarmal zählte er sogar bis sieben.

Er blickte sich um. Ließen ihn die internen Ermittler auch hier observieren?

Der Aufwand, den sie trieben, war enorm.

Brockhoffs Worte: *Ein korruptes Netzwerk mit Kontakten bis ins Ausland.*

Der Frachter war jetzt auf seiner Höhe. Das Schiff mühte sich gegen die Strömung und lag tief im Wasser. Die rot-weiß-blaue Flagge hing schlaff herab. Möwen kreischten. Am Heck stand das Auto des Kapitäns.

Max schüttelte den Kopf – schon wieder ein weißer Toyota.

Er roch den Dieselruß des Schiffsmotors und trat den Rückweg an.

TEIL DREI

VLISSINGEN II

I forget to pray for the angels
And then the angels forget to pray for us.

(Leonard Cohen, »So Long, Marianne«)

46.

Die Sitzung im Landeskriminalamt an der Völklinger Straße, zu der Max seinen Direktionsleiter, Polizeidirektor Priebe, am Nachmittag begleitete, schien ausschließlich einen Zweck zu haben: Gründe für ein Verbot der Palästinenser-Demonstration zu finden. Nicht nur Priebe war offenbar vom Innenminister instruiert worden. Auch die Vertreterin des Landesamts für Verfassungsschutz äußerte nichts als Sorge vor einem Imageschaden für das Land, falls Palästinensergruppen zum Jahrestag der Nakba antisemitische Parolen skandieren würden.

Max hatte wenig beizutragen. Die Diskussion drehte sich um juristische Fragen. Immerhin schützte die Verfassung das Demonstrationsrecht. Deshalb bestand die Gefahr, dass das Verwaltungsgericht ein Verbot aufheben würde.

Auch nicht gut fürs Ansehen der Sicherheitsbehörden.

Eine Stunde lang ging es ergebnislos hin und her, dann wurde die Besprechung unterbrochen. Priebe und die Frau vom Verfassungsschutz zogen sich in ein Büro zurück. Um mit dem Minister Rücksprache zu halten, vermutete Max.

Er suchte die Toilette auf. Auf der Schüssel sitzend, las er seine Mails. Anschließend suchte er im Internet nach Neuigkeiten zum Fall Übelreuther.

Die Mordkommission hatte keine weiteren Erkenntnisse veröffentlicht.

Es war auch sonst nichts durchgesickert.

Max betätigte die Spülung und trat aus der Kabine.

Ein großer Blonder warf sein benutztes Papierhandtuch in den Abfalleimer neben dem Waschbecken und wandte sich zum Gehen. Kurz erhaschte Max im Spiegel einen Blick auf dessen Gesicht.

Blaue Augen. Schiefe Nase.

Max ballte die Fäuste. »Hey!«

Der Blonde verließ den Raum. Die Tür fiel ins Schloss. Max erreichte sie mit drei Schritten und riss sie wieder auf.

Der große blonde Kerl eilte am Ende des Toilettentrakts um die Ecke. Drei Frauen kamen Max entgegen. Sie scherzten und lachten. Eine von ihnen musterte Max mit unverhohlenem Interesse.

Er drängte sich vorbei und erreichte den langen Gang. Menschenleer.

Der Kerl musste sich in eines der Büros geflüchtet haben.

Max begann, eine Tür nach der anderen zu öffnen.

Er blickte in ein leeres, lichtdurchflutetes Büro mit Grünpflanzen.

Dann in ein irritiertes Gesicht. »Suchen Sie was?«, fragte die Frau.

Max ignorierte sie, stürmte weiter, drückte die dritte Tür auf.

Der Blonde lehnte an einem Tisch und studierte das Display seines Handys. Mit großen Augen blickte er auf.

Max stürzte sich auf ihn, bevor er sich wehren konnte. Er riss ihm den Arm auf den Rücken, stellte sein Bein vor und brachte ihn zu Fall. Das Handy des Kerls schepperte zu Boden. Max kniete sich auf seine Brust und hieb ihm die Faust ins Gesicht, um Gegenwehr zu ersticken.

Seine Knöchel schmerzten.

Der Blonde bäumte sich auf. Max versuchte die Hand abzuwehren, die nach seinem Hals griff. Plötzlich verlor er die Balance, fiel zur Seite, und sein Gegner fixierte ihn am Boden.

Max schlug dem Kerl das Knie in den Bauch und gewann die Oberhand zurück.

Doch nur für einen Moment.

Keuchend wälzten sie sich auf dem Boden. Immer wenn Max glaubte, den anderen festgesetzt zu haben, mobilisierte dieser ungeahnte Kräfte. Ein wildes Ringen, mehrfach stieß Max gegen Büroeinrichtung, bis er schließlich mit dem Kopf gegen den Schreibtisch krachte.

Sie rappelten sich hoch. Um seine Kräfte einzuteilen, beschloss Max, den nächsten Angriff seines Gegenübers abzuwarten, um ihn zu kontern. Doch der Blonde schien den gleichen Plan zu verfolgen.

Atemlos belauerten sie einander.

»Was ist da los?«

Die Frau von nebenan stand in der Tür.

Max stieß hervor: »Helfen Sie mir, diesen Mann festzunehmen!«

Der Blonde wischte mit dem Handrücken den Blutfaden ab, der ihm aus der Nase lief.

»Beruhigen Sie sich, Herr Bauer«, sagte er. »Mein Name ist Fabian Schilling.«

Er streckte die Hand aus.

Max wandte sich an die Frau.

»Können Sie Handschellen besorgen?«

Mit besorgtem Gesicht machte sie einen Schritt auf den Blonden zu.

»Bist du verletzt, Fabian?«

Der Mann winkte ab. »Sag ihm, wer ich bin.«

Die Frau zeigte Max beschwörend ihre Handflächen. »Fabian ist mein Dienststellenleiter. Kriminalhauptkommissar Schilling. In diesem Haus für OK zuständig. Wer sind Sie, und was wollen Sie?«

Schilling unternahm einen zweiten Anlauf, Max die Hand zu reichen.

»Wir sind Kollegen und sollten uns duzen. Nicht wahr, Max Bauer?«

47.

Max rieb sich die Finger seiner rechten Hand. Er saß auf dem Besucherstuhl vor dem Schreibtisch, den sie zurechtgerückt hatten. Zum Glück war das Handy des Kollegen nicht zu Bruch gegangen, seine Nase nicht ernsthaft verletzt und kein Zahn ausgeschlagen. Nur der Wangenknochen lief vom Schlag rot an.

Er hörte Schilling zu, doch es dauerte, bis Max begriff, was der Mann vom Landeskriminalamt ihm zu erklären versuchte.

Schilling hatte Julia beim Untertauchen geholfen.

Offenbar aus guten Gründen.

»Ich kann deine Empörung nachvollziehen«, sagte der blonde LKA-Kommissar. »Normalerweise raube ich keine Kinder aus parkenden Autos.«

»Sollte ein Beamter auch nicht tun.«

»Natürlich nicht. Aber ungewöhnliche Situationen erfordern ungewöhnliche Handlungen. So ein Fall ist mir noch nie begegnet.«

»Und was soll rechtfertigen, dass du dich an meiner Tochter vergreifst?«

»Sandra wollte sie unbedingt bei sich haben. Ich hatte

Angst, dass sie andernfalls etwas Dummes tun und sich in größte Gefahr bringen würde.«

»Sandra?«

»Stimmt. Du kennst sie unter dem Namen Julia.«

Warum hatte seine Frau diesen Mann beauftragt, ihr Kind zu entführen? Warum war sie abgehauen?

»Welche größte Gefahr?«, fragte Max.

Schilling legte dar, dass er im Dezernat 11 des Landeskriminalamts arbeitete und für Ermittlungen gegen organisierte Kriminalität zuständig war. Ein Kollege aus Hamburg, den er privat gut kannte, hatte ihn gebeten, sich um Julia zu kümmern.

»Als du sie getroffen hast«, sagte Schilling, »lebte sie im Zeugenschutzprogramm. Anderes Bundesland, neue Identität. Alles, was dazugehört.«

»Aber mit mir hätte sie doch darüber reden können!«

»Die Hamburger Kollegen hatten ihr eingeschärft, sich unter keinen Umständen zu enttarnen. Auch nach Jahren nicht. Und nicht einmal gegenüber einem neuen Lebenspartner.«

»Mein Gott, ich bin Polizist!«

Schilling verzog die Mundwinkel. »Jedem rutscht mal ein unbedachtes Wort heraus. Und das macht rasch die Runde. Deine Frau ist auf Nummer sicher gegangen, und das hättest du an ihrer Stelle auch gemacht. Auf sie ist in bestimmten Kreisen ein hohes Kopfgeld ausgesetzt worden. Und sie hat erlebt, wozu die Leute, gegen die sie ausgesagt hat, in der Lage sind.«

Max fiel Julias Besorgnis wegen des weißen Toyotas ein.

Ihre Nervosität an belebten Orten.

Nur ihm zuliebe hatte sie ihn zu Roberts Geburtstagsparty begleitet.

Schilling fuhr fort: »Weil man sich an deiner Frau nicht rächen konnte, hat man ihre Eltern ermordet. Krieg ich dich nicht, krieg ich deine Familie. So ticken diese Leute. Deshalb bestand Sandra darauf, dass ich eure Tochter zu ihr bringe.«

In eine sichere Wohnung des nordrhein-westfälischen Landeskriminalamts.

Aus der Julia allerdings seit zwei Tagen verschwunden war.

Nachdem der Kollege mit leeren Händen zu ihr kam.

»Sie hat sich nicht wieder bei dir gemeldet?«, fragte Max.

Schilling schüttelte den Kopf.

»Und bei dem Kollegen in Hamburg?«

»Auch nicht.«

Ein zweites Mal verschwunden, dachte Max. Erst von ihrem Zuhause, dann aus der Obhut Schillings. Was hatte Julia vor?

48.

Max schwirrte der Kopf. Es tat ihm leid, dass er Schilling geschlagen hatte. Er reichte ihm ein sauberes Taschentuch. Schilling tupfte sich vorsichtig die Nase ab.

»Jetzt muss ich dich mal was fragen«, sagte er.

»Bitte.«

»Was ist eigentlich auf der Geburtstagsfeier deines Bruders oder Kollegen in Büttgen geschehen?«

Max hob die Schultern. Er wusste es nicht. Der einzige Vorfall, der ihm im Gedächtnis geblieben war, hatte darin bestanden, dass Timo von der Altstadtwache Spiritus auf den Grill geschüttet und eine gewaltige Stichflamme ausgelöst hatte.

Aber Julia war schon vorher mit verstörter Miene zu ihm gekommen.

Max erinnerte sich daran, dass sie erfolglos versucht hatte, seine Mutter zu erreichen. Bereits da hatte ihre Sorge Emilia gegolten.

»Hat sie *dir* das nicht gesagt?«, fragte Max.

»Mir gegenüber blieb sie sehr verschlossen.«

»Wissen die Leute, gegen die Julia ausgesagt hat, dass sie ein Kind hat?«

»Keine Ahnung«, antwortete Schilling.

»Was hat sie dir überhaupt erzählt?«

»So gut wie nichts. Ich weiß nur, dass sie in ihrer Not ihren Kontaktmann beim Hamburger LKA verständigt hat. Und weil der mich kennt, bin ich ins Spiel gekommen. Alles, was ich weiß, habe ich von Laszlo.«

»Von dem besagten Kollegen in Hamburg.«

Schilling nickte. »Ich habe deine Frau in seinem Auftrag am Bahnhof in Korschenbroich eingesammelt. Sie war völlig durch den Wind.«

»Und dann?«

»Zum Glück war die sichere Wohnung frei. Ich habe ihr täglich Lebensmittel vorbeigebracht. Zeitungen, Zahnpasta und was sie sonst noch alles brauchte.«

»Bist *du* bei uns eingebrochen?«

»Deine Frau hat mir den Schlüssel gegeben. Sie bestand darauf, dass ich ihr die Papiere bringe.«

»Du hast Handschuhe getragen.«

»Ja. Und ich war nur an der Kommode. Sonst habe ich nichts angetastet.«

»Und weiter?«

»Ich hatte deiner Frau eingeschärft, dass sie keinen Fuß vor die Wohnungstür setzen soll. Die ersten Tage hat sie sich auch zusammengerissen. Aber als ich vorgestern ohne ihre Tochter ...«

»Da war sie sauer.«

»Das ist noch sehr mild ausgedrückt.«

»Aber wenn diese Leute so gefährlich sind, ist Emilia besser bei mir aufgehoben.«

»Um dich hat Sandra ebenfalls große Angst.« Schilling korrigierte sich: »Beziehungsweise Julia.«

Max spürte, wie ihn die Geschichte aufwühlte.

Ihm fehlten wichtige Informationen, um die Lage einzuschätzen.

»Was ist in Hamburg passiert?«, fragte er.

»Wie meinst du das?«

»Es hat einen Prozess gegeben, in dem Julia als Zeugin aufgetreten ist. Das heißt, sie hat jemanden verraten. Wer war das, und um was ging es da?«

»Diesen Teil der Geschichte kenne ich nicht.«

»Besorg mir die Akte.«

»Was da drinsteht, willst du gar nicht wissen, Max.«

»Doch. Auf jeden Fall.«

»Es würde wahrscheinlich das Bild, das du von deiner Frau hast, gründlich verändern.«

»Ich denke, ich habe ein Recht darauf zu erfahren, wer sie wirklich ist!«

Fabian Schilling musterte ihn, dann gab er seufzend nach. Er schrieb etwas auf einen Zettel und reichte ihn Max.

»Wende dich selbst an Laszlo«, sagte er. »Vielleicht erzählt er dir etwas.«

Max warf einen Blick auf die Notiz. Eine Mobilfunknummer und ein Name.

Laszlo Polgar.

Schilling sagte: »Er hat damals die Ermittlungen geleitet und konnte deine Frau überreden, die Seiten zu wechseln. Ihre Aussage hat ihm wohl zum Erfolg verholfen.«

Julia war an einem Verbrechen beteiligt gewesen, schlussfolgerte Max.

Eine Kriminelle.

Oder ein Opfer von Polgar.

Vielleicht hatte der Hamburger LKA-Mann Julia erpresst. Wie die internen Ermittler ihn erpressen wollten, ein Abkommen mit der Staatsanwaltschaft zu unterschreiben. Obwohl er völlig unschuldig war.

»Laszlo ist ein feiner Kerl«, behauptete Schilling, als könne er Gedanken lesen. »Wir haben uns vor langer Zeit im Rahmen einer verdeckten Ermittlung kennengelernt. Als es brenzlig wurde, haben wir uns gegenseitig aus der Patsche geholfen. Es war verdammt knapp. Seitdem treffen wir uns jedes Jahr, um zu feiern, dass wir noch leben.«

Schilling zeigte ein schmales Lächeln.

Max sagte: »Ich möchte, dass du ihm meinen Anruf ankündigst.«

»Das kann ich gern tun«, antwortete der blonde LKA-Mann. »Aber rechne nicht damit, dass Laszlo dir viel verraten wird. Die Sicherheit seiner Zeugin steht für ihn auch heute noch an erster Stelle.«

49.

Max traf viel zu spät im Besprechungsraum ein. Die Sitzung war längst ohne ihn fortgesetzt worden. Polizeidirektor Priebe warf ihm einen tadelnden Blick zu, stellte aber keine Fragen.

Inzwischen war die Entscheidung gefallen. Die Polizei würde die Demo der Palästinenser verbieten, weil antisemitische Hetze zu erwarten sei. Offenbar rechnete der Minister damit, dass ihm das Verwaltungsgericht keinen Strich durch die Rechnung machen würde.

Aber darin besteht nicht das einzige Risiko, dachte Max.

Als sie nach dem Meeting aufbrachen, sagte Priebe: »Sie gucken so missmutig, Kollege Bauer. Was ist los mit Ihnen?«

»Das Verbot könnte uns in eine noch brisantere Situation manövrieren.«

»Inwiefern?«

»Es wird Proteste dagegen geben. Womöglich einen spontanen Aufmarsch trotz des Verbots.«

»Trommeln Sie die Führungsstelle zusammen. Liefern Sie mir bis morgen Mittag ein Konzept, wie wir dem begegnen können.«

»Das beste Konzept wird nicht ...«

Der Polizeidirektor unterbrach ihn scharf. »Der Minister hat so entschieden. Daran können wir jetzt nicht mehr rütteln.«

Weil du zu feige warst, ihm Alternativen zu nennen, dachte Max.

Wenn wir kein Rückgrat zeigen, nimmt uns die Politik nicht ernst.

Rückgrat – vermutlich schwierig für einen wie Priebe.

Später als sonst traf Max bei seiner Mutter ein. Unterwegs hatte er sorgfältig darauf geachtet, dass ihn niemand observierte. Nicht wegen der internen Ermittler. Die waren ihm vergleichsweise egal.

In seinem Kopf hallten Schillings Worte nach.

Über die Bande, die Julia einst verraten hatte.

Krieg ich dich nicht, krieg ich deine Familie. So ticken diese Leute.

Am liebsten hätte Max seine Tochter auch über Nacht bei Anne gelassen, denn hier glaubte er sie relativ sicher untergebracht. Zudem hatte er wegen der angeblichen Kokainsache dringend mit Albert zu reden und wollte Emilia nicht dabeihaben.

Doch Anne winkte ab.

»Heute nicht«, sagte sie. »Habe Karten fürs Konzert.«

»Was für ein Konzert?«

»Ein Orchester aus Venedig gastiert im Robert-Schumann-Saal. Sie spielen Vivaldi und Piazzolla.«

Die Namen sagten Max etwas. Aber dass sich seine

Mutter für diese Komponisten interessierte, war ihm neu.

Seine zweite Idee war, Pina anzurufen. Sie klang erfreut, seine Stimme zu hören. Sie meinte, Ruben würde begeistert sein, wieder einen Abend mit Emilia zu verbringen.

Max half seiner Tochter in die Jacke und beim Schnüren der Schuhe. Dabei fielen ihm die Konzertkarten auf, die seine Mutter mit Klebstreifen an die Tür geheftet hatte.

Es waren zwei.

»Mit wem gehst du ins Konzert?«, fragte Max.

»Warum willst du das wissen?«, empörte sich seine Mutter. »Ich kann mich treffen, mit wem ich will.«

»Hab nie das Gegenteil behauptet.«

Er nahm Emilia auf den Arm und verabschiedete sich.

50.

Max schnallte seine Tochter im Kindersitz fest. Ihm fiel auf, dass auf dem Rücksitz noch die Melodica lag, die Albert ihm gestern für Emilia mitgegeben hatte. Er nahm sie aus der Hülle und reichte der Kleinen das Instrument.

»Weißt du, was das ist?«

Emilia nickte.

»Eine Melodica«, erklärte er trotzdem. »Mit ganz lieben Grüßen von Onkel Albert. Das ist sein Geschenk für dich zum Geburtstag. Er meint, du könntest schon darauf spielen. Bist du denn dafür groß genug?«

»Ja, Papi.«

Max zeigte ihr, wie man das Instrument bediente. Er pustete in das Mundstück und drückte ein paar Tasten. Einen Triller, einen Dreiklang. Dann gab er das Ding an Emilia weiter und nahm hinter dem Steuer Platz.

Während der gesamten Fahrt legte sie die Melodica nicht weg. Max registrierte ein unentwegtes Brummen und Fiepen. Es klang nicht unbedingt nach Musik. Eher wie Lungentraining für kleine Kinder.

Max blickte in den Rückspiegel.
Kein Verfolger in Sicht.
Bald erreichte er sein Viertel.

Seine Nachbarin begrüßte ihn mit ihren üblichen Wangenküssen. Sie unternahm keinen Versuch, intimer zu werden. Keine Anspielung auf die vergangene Nacht.
Max war froh darüber.
Er war sich noch nicht schlüssig darüber, wie er alles einordnen sollte.
»Spätestens um sieben hole ich Emilia wieder ab«, sagte er. »Dann bist du sie los.«
»Nichts da, Max. Wenn du zurückkommst, gibt es erst mal Abendessen. Keine Widerrede!«
Max fiel ein, dass er heute keine Zeit zum Einkaufen gefunden hatte.
»Okay«, antwortete er. »Gern!«
Pina streichelte zum Abschied seine Schulter. Er drückte ihre.
»Bis später!«, rief er seiner Tochter zu, die mit Ruben in dessen Zimmer verschwunden war.
»Jap!«, krähte sie zurück.
Die Kleine gibt sich cool, dachte Max.
Als er sein Auto erreichte, fischte er mit dem Schlüssel auch den Zettel aus der Tasche, den Schilling, der blonde LKA-Beamte, ihm gegeben hatte. Die Handynummer von Laszlo Polgar in Hamburg.
Max überlegte kurz, ob er ihn anrufen sollte.
Er beschloss, noch zu warten.

Schilling sollte die nötige Zeit haben, zuvor seinen Freund zu kontaktieren. Für Polgar war Max ein Unbekannter. Wie sollte ihm der Hamburger LKA-Mann ohne die Fürsprache seines Düsseldorfer Kollegen vertrauen?

Max stieg ein und startete den Wagen.

Er hörte die Red Hot Chili Peppers, deren CD noch im Player steckte.

Auf dem Weg zum Music Point kontrollierte er wieder und wieder den nachfolgenden Verkehr.

Die Luft schien rein zu sein.

51.

Keine Kundschaft im Laden, kein Unterricht. Selbst Birol schien nicht da zu sein. Onkel Albert kam Max entgegen und grüßte ihn herzlich.

Robert stand mit verschränkten Armen in der Tür zum Büro.

Gut, dass du auch da bist, dachte Max.

»Wie hat Emilia auf die Melodica reagiert?«, wollte Albert wissen.

Max legte den Finger auf die Lippen. Statt zu antworten, winkte er die beiden nach draußen auf den Hof. Widerstrebend folgten sie ihm.

Er führte sie in die hintere Ecke zu den Müllcontainern – möglichst weit weg vom Laden.

Er ließ den Blick schweifen. Der Wind pfiff über die öde Fläche und wirbelte Staub auf. Laub und Papierabfall häuften sich in einer Ecke. Eine Katze verschwand in Richtung Straße.

Sie waren die einzigen Menschen weit und breit.

»Was ist los?«, fragte Robert ungeduldig.

»Die Internen haben das Büro verwanzt«, antwortete Max.

Albert und Robert tauschten Blicke.

Max fragte: »Warum zum Teufel habt ihr mir nicht Bescheid gegeben, dass in den beiden Friedman-Combos Kokain versteckt war?«

Betretenes Schweigen.

Also stimmt es, dachte Max empört.

»Verdammt, so geht das nicht! Warum weiht ihr mich nicht ein?«

Robert reckte das Kinn hervor. »Woher weißt du …«

»Die Internen wollten mich ausquetschen. Sie meinen, ich arbeite für euch als Kurier. Aber sie können zum Glück nichts beweisen. Offenbar hören sie noch nicht lang genug mit.«

»Wer hat die Wanzen angebracht?«, fragte Robert.

»Keine Ahnung.«

Albert sagte: »Ich kenne einen Laden, der so kleine Geräte verkauft, mit denen man die Dinger orten kann.«

»Nichts da«, widersprach Max. »Diese Vogelscheuchen aus Mönchengladbach dürfen nicht wissen, dass ich euch gewarnt habe. Lasst sie in dem Glauben, sie seien einen Schritt voraus.«

Wieder wechselten Albert und Robert Blicke.

»Und passt auf, was ihr im Laden redet!«

»Okay«, antwortete Robert. »Dann gehen wir jetzt mal rein und trinken ganz harmlos ein Bier.«

Es gab Schlüssel Alt. Robert nahm drei Flaschen aus dem Kühlschrank. Sie ließen die Bügelverschlüsse aufploppen und stießen an.

»Sa Sdoròwje!«, rief Robert.

Max nahm einen großen Schluck, kühl und lecker.

»Gefällt ihr die Melodica?«, fragte Albert.

»Sie gibt sie nicht mehr aus der Hand.«

»Spielt sie damit?«

»Gerade entdeckt sie den Free Jazz.«

Albert lachte. Aber es kam nicht von Herzen. Eine ungezwungene Plauderei klingt anders, dachte Max.

Das wird auch den Internen auffallen.

Er schnitt einige Themen an, die nichts mit dem Zweck seines Besuchs zu tun hatten. Albert und Robert versuchten mitzuspielen, aber sie waren nicht bei der Sache.

Max hatte noch Klärungsbedarf.

»Ich muss dann wieder«, sagte er.

Dabei kniff er ein Auge zu, nickte in Richtung Hof und nahm seine angebrochene Flasche mit.

Die beiden anderen folgten ihm zum zweiten Mal nach draußen.

52.

Der Wind hatte zugenommen. Dazu kamen vereinzelte Regentropfen.

Max fuhr die beiden an: »Was ist bloß in euch gefahren?«

Albert kratzte sich den Nacken.

Robert blickte grimmig zu Boden.

»Sorry«, sagte Albert. »Ich hätte dich da nicht reinziehen sollen. Aber es war so praktisch. Es musste schnell gehen, und du warst gerade in der Nähe.«

»So praktisch – hast du sie noch alle?«

»Beruhige dich«, mahnte Robert.

»Wie denn? Meine Familie handelt mit Koks. Sie benutzt mich als Kurier. Und jetzt soll ich euch womöglich vor den internen Ermittlern beschützen?«

»Das wäre super«, sagte Albert.

»Was wissen die Wichser?«, fragte Robert.

Max bemühte sich, tief und gleichmäßig zu atmen. Er ballte die Faust und ließ locker. Dann sagte er sich, dass das Kind bereits in den Brunnen gefallen war und es nur noch darum gehen konnte, es möglichst heil zu bergen.

»Ihr beendet das mit dem Koks sofort«, verlangte er.

Die beiden schwiegen.

»Sofort«, wiederholte Max. »Versprochen?«

»So rasch wie möglich«, antwortete Albert und nickte, um seine Worte zu bekräftigen.

Max ahnte, dass es über die gebotene Eile unterschiedliche Auffassungen geben würde. Doch vorerst sollte ihm das egal sein. Er musste der Familie beistehen.

»Hört zu«, begann er. »Gegen Mirko haben sie alle Beweise, die sie brauchen. Behaupten sie zumindest. Angeblich ist er nur deshalb noch auf freiem Fuß, weil sie seine Komplizen in Sicherheit wiegen wollen. Euch und André zählen sie dazu.«

»Wird Mirko aussagen?«

»Bis jetzt hält er dicht, nehme ich an. Aber sie werden an ihm baggern. Bei mir haben sie es auch schon probiert. Noch haben sie nur die Wanze, und darüber wisst ihr nun Bescheid.«

Albert nickte. »Wir danken dir, mein Junge.«

»Was hat der Mord an Frodo mit dem Kokain zu tun?«

Die beiden schwiegen erneut.

»Sagt schon!«

»Du musst uns etwas Zeit geben«, antwortete Albert.

»Ich hab nach Frodo gefragt.«

»Je weniger du weißt, desto besser.«

»Gehöre ich denn nicht dazu?«

»Besser nicht, Max.«

»Warum eigentlich nicht?«, warf Robert ein und musterte ihn. »Wir könnten Verstärkung gebrauchen. Und immerhin gehört Max zur Familie.«

Albert wedelte mit beiden Händen. »Er bleibt außen vor und basta.«

Robert widersprach: »Niemand ist so vertrauenswürdig wie er, oder siehst du das anders?«

»Darum geht es nicht.«

»Ach ja, verstehe. Dein Lieblingsneffe soll sich nicht die Hände schmutzig machen. Hältst du ihn für besonders schützenswert? Glaubst du, er ist anders als wir? Schwächlich vom Gemüt her, oder was?«

»Robert, ich finde …«

»Onkelchen, das ist er nicht, glaub mir.«

»Hört auf zu streiten«, unterbrach Max.

»Machst du mit?«, fragte Robert ihn.

»Ich werde alles tun, um unsere Familien zu schützen«, antwortete Max. »Aber ich handle nicht mit Drogen.«

»Wir hören auf damit, versprochen. Wenn du allerdings noch einmal für uns nach Vlissingen fährst, beschleunigt das den Ausstieg enorm. Hab ich recht, Albert?«

Der Onkel blickte missmutig und sagte nichts.

Robert zog ein Handy aus der Jackentasche und reichte es Max.

»Ruf uns vorerst nur noch damit an.«

Max wog das Telefon in der Hand.

»Das Ding ist safe«, versuchte Robert ihn zu beruhigen. »Die Wichser haben es garantiert nicht auf dem Schirm.«

»Und weiter?«, fragte Max.

»Bloß keine Panik.« Robert legte ihm die Hand auf die Schulter. »Wir rufen dich an.«

53.

Auf der Heimfahrt ging Max die Unterredung mit Albert und Robert durch den Kopf. Wie weit würde er gehen, um sie zu schützen? Wie tief sich verstricken, um herauszufinden, was Sache war?

Er musste wieder an Julia denken.

Hatte ihr Verschwinden etwas mit der Kokainsache zu tun?

Max hielt es nicht länger aus.

Er lenkte den Volvo an den Straßenrand und wählte die Nummer von Laszlo Polgar. Der Kollege vom Landeskriminalamt Hamburg meldete sich nach dem dritten Klingeln.

»Polgar.«

»Mein Name ist Bauer. Max Bauer. Fabian Schilling vom Düsseldorfer LKA hat mir deine Nummer gegeben.«

»Ich weiß, wer du bist. Gestatte mir aber zuerst ein paar Kontrollfragen.«

»Bitte.«

»An welchem Ort hast du Sandra kennengelernt?«

»Für mich heißt sie Julia.«

»Meinetwegen.«

»Das war in Ketzin an der Havel, Brandenburg.«

»Und wie hast du deine Liebe bezeichnet, als du sie ihr gestanden hast?«

Max war verwundert. Eine sehr intime Frage. Er beschloss, sie trotzdem zu beantworten.

»Liebe dritten Grades.«

»Okay, du bist es.«

Max fragte zurück: »Julia hat mit dir über so etwas gesprochen?«

»Sie hatte niemanden sonst, den sie um Rat fragen konnte.«

»Willst du behaupten, Julia hätte dich gefragt, ob sie mich heiraten und mit Emilia nach Düsseldorf ziehen soll?«

»Ich hab nicht viel Zeit, Bauer. Was willst du wissen?«

»Wer war Sandra Tessin? Was hatte sie auf dem Kerbholz?«

»Sie war eine Tochter aus gutem Haus. Job mit bester Karriereperspektive. Eine reizende Person, überall beliebt. Das sollte auch das Bild bestimmen, das du von ihr hast.«

»Deswegen rufe ich nicht an, und das weißt du, Polgar.«

»Sandra hat einen Mann kennengelernt, der sie auf eine schiefe Bahn geführt hat. Wir wurden auf sie aufmerksam. Um ihrer Strafe zu entgehen, hat sie schließlich kooperiert, und zwar rückhaltlos, was ich ihr hoch anrechne. Sie hat den Reset geschafft, wenn auch mit ein paar Dellen.«

»Und dann?«

»Dank Sandra verbüßen ein paar echt üble Gestalten mehrjährige Haftstrafen. Der Typ, auf den sich Sandra eingelassen hat, kam beim Versuch der Festnahme ums Leben. Und daraufhin hat seine Ehefrau ewige Rache geschworen.«

»Der Arsch war verheiratet?«

»Leider konnten wir der Frau nichts nachweisen. Aber sie ist sehr einflussreich.«

»Wie heißt sie?«

Polgar blieb ihm die Antwort schuldig. »Du weißt, was mit Sandras Eltern geschehen ist?«, fragte er stattdessen.

»Sie wurden ermordet.«

»Dann weißt du auch, dass diese Frau keine Ruhe geben wird. Auch nach mehr als drei Jahren nicht.«

»Du hast mir noch nicht verraten, was Julia verbrochen hat.«

»Das Wesentliche weißt du.«

»Es ging um Drogen, stimmt's?«

»Ich muss jetzt wirklich auflegen.«

»Schick mir die Ermittlungsakte.«

»Was meinst du, wie umfangreich die ist?«

»Dann wenigstens die Personenakte zu meiner Frau.«

»Sandra wird das nicht wollen.«

»Julia«, korrigierte Max.

»Sie will das wirklich nicht.« Polgar lachte. »Ich glaube fast, sie hängt an dir.«

Der ironische Ton irritierte Max.

»Ich lege jetzt auf«, sagte Polgar. »Und wehe, Bauer, du recherchierst auf eigene Faust. Du würdest nur Staub aufwirbeln. Und deine Frau wäre schneller tot, als wir beide bis drei zählen können.«

Wichtigtuer, dachte Max. Arroganter Angeber.

Auf die Idee, vorsichtig zu sein, wäre ich auch ohne dich gekommen.

»Mach's gut, Bauer. Und pass auf das kleine Mädchen auf. Sie kann am wenigsten dafür.«

Das musst du mir ebenfalls nicht sagen, dachte Max.

54.

Während des Abendessens bei Pina und Ruben warf Max ein paarmal einen kontrollierenden Blick zu seiner Wohnung hinüber. Sie erschien ihm so schutzlos. Wie gefährlich war die Frau, die Julia sich zur Feindin gemacht hatte, tatsächlich?

Über welche Mittel verfügte sie?

Und wo steckte Julia gerade?

Max ärgerte sich über Polgar, der ihm nur ein paar Brocken hingeworfen hatte. Würde ihm der Hamburger Kollege überhaupt Bescheid geben, falls Julia sich wieder an ihn wandte?

Aber warum sollte sie Polgar anrufen?

Sie hat doch mich, dachte Max.

Ich glaube fast, sie hängt an dir.

Er fragte sich, wie sehr er selbst noch an Julia hing.

Je mehr er über sie erfuhr, desto rätselhafter wurde sie ihm. Die Ex-Geliebte eines Gangsters. Der vermutlich Emilias leiblicher Vater war.

Was nicht zählte, sagte sich Max.

Der kleine Engel stocherte lustlos in seinem Essen herum.

Max half Pina beim Aufräumen. Im Zimmer nebenan ertönte die Melodica. Dann stritten sich die Kinder um das Instrument. Ihm wurde klar, dass seine Tochter ins Bett gehörte.

»Emilia und ich müssen aufbrechen«, sagte Max zu seiner Nachbarin.

»Ihr könnt jederzeit bei mir übernachten«, antwortete sie. »Ich fand es gestern sehr schön.«

»Ich auch.«

Max nahm Pina in den Arm, und sie küssten sich.

Doch der Gedanke an Julia blockierte ihn.

Etwas verlegen sagte er: »War heute ein anstrengender Tag. Danke fürs Essen und … für alles.«

Max trug Emilia die Treppe hoch. Sie hielt ihr geliebtes Instrument fest umklammert. Er spürte ihren leisen Atem an seinem Ohr.

Plötzlich vernahm er ein Geräusch. Auf dem Treppenabsatz vor seiner Wohnungstür standen zwei Männer. Sie schienen auf ihn gewartet zu haben. Max erkannte den Bärtigen und den Modebewussten. Die Kripoleute aus Mönchengladbach.

Die Internen.

»N'Abend, Bauer.«

»Wer sind die Männer?«, fragte Emilia mit großen Augen.

»Kollegen von deinem Papa«, antwortete Max.

»Wir haben etwas zu besprechen«, sagte Brockhoff, der Ältere, an Emilia gewandt.

»Nicht jetzt«, erwiderte Max.

»Das bestimmen wir«, behauptete Leonhard.

Max musste lachen.

Er fragte seine Tochter: »Sehen die beiden nicht aus wie Vogelscheuchen?«

Emilia gluckste.

Max schloss die Tür auf. Die Kollegen folgten ihm. Er schickte sie ins Wohnzimmer.

»Erst bringe ich meine Tochter ins Bett«, erklärte er. »Das kann eine Weile dauern. Solange müsst ihr warten.«

Die internen Ermittler nahmen mit verschränkten Armen und mürrischen Mienen auf dem Sofa Platz. Ihre Blicke verhießen nichts Gutes.

55.

Nachdem der kleine Engel eingeschlafen war, legte Max das Bilderbuch weg, aus dem er vorgelesen hatte, und deckte seine Tochter zu. Versonnen betrachtete er eine Weile lang ihr Gesicht.

In solchen Momenten war Max geneigt, an einen Sinn des Lebens zu glauben.

An eine Zukunft des Planeten.

Er löste sich von dem Anblick und knipste die Leselampe aus. Vorsichtig zog er die Tür zu und ging ins Wohnzimmer, wo Brockhoff und Leonhard auf ihn warteten.

Max spottete: »Ihr macht Überstunden, als würdet ihr dafür bezahlt werden.«

Er spürte Lust auf ein Glas Wein. Aber er wollte den Internen nichts anbieten. Also verzichtete er darauf.

»Bauer ...«, begann Brockhoff.

»Psst«, machte Max. »Sprich leise. Das Kind braucht seinen Schlaf.«

»Du hast gegen unsere Abmachung verstoßen.«

»Ich wüsste nicht, dass wir eine hätten.«

»Wir können dich jederzeit festnehmen«, drohte Leonhard.

»Ach ja?«

»Du warst schon wieder bei Albert König, dem Chefdealer. Wir haben euren Small Talk gehört. Ein verdammtes Schmierentheater. Du hast die Bande gewarnt. Das kannst du nicht leugnen.«

Brockhoff ergänzte: »Damit ist klar, auf wessen Seite du stehst.«

»Chillt mal ein wenig«, sagte Max. »Ich bin euer wichtigster Informant. Auch ohne Unterschrift. Dass ich diese Leute auf eure Wanzen hingewiesen habe, gehört zum kleinen Einmaleins der verdeckten Ermittlung.«

»Du gibst es also zu?«

»Es war der einfachste Weg, um sie glauben zu lassen, ich stünde auf *ihrer* Seite. Und ich schätze, das ist mir gelungen.«

»Hört, hört!« Brockhoff rückte in seinem Sessel nach vorn. »Und was hat unser genialer verdeckter Ermittler, unser angeblich wichtigster Informant, dann so herausbekommen?«

»Freunde, so schnell geht das nicht.«

»Hab ich mir fast gedacht.«

»Ihr müsst euch in Geduld üben. Und auch ich brauche meinen Schlaf. Also verzieht ihr euch jetzt.«

»Bauer, wir vertrauen dir nicht.«

»Euer Problem. Denn ihr habt niemanden sonst, der so nah an eurem vermeintlichen Drogenboss ist.«

»Das glaubst du«, antwortete Brockhoff.

Max ging zur Wohnungstür und hielt sie auf. Er schaltete das Licht im Treppenhaus ein. Die Internen zögerten, dann folgten sie endlich seiner Aufforderung.

Im Vorbeigehen drückte der Jüngere Max den Zeigefinger auf die Brust. »Das nächste Mal sprichst du solche Aktionen mit uns ab.«

Die Seitenstreifen seiner Jeans schimmerten im Licht der Deckenlampe.

»Was ist?«, fragte Leonhard gereizt.

»Wo kriegt man solche Hosen her?«, fragte Max. »Im Fachhandel für verhinderte Rockstars?«

Der Kollege wollte auf ihn losgehen.

Brockhoff zog ihn weg.

Als die beiden gegangen waren, schloss Max die Tür von innen und verriegelte sie.

Endlich Feierabend.

Jetzt ein Glas Wein.

Max fiel das Fotobuch in die Finger, das Robert für jeden Gast seiner Geburtstagsparty als Dankeschön angefertigt hatte. Er begann zu blättern. Reihenweise grinsten Gesichter in die Kamera und versuchten einander beim Zurschaustellen guter Laune zu übertreffen. Am Tag, als für Max das Glück zerbrochen war.

Er fand eine Aufnahme, die ihn und Julia zeigte. Hand in Hand betraten sie den Garten.

Schon da wirkt meine Frau angespannt, fand Max.

Was hatte sie auf der Party so in Panik versetzt?

56.

Am Freitag brachte Max seine Tochter wie an jedem Wochentag ins Zwergennest, und wieder nahm er Ruben mit. Er freute sich, dass er Pina helfen konnte. Zwei Alleinerziehende, die sich mochten und gegenseitig stützten.

In der Führungsstelle spielte man verschiedene Szenarien für den heutigen Abend durch. Mitten in die Beratung platzte die Entscheidung des Verwaltungsgerichts.

Das Verbot war aufgehoben.

Die Demo durfte stattfinden.

Es blieb also beim ursprünglichen Plan. Max war es recht. Er ging mit seinen Kollegen das Konzept noch einmal im Detail durch, leitete es an Priebe weiter und verabschiedete sich ins Wochenende.

Zuerst holte er Emilia ab. Sie gingen Eis essen. Danach fuhren sie zum Grafenberger Wildpark, wo sie trockene Spaghetti an die Rehe verfütterten, die dort gehalten wurden. Emilia hatte sichtlich viel Spaß dabei.

Auf dem Heimweg hielten sie am Supermarkt. Während Max den Einkaufswagen durch die Gänge schob, entwickelte seine Tochter ein neues Spiel. Sie schlich sich an die Kunden an und blies in ihre Melodica, um sie zu erschrecken. Die meisten Leute waren amüsiert und spielten mit. Bevor Emilia es übertreiben konnte, hatte Max an der Kasse bezahlt, und sie stiegen in ihr Auto.

Max spürte, dass er sich an ein Leben ohne Julia gewöhnte. Und dieser Tag war der erste ohne Nerverei gewesen.

Die internen Ermittler waren ihm nicht auf die Pelle gerückt.

Das Handy, das Robert ihm gegeben hatte, blieb stumm.

Und auf dem Weg durch die Stadt folgte ihnen niemand.

Zu Hause schauten sie sich einen Animationsfilm über eine französische Feinschmecker-Ratte an. Max kochte ein Nudelgericht, das Emilia mochte.

Später überflog er auf dem Handy die Nachrichten des Tages. Nichts Neues zum Mord an Martin Übelreuther, dem stadtbekannten Gitarristen. Aber die Demo der Palästinenser machte Furore.

Sie dauerte zur Stunde an und lief zunehmend aus dem Ruder.

Krawall, Festnahmen, Verletzte.

Aus den Meldungen ging nicht hervor, wie es dazu gekommen war.

Max rief sich das Konzept in Erinnerung, das sie in der Führungsstelle erarbeitet hatten, und sagte sich, dass der Fehler nicht bei ihnen lag.

57.

Am nächsten Morgen weckte ihn das Telefon.

Es war Brockhoff von den Internen.

Zum ersten Mal seit Julias Verschwinden hatte Max nicht damit gerechnet, dass der Anruf von ihr kam.

»Kommst du rein?«, fragte Brockhoff.

»Ins Präsidium?«

»Das Weiße Haus hab ich nicht gemeint.«

»Was gibt's denn?«

»Du weißt es noch nicht?«

»Sprichst du von der Palästinenserdemo?«

»Unsinn.«

»Dann sag schon, was los ist.«

»Mirko Topalovic ist tot.«

»Mirko?«

Sofort wusste Max, dass ihn diese Nachricht etwas anging.

»Gib mir eine Stunde«, sagte er.

Max duschte und rasierte sich, frühstückte mit Emilia und fuhr sie zu seiner Mutter, weil er Pina nicht schon wieder behelligen wollte. Auch mochte er die nachbarschaftlichen Beziehungen nicht zu sehr vertiefen, solange er sich über seine Gefühle nicht im Klaren war.

Irgendwo war da noch Julia.

Seine Mutter empfing ihn in gereizter Stimmung. Nur weil er sie neulich gefragt hatte, mit wem sie zum Konzert ging? Dachte sie noch immer, er wolle sie kontrollieren und gönne ihr das Vergnügen nicht?

Max half seiner Tochter aus der Jacke. Sofort begann Emilia, mit einem Wollknäuel Hockey zu spielen. Als Schläger benutzte sie die Melodica. Sie rannte dem Ball ins Nachbarzimmer hinterher.

Etwas rumpelte.

»Milli!«, rief Anne erbost.

Max sagte: »Lass deinen Frust über ein missglücktes Date bitte nicht an deiner Enkelin aus.«

»Du hast ja keine Ahnung!«, antwortete Anne.

So dünnhäutig hatte Max seine Mutter schon lange nicht mehr erlebt.

»Bitte, klär mich auf«, sagte er, um einen versöhnlichen Ton bemüht.

Sie ignorierte ihn und sah nach Emilia.

Dann eben nicht, dachte Max und brach auf.

58.

Max traf Brockhoff und Leonhard in einem Konferenzraum. Mehrere Tische waren zu einer größeren Tafel zusammengeschoben. Ein gutes Dutzend Stühle standen darum herum. Ein Pult mit Beamer, eine weiße Tafel. Anscheinend hatte man den beiden ein Upgrade zugestanden.

Vor Brockhoff lag eine graue Mappe. Max erkannte sie wieder.

Die Vereinbarung mit der Staatsanwaltschaft.

»Ein zweiter Anlauf?«, fragte er.

»Mirko Topalovic hatte unterschrieben«, sagte Leonhard.

»Was ist mit ihm passiert?«

Brockhoff nannte ein paar Details. Ein Jogger hatte den Leichnam des Kollegen an der Höherhofstraße gefunden. Ein abgelegener Winkel zwischen den Stadtteilen Vennhausen und Gerresheim. Der Tote befand sich derzeit auf einem Tisch im Rechtsmedizinischen Institut und wurde obduziert.

Mirko, der suspendiert worden war.

Weil ein Kilo Kokain fehlte.

»Topalovic wollte tatsächlich mit euch kooperieren?«

»Wir haben ihm aufgezeigt, dass er mit uns besser fährt. Unsere Argumente überzeugen letztlich jeden. Weil wir die Guten sind.«

»Dumm nur, dass euer Schutzversprechen nichts getaugt hat.«

»Deine Leute haben verhindert, dass er redet«, sagte Brockhoff. »Hast du sie vor Topalovic gewarnt?«

»Hast du ihn *umgebracht?*«, fragte Leonhard.

»Ja klar, Rockstar. Ich bin der Teufel höchstpersönlich.«

»Vertragt euch, Jungs«, sagte Brockhoff. »So kommen wir nicht weiter.«

Max beugte sich vor und erkannte, dass der jüngere der beiden Internen heute Jeans ohne Streifen trug. Max zeigte ihm den erhobenen Daumen.

Es klopfte an der Tür.

Fabian Schilling trat ein. Der blonde Hüne vom Landeskriminalamt, der Julia beim Untertauchen geholfen hatte.

»Hallo, Max.« Schilling streckte ihm die Hand hin.

Nach kurzem Zögern schlug Max ein.

»Ihr kennt euch?«, fragte Brockhoff.

»Flüchtig«, antwortete Max.

Leonhard erklärte: »Der Staatsanwalt hat verfügt, dass wir uns zusammentun. Eine gemeinsame Sonderkommission von LKA, Düsseldorfer Mordkommission und uns. Du sollst als verdeckter Ermittler an Bord kommen. Deshalb ist es nötig, dass du endlich unterschreibst.«

»Von mir erfahrt ihr sowieso alles.«

»Wir müssen das offiziell machen. Vorschrift ist Vorschrift.«

»Denk an deine Sicherheit«, fügte Schilling hinzu. »Der Staatsanwalt sichert dir nicht nur Straffreiheit zu, sondern auch Zeugenschutz. Alles, was nötig ist.«

»Wie beruhigend«, höhnte Max. »Der Letzte, der unterschrieben hat, liegt jetzt auf einem Stahltisch der Rechtsmedizin.«

»Also?«, fragte Brockhoff.

Alle Blicke ruhten auf Max.

Er hatte das Gefühl, dass mehr dahintersteckte. Er schlug die Mappe auf und überflog den Text. Ihm wurde klar, worin der Haken bestand.

Er würde sich strafbar machen, sobald er nur die kleinste Information für sich behielt. Jeder Versuch, seine Familie zu schützen, barg dieses Risiko. Brockhoff und Leonhard hätten ihn in der Hand.

Ich bin auf mich allein gestellt, erkannte Max.

Egal, wofür ich mich entscheide, es wird wehtun.

Die andere Seite würde sich bitter rächen.

Brockhoff blickte auf die Uhr. »Gleich konstituiert sich die Sonderkommission. Also?«

»Okay«, erwiderte Max. »Aber nur unter einer Bedingung.«

Leonhard regte sich auf. »Was soll das denn schon wieder?«

Max blickte Schilling an.

Der LKA-Mann hob die Hände. »Was willst du?«

»Die Akte aus Hamburg, Fabian. Alles über Sandra Tessin. Ich muss wissen, wer meine Frau ist.«

Schilling atmete tief durch und schüttelte den Kopf.

»Ich weiß, dass du mir die Akte besorgen kannst«, fügte Max hinzu.

Wieder ging die Tür auf.

Es war Kim Brandstätter vom elften Kriminalkommissariat. Mit ihr strömten weitere Beamte in Zivil herein. Kripoleute aus dem Haus sowie Kollegen aus dem Landeskriminalamt an der Völklinger Straße. Jemand stellte zwei Kannen mit Kaffee auf den Tisch. Tassen wurden verteilt.

»Entweder du unterschreibst jetzt, oder wir nehmen dich auf der Stelle fest«, sagte Brockhoff.

Max hielt seinen Blick auf Schilling gerichtet.

»Okay«, sagte der Blonde. »Du kriegst die Akte.«

»Nicht irgendwann«, erwiderte Max. »Ich will sie morgen. Vorher mache ich für euch keinen Finger krumm.«

»So schnell geht das nicht«, antwortete Schilling.

»Mach schon!«, herrschte Brockhoff Max an.

Der Raum füllte sich weiter. Eine Liste machte die Runde, in die sich jeder Angehörige der Sonderkommission mit Namen und Handynummer eintragen sollte. Der Beamer begann zu brummen.

Der blonde LKA-Mann seufzte. »Sagen wir Montag. Per E-Mail müsste das machbar sein. Aber beschwer dich nicht, wenn dir nicht gefällt, was in der Akte steht.«

Max unterschrieb.

59.

Er gab die Mappe an die Internen zurück und fühlte sich sofort ausgeliefert. Die Kripo-Kollegen standen nicht auf seiner Seite. Brockhoff wollte seine Familie ins Gefängnis bringen. Und Leonhard wartete nur auf die erstbeste Gelegenheit, ihn selbst dranzukriegen.

Als Letzter stieß ein älterer Anzugträger zur Runde, den fast alle im Raum zu kennen schienen. Er hängte sein Sakko über die Lehne eines Stuhls an der Stirnseite der Tafel und eröffnete die Sitzung. Seine dunkelblaue Krawatte war mit kleinen Elefanten bedruckt. Er stellte sich als Oberstaatsanwalt Kilian vor.

Eine Hauptkommissarin Anna Winkler wurde zur Leiterin der Gruppe bestimmt. Sie war die stellvertretende Chefin des KK11, wie Max erfuhr, eine erfahrene Kripofrau, die er auf etwa fünfzig Jahre schätzte. Wacher Blick, dunkler Pferdeschwanz mit etlichen grauen Strähnen darin. Ihr hageres Gesicht mit den hohen Wangenknochen erinnerte Max an Joni Mitchell.

Der Name für die Sonderkommission war rasch gefunden: *Soko Gitarre*, weil Frodo, das erste Mordopfer, ein Musiker gewesen war.

Kilian ernannte Schilling und Brockhoff zu Winklers Stellvertretern.

Dann resümierte die Soko-Leiterin, was zum jüngsten Mord bislang feststand. Mirko Topalovic war genau wie Martin Übelreuther mit einer Schusswaffe getötet worden. Das hatte bereits der Notarzt am Tatort festgestellt. Von der Obduktion gab es noch keine Rückmeldung.

Max dachte an die beiden Südländer. Ihn gruselte bei der Erinnerung an die Tattoos. Der Ausdruck der Skizze lag noch in seinem Büro.

Im weiteren Verlauf der Sitzung erkannte Max, woran die internen Ermittler schwer zu kauen hatten. Es gab noch immer keinen Beleg dafür, dass Frodo in Drogengeschäfte verwickelt gewesen war.

Die Untersuchung seiner Haarprobe hatte ergeben, dass er kein Kokain konsumiert hatte. Auch waren in seiner Wohnung keine verbotenen Substanzen gefunden worden. Niemand, den man befragt hatte, brachte Frodo mit Betäubungsmitteln in Verbindung.

Das muss nichts bedeuten, dachte Max.

Wer gibt schon zu, einem Dealer Drogen abgekauft zu haben?

Als einziges Indiz, dass Frodo auf schiefen Bahnen unterwegs gewesen war, galt den Ermittlern seine Bekanntschaft mit Albert. Der Music Point, in dem der Gitarrist seine Unterrichtsstunden gab, schien als Drogenumschlagsplatz festzustehen.

Max hätte gern erfahren, warum sich die Kripoleute da so sicher waren.

Was konkret hatten sie abgehört?

Routiniert verteilte Anna Winkler die Aufgaben an die Mitglieder der Sonderkommission. Sie betonte, dass die Polizei ab jetzt unter zunehmendem Druck stehen würde. Politik und Öffentlichkeit erwarteten baldige Ergebnisse. Die Medien würden nicht lockerlassen.

Schließlich wandte sie sich an Max.

»Wir haben deine besten Freunde im Visier. Fühlst du dich dem gewachsen?«

»Gefahrenabwehr ist mein Job.«

Sie zeigte ein Lächeln, das er nicht deuten konnte. »Jetzt kommt auch noch Kriminalitätsbekämpfung hinzu. Ermitteln, unterwandern, Spitzeldienste leisten. Du bist jetzt Teil der Sonderkommission. Okay für dich?«

Max fragte zurück: »Was soll ich tun?«

»Das Gleiche wie bislang. Die besagten Freunde treffen. Augen und Ohren aufhalten. Und uns lückenlos berichten. Du hast die Verpflichtung unterschrieben?«

Max nickte.

»Schließ dich mit dem Kollegen Schilling kurz. Er kann dir Tipps geben, denn er hat selbst mal als verdeckter Ermittler gearbeitet. Alles klar?«

Seine Finger umfassten in der Hosentasche sein zweites Handy, das Robert ihm mitgegeben hatte. Den Apparat, den die Kripo nicht auf dem Schirm hatte.

Seinen Draht zu den angeblich so Bösen.

Davon würde Max den Kollegen nichts erzählen.

»Alles klar«, bestätigte er.

60.

Am Nachmittag klingelte das Telefon zum ersten Mal.

Max hatte gerade auf dem Weg zu Anne und Emilia vor einer Konditorei angehalten, um Kuchen zu besorgen. Er hoffte, seiner Mutter ging es besser.

Der Klingelton war ungewohnt – Max brauchte einen Moment, um zu begreifen, welches Handy da läutete. Er blieb stehen, blickte sich um und nahm das Gespräch an.

Statt seinen Namen zu nennen, fragte er rasch: »Bevor du etwas sagst: Wo befindest du dich?«

Roberts Stimme antwortete: »Im Auto. Hier gibt es keine Wanzen.«

»Hör auf mich und steig aus«, verlangte Max.

Die Verbindung wurde unterbrochen.

Kurz darauf klingelte es wieder.

»Hab einen Parkplatz gesucht und das Auto verlassen.« Robert lachte. »Junge, du machst einem ja fast Angst mit deiner Paranoia.«

»Inzwischen wurde eine dreißigköpfige Sonderkommission gegründet. KK11, interne Ermittler und Landeskriminalamt. Behördenübergreifend, verstehst du? Wir können nicht vorsichtig genug sein.«

»Wegen dem bisschen Kokain?«

»Wegen der Morde an Frodo und Mirko.«

»Okay.«

»Die Kripo-Leute sind überzeugt, dass ihr dahintersteckt.«

»Sind die Wichser total übergeschnappt?«

»Der kleinste Fehler wird uns alle in den Knast bringen. Von Mirko hast du gehört?«

»Dass er auch dran glauben musste, ja. Was ist passiert?«

»Jemand hat ihm von hinten in den Kopf geschossen und seine Leiche an der Höherhofstraße aus dem Auto gestoßen.«

»Und das sollen wir gewesen sein?«

»Mirko stand im Begriff, euch zu verpfeifen.«

»Das hätte er nie und nimmer getan.«

»Du kanntest ihn besser als ich, das mag vielleicht sein. Aber die Kripoleute sehen das anders. Was willst du von mir?«

»Morgen Mittag steht in *Zeeland Seaports* die nächste Ladung bereit.«

Vlissingen, dachte Max.

»Und danach hört ihr auf!«, verlangte er.

»Ja, so schnell es geht.«

»Nein, sofort!«

»Bro, es ist kompliziert. Albert wird dir alles erklären, sobald du zurück bist.«

Max überlegte, dann sagte er: »Ich fahre nicht mit meinem Privatwagen.«

»Du kannst Alberts Firmenwagen nehmen.«

»Den Transporter, auf dem ganz groß Music Point steht? Bist du noch bei Verstand? Was ist, wenn sie wie neulich das Lagerhaus im Hafen beobachten?« Max konnte nicht fassen, dass Robert so naiv war. »Was habe ich gerade zum Thema Vorsicht gesagt? Was ist daran so kompliziert?«

»Krieg dich ein, Bro. Einen Kurier, dem die Nerven flattern, können wir nicht gebrauchen. Sei ein Mann, verlier nicht deine Eier!«

Max hatte Robert schon in ihrer Jugend wegen seiner Coolness bewundert. Auch die selbstbewusste Gelassenheit, die sein Bruder im Job für die Altstadtwache an den Tag legte, hatte ihm stets imponiert.

Aber jetzt fragte er sich, ob es richtig war, Kopf und Kragen für die Russen zu riskieren.

Für größenwahnsinnige Hallodris, die sich einbildeten, im Schneehandel mitmischen zu können.

61.

Am Sonntagmorgen ließ Max pünktlich um zehn Uhr seinen Wagen über einen Abschnitt des Messeparkplatzes P2 rollen, eine leere Grasfläche mit wenigen Bäumen. So leer würde der Platz auch für den Rest des Tages bleiben, denn die Fortuna hatte heute kein Heimspiel. Max stoppte in größtmöglichem Abstand zur Straße, die zum Rheinbad und den Sportplätzen an der Arena führte.

Emilia hatte er dieses Mal bei seiner Nachbarin untergebracht. Gestern Nachmittag hatte er sich Klagen seiner Mutter über das angeblich nervtötende Melodica-Spiel seiner Tochter anhören müssen. Selbst der Kuchen hatte Anne nicht versöhnt.

Ein weißer Mercedes-Sprinter näherte sich und hielt neben Max. Auf der Seite prangte die Werbeaufschrift eines Handwerksbetriebs, garniert mit dem Bild eines breiten Pinsels, der einen Regenbogen zeichnete.

Schmitz-Brambeck – Malermeister.

Robert kletterte vom Fahrersitz.

»Ist geklaut«, sagte er. »Kann keiner zu uns zurückverfolgen.«

Max verschränkte die Arme. »Sorry, ich hab's mir anders überlegt.«

»Wie bitte?«

»Wir müssen das lassen. Es ist wirklich Quatsch. Wir überheben uns total.«

»Glaub mir, die Gruppe hat das gründlich diskutiert.«

»Ach ja?«

»Was meinst du, wie viel Arbeit da drinsteckt? Kontakte zu knüpfen. Vertrauen aufzubauen. Vertriebswege und das nötige Kapital. Nicht ganz einfach, das sag ich dir.«

»Sei vernünftig, Bruder.«

»Sei *du* vernünftig.«

Max sah ihm an, dass es ihm ernst war.

»Junge, das ist kein Geschäft wie der Handel mit Musikinstrumenten«, erklärte Robert. »Da kannst du nicht den Schwanz einziehen, wie man es in unserem Staat beigebracht bekommt. Du gehst Beziehungen mit Partnern ein, die es dir echt übel nehmen, wenn du die Flinte ins Korn wirfst.«

»Also besser, du lässt dich mit solchen Leuten erst gar nicht ein.«

»Hör zu. Wenn du nicht nach Vlissingen fahren möchtest, ist das kein Ding. Dann mach ich das eben. Sobald mein Schichtplan das zulässt und sich unsere Partner auf einen neuen Anlauf einlassen. Kein Ding, Bro.«

Sie blickten sich eine Weile schweigend an.

»Und wie soll es weitergehen?«, fragte Max. »Mit so tollen Partnern? Und angesichts der Kollegen, die uns bereits beobachten?«

»Wir sind auf der Hut.«

»Klingt nach einem tollen Plan«, höhnte Max.

»Im Erfolgsfall ist Alberts Laden gerettet und mein Haus abbezahlt. Und André ist seine Schulden los. Natürlich fällt für dich auch etwas ab.«

»Ist es das Risiko wert?«

»Hör zu«, sagte Robert. »Albert war dagegen, dich hineinzuziehen. Und ich hab volles Verständnis dafür, wenn du einen Rückzieher machst. Ändert nichts an unserem Verhältnis. Ehrlich, Bro, kein Ding. Wie gesagt.«

»Verrat mir, wer Frodo und Mirko ermordet hat.«

»Nicht mitmachen heißt, dass du solche Sachen nicht wissen musst.«

»Du bist also doch eingeschnappt.«

Robert verschränkte die Arme.

Max atmete tief durch.

»Okay, her mit dem Schlüssel.«

Robert begann zu grinsen. »Bist du dir sicher?«

»Gegen 17 Uhr bin ich wieder da. Hier an dieser Stelle. Aber dann gibt es keine Geheimnisse mehr, verstanden?«

Robert umarmte und drückte ihn lange. Als er wieder losließ, klopfte er Max noch mehrfach auf die Schulter.

Mein Bruder ist erleichtert, dachte Max.

Die russische Familie braucht mich.

Robert sagte: »Der Tank ist randvoll. Der Dieselmotor braucht nicht viel. Wenn du sparsam fährst, kommst du mit einer Füllung hin.«

»Wegen der Kameraüberwachung an Tankstellen ist das wohl auch besser so.«

»Das Geld für die Lieferung steckt in der Tasche auf dem Beifahrersitz. Ach ja, und im Handschuhfach liegt eine Waffe mit Ersatzmagazin. Nur für alle Fälle.«

Na super, dachte Max.

»Mach's gut, Bro.«

Sie klatschten einander ab.

62.

Er holte ein paar Sachen aus seinem Auto, dann fuhr er los. Bei Venlo überquerte er die Grenze. Er wählte die Route über Tilburg, Breda und Rosendaal, die er gewohnt war, und hielt sich strikt an das Tempolimit, das in den Niederlanden galt. Wie erhofft, herrschte an diesem Sonntag in Richtung Nordsee ruhiger Reiseverkehr, wenig Gütertransport, kein Stau.

Kurz vor Middelburg hielt Max auf einem Parkplatz. Er setzte eine Kappe und seine Sonnenbrille auf und zog eine Trainingsjacke über, die er in der Bauchgegend mit einem Handtuch und einem Trikot aus seiner Sporttasche ausstopfte. Falls sein Zielort überwacht wurde, sollte man ihn keinesfalls erkennen.

Bevor er weiterfuhr, warf er einen Blick in die billige Kunstledertasche auf dem Beifahrersitz. Sie war gut gefüllt. So viel Bares hatte Max noch nie gesehen.

Auf jeden Fall mehr als hunderttausend Euro. Womöglich sogar eine Million.

Woher hatte Robert diese Summe?

Max wurde warm, was nicht bloß an der ausgestopften Jacke lag.

Er öffnete das Handschuhfach.

Die Pistole sah nach einer 9 mm Glock aus. Max rührte sie nicht an. Falls es die Gegenseite auf sein Leben abgesehen hatte, gab es für ihn ohnehin keine Chance.

Er rief sich ins Gedächtnis, was er aus Hollywood-Filmen über Drogendeals kannte. Grimmige Männer, die einander mit vorgehaltenen Maschinenpistolen in Schach hielten. Ein Käufer, der den Finger in ein Tütchen tauchte und sich eine Probe des Stoffs aufs Zahnfleisch rieb, um die Qualität zu testen. Schampus und Nutten, um die Übergabe zu feiern.

Auf nichts davon war Max scharf.

Zwanzig Minuten später erreichte er das Areal von *Zeeland Seaports*. Er glaubte, die Straße wiederzuerkennen. Schlote und Windräder. Riesige Gasbehälter. Der endlose Zaun aus Maschendraht zu seiner Rechten.

Die Lagerhalle.

Max fuhr daran vorbei.

Nach etwa hundert Metern wendete er und hielt mit laufendem Motor an. Er ließ den Blick schweifen. Nirgendwo ein Beobachtungsposten sichtbar. Entweder lauerte tatsächlich niemand auf ihn, oder die Kollegen tarnten sich hervorragend. Max schwitzte unter seiner Verkleidung.

Es hatte keinen Zweck, länger zu zögern.

Er rollte vor das Tor.

Ein Typ in blauer Arbeitskleidung öffnete ihm. Ob es derselbe war wie beim ersten Mal, konnte Max nicht erkennen.

Er stoppte vor der Halle und stieg aus. Der Blaumann nahm ihm die Tasche ab und verschwand damit.

Ein dicker Kerl in Jeans und olivfarbener Windjacke erschien auf der Rampe und winkte ihn zu sich nach oben. Ihn kannte Max mit Sicherheit noch nicht. Während er die Stufen hochstieg, klappte der Dicke für einen Moment seine Jacke auf.

Max erhaschte einen kurzen Blick auf einen Pistolengriff – der Typ trug eine Schusswaffe im Schulterholster.

Schweigend standen sie beieinander.

Dann rumpelte das Rolltor nach oben.

Der Arbeiter von vorhin kam mit einem Hubwagen heraus. Ein zweiter Blaukittel stützte die Ladung. Zwei große Kartons.

Zu dritt verstauten sie die Ware in dem geklauten Transporter. Der Dicke mit der Windjacke schaute zu. Auf dem Kopf trug er eine schwarze Beanie. Max versuchte, sich das Gesicht einzuprägen – kurze Nase und ein dunkler, hufeisenförmiger Schnauzbart, der bis zum Kinn hinunter reichte.

Sie wechselten die ganze Zeit kaum ein Wort.

Schließlich knallte Max die Heckklappe zu.

Das Kokain zu testen, war ihm erspart geblieben. Die Typen hatten es nicht von ihm erwartet. Und ihm blieb ohnehin nichts anderes übrig, als ihnen zu vertrauen.

Auf der Rückfahrt benötigte Max aufgrund der Ladung mehr Treibstoff. Er sah ein, dass er es ohne einen Tankstopp nicht bis Düsseldorf schaffen würde. An der Zapfsäule würden ihn Überwachungskameras erfassen – das war so sicher wie das Amen in der Kirche.

Er beschloss, seine Route zu verlassen. Kurz vor Eindhoven bog er nicht nach Süden ab, sondern folgte der A50 in Richtung Nijmegen. Er ignorierte die erste Tankstelle, dann verließ er die Autobahn und fuhr über eine schmale Landstraße durch die Pampa. Im dritten Dorf stieß er auf eine AVIA-Station.

Sie können nicht alle Tankstellen checken, dachte Max. Er setzte die Sonnenbrille auf, zog die Kappe tief ins Gesicht und tankte voll. Er war ein dicker Durchschnittstyp in prolliger Trainingsjacke. Ohne den Blick zu heben, betrat er das Kassenhäuschen und bezahlte in bar.

Zwanzig Minuten später hatte er sich wieder nach Süden gewandt, Eindhoven in weitem Bogen umfahren und die Strecke nach Venlo erreicht. In der Ablage der Fahrertür fand er ein Päckchen Kaugummi und steckte sich einen Streifen in den Mund, um wach zu bleiben. Ohne Zwischenfall erreichte er nach einer weiteren Stunde den Parkplatz an der Düsseldorfer Messe, auf dem Robert bereits wartete.

Er war mit dem Van des Music Point gekommen. Belustigt deutete er auf die ausgestopfte Sportjacke, die Max trug.

»Du hast dich verändert, Bro. Indonesische Reistafel?«

Max musste ebenfalls lachen. Vor allem vor Erleichterung. Er hatte es geschafft. Niemand war ihm gefolgt.

Sie luden die Kisten um.

»Sind das wieder Friedman-Verstärker?«, fragte Max.

»Ich glaube schon.«

»Wie viel Geld war in der Tasche?«

»Genug für zwanzig Kilo reinstes Kokain. Der Weiterverkauf wird fünfzig Prozent Gewinn einbringen. Auf der Sparkasse ist der Zinssatz nicht so hoch. Das musst du zugeben, Bro.«

Max wurde ernst. »Zwanzig Kilo, bist du sicher?«

»Ja, wieso?«

Die Kartons mit den Combos kamen Max nicht schwerer vor als beim letzten Mal.

»Dann hat man uns betrogen«, sagte er.

63.

Robert blickte sich um – niemand in der Nähe. Rasch ritzte er mit seinem Taschenmesser den Karton auf und klappte eine Seite nach unten. Die Front des Verstärkers kam zum Vorschein, schwarzer Stoff mit aufgedrucktem Logo.

Er holte einen Schraubenzieher aus der Fahrerkabine und entfernte die Bespannung. Holzwolle quoll aus dem Kasten. Robert zupfte sie zum Großteil heraus.

Er strahlte. »Voilà, hier sind die Bricks.«

Max zählte zehn Blöcke aus gepresstem Kokain, in Folie verschweißt. In der zweiten Box die gleiche Menge. Stattdessen fehlten die Lautsprecher.

»Die Speaker hat Albert bei Celestion in England nachbestellt«, erklärte Robert. »Die gleichen, die auch Friedman einbaut.«

»Okay.«

»Du siehst, unser Marokkaner ist vertrauenswürdig. Du hattest doch mit dem Dicken zu tun, oder?«

»Hufeisenbart, nicht sehr gesprächig, Waffe im Schulterholster.«

»Das ist er. Es läuft wie am Schnürchen.«

»Wenn man mal von zwei Toten in acht Tagen absieht.«

»Ja, Scheiße, da hast du recht.«

»Also, wer war das?«

»Konkurrenz. Ist uns auf die Spur gekommen und will uns vom Markt vergraulen. Daran ist Mirko selbst schuld. Was lässt er sich auch erwischen? Sein Trupp hat der Bande den Stoff stibitzt, und kurz darauf wird Mirko wegen Unterschlagung suspendiert. Damit war für die Arschlöcher klar, wer sie aufs Kreuz gelegt hat.«

»Sprichst du von den Typen, die der Einsatztrupp festgenommen hat?«

»Albert wird dir alles erklären. Lass uns jetzt aufräumen. Wir stehen schon viel zu lange hier herum.«

Bei diesen Worten spielte Robert mit dem Zippo in seiner Rechten. Er nahm einen Benzinkanister aus Alberts Lieferwagen, ging hinüber zum gestohlenen Transporter, den Max benutzt hatte, verschüttete den Treibstoff auf den vorderen Sitzen und schleuderte den Kanister nach hinten.

Max setzte sich in sein Auto. Immerhin würde er sich wegen seiner Fingerabdrücke keine Sorgen machen müssen.

Robert kam an das Seitenfenster, das Max heruntergleiten ließ.

»Gleich wird's hier laut und heiß wie Hölle. Und bevor die Feuerwehr aufmarschiert, trennen sich unsere Wege. Übrigens hat Albert die Wanzen entfernt. Er hat sich so einen Detektor besorgt.«

»Er hat sie …?«

»Seine Idee. Ich kann nichts dafür.«

»Aber ich hab doch gesagt …«

»Onkelchen war es satt, im eigenen Laden nicht mehr frei reden zu können.«

»Und was sag ich jetzt den Kripoleuten?«

»Erzähl den Wichsern, du hättest uns das mit den Wanzen verraten, um unser Vertrauen zu gewinnen.« Robert lachte. »Tu so, als würdest du für *sie* arbeiten!«

»Der Plan könnte von mir sein«, sagte Max.

»Und dann horchst du die Wichser aus. Damit sind wir ihnen um einen Schritt voraus.« Er tätschelte Max den Kopf. »Du schaffst das mit deinem Charme.«

»Wenn du meinst.«

»Du hast das Handy, Bruder. Trag es immer bei dir. Wir melden uns!«

Max startete den Motor. Bevor er losfuhr, rief er: »Aber nicht vergessen: Das war das letzte Mal!«

Im Rückspiegel sah er, wie Robert das Zippo in den gestohlenen Wagen der Malerfirma warf. Der Innenraum füllte sich mit Flammen.

Max schloss das Fenster und vernahm trotzdem das Fauchen und Prasseln noch bis zur Straße. Erfahrungsgemäß würde es ein paar Minuten dauern, bis auch der Tank Feuer fing und der Transporter zur Fackel wurde.

Was für ein Tag, dachte Max.

64.

Zu Hause stieg Max zuerst unter die Dusche und brauste sich die Anspannung seines Zeeland-Trips vom Körper. Er rasierte sich, sprühte sich mit einem guten Eau de Toilette ein und zog frische Jeans an. Dazu wählte er das türkisfarbene, geblümte Hemd, das Julia ihm geschenkt hatte.

Er hatte beschlossen, dass es ihm stand.

Und er wollte seiner Nachbarin gefallen.

Bevor er hinüberging, setzte er sich noch einmal an seinen Rechner. Die Lokalnachrichten: Auch nach zwei Tagen waren die Ausschreitungen am Rand der Palästinenserdemo noch ein Thema. Der Tenor der Berichterstattung hatte sich jedoch gedreht. Inzwischen stand das Vorgehen der Polizei in der Kritik.

Die Beamten hätten überreagiert.

Die Lage hätte nicht eskalieren dürfen.

Aber der weitaus größere Aufreger im Netz war der Mord an Mirko. Der Leichenfund am Straßenrand, Täter unbekannt, das Opfer ein Polizist – ein Aufhänger für Spekulationen aller Art.

Die Online-Ausgabe der *Düsseldorfer Morgenpost* hatte

eigens einen Liveticker eingerichtet, der am laufenden Band mit neuesten Berichten und Gerüchten gefüttert wurde.

Dass die Internen Mirko aufs Korn genommen hatten und die Soko Gitarre einen Zusammenhang mit dem Mord an Frodo Übelreuther vermutete, war noch nicht bis zur Presse vorgedrungen. Aber dafür hatte ein Vögelchen im rechtsmedizinischen Institut der Heinrich-Heine-Uni gezwitschert. Der Liveticker vermeldete Einzelheiten des Obduktionsergebnisses.

Neben Hämatomen an Brustkorb und Armen wies Mirkos Leiche ein Einschussloch am Hinterkopf auf. Das Projektil war in der Schädelschale gefunden worden. Ein Kleinkalibergeschoss mit einem Durchmesser von 5,6 Millimetern.

Die von Profikillern bevorzugte Munition, schwadronierte die *Morgenpost*.

Max wusste, warum das so war. Die kleine Kugel verlor beim Eindringen in den Kopf an Energie. Sie prallte an der gegenüberliegenden Schädeldecke ab und zerstörte im Zickzackkurs das Gehirn. Keine Austrittswunde, kein Blutbad. Geringster Aufwand bei maximaler Wirkung.

Ein Unterschied im Modus Operandi, überlegte Max.

Die Killer hatten mit Neunmillimetermunition auf Frodo gefeuert und ihm dabei den halben Kopf weggesprengt, ohne einen Gedanken daran zu verschwenden, dass jemand sauber machen musste.

Unterschiedliche Täter?

Max klickte auf den *Aktualisieren*-Button des Livetickers.

Schon wieder Neuigkeiten.

Die Reporter hatten herausgefunden, dass Mirko als Dienstgruppenleiter den Einsatztrupp Präsenz und Intervention angeführt hatte. Die Eliteeinheit der Altstadtwache, wie es hieß. Mirko Topalovic und sein Team hätten eine Rauschgift-Bande zerschlagen.

Die Presse stilisierte die Kollegen zu Stars der Düsseldorfer Polizei.

Und fragte: War der Mord ein Racheakt?

Von der Suspendierung wussten die Medien noch immer nichts.

Max startete eine neue Suche.

Kokain, Mafia, Niederlande.

Er staunte, wie viel Material es dazu gab.

Er stieß auf umfangreiche Artikel in *Stern* und *Spiegel*. Eine Dokumentation des ZDF, die noch ganz frisch war. Auf einen Film in der Arte-Mediathek, der im Wesentlichen dasselbe erzählte.

Dazu reißerische Artikel in den Boulevardmedien.

Max las den Begriff Mocro-Mafia, den Birol bereits erwähnt hatte.

Es ging um Niederländer und Belgier mit marokkanischen Wurzeln, die traditionell den Cannabis-Schmuggel aus Nordafrika über das Mittelmeer beherrschten. Irgendwann hatten sie auch Kokain in ihr Sortiment aufgenommen und es zunächst über dieselben Routen herangeschafft.

Bis sie mächtig genug waren, die größten Häfen Europas zu übernehmen.

Rotterdam und Antwerpen.

Sie bestachen Behörden, Unternehmer und Hafenarbeiter. Sie kontrollierten ganze Container-Terminals und importierten das Kokain nun direkt aus Amerika. Zudem schmiedeten sie eine strategische Allianz mit dem mexikanischen Sinaloa-Kartell, das seit den Neunzigern die Kolumbianer als Global Player abgelöst hatte.

In kürzester Zeit häufte die Mocro-Mafia ein gewaltiges Vermögen an.

Das Koks-Geschäft boomte in schwindelerregendem Tempo.

Dann hatte es vor ein paar Jahren jemand mit der Gier übertrieben. Die Rede war von zweihundert Kilogramm, die Mocros aus den eigenen Reihen gestohlen hatten. Die Folge waren Racheakte, die sich zum Bandenkrieg ausweiteten. Dreißig Menschen starben innerhalb weniger Monate.

Die Mocro-Mafia schoss, bevor sie Fragen stellte.

Ihre Macht gründete auf purer Gewalt.

Als oberster Boss galt ein Mann mit niederländischem Pass namens Ridouan Taghi, sechsundvierzig Jahre alt. Fahnder spürten ihn 2019 in einer Prachtvilla auf den Palmeninseln von Dubai auf. Er saß zurzeit im Hochsicherheitstrakt des Gefängnisses in Vught, der Prozess zog sich hin. Sein Sohn hatte das Business übernommen.

Vught lag in Noord-Brabant.

Ganz in der Nähe habe ich heute getankt, dachte Max.

Wegen Ridouan Taghi durfte die niederländische Kronprinzessin Catharina-Amalia ihren Palast nicht verlassen. Es waren Pläne bekannt geworden, sie zu entführen, um den Boss freizupressen. Minister standen auf einer Todesliste. Politiker benötigten Polizeischutz. Anwälte und Zeugen wurden ermordet. Auch Journalisten, die über die Mafia und ihren Krieg schrieben. Als prominentestes Opfer traf es den Kriminalreporter Peter de Vries – Schüsse auf offener Straße mitten in Amsterdam.

Im Nachbarland herrschten Zustände wie im Chicago der Zwanzigerjahre des vergangenen Jahrhunderts.

Und längst streckte die Mocro-Mafia ihre Fühler in den Rest Europas aus.

In den Tagen vor seiner Festnahme hatte Taghi in Dubai an der weiteren Vernetzung gearbeitet. Banden vom Balkan. Clans aus Irland. Sowie die neapolitanische Camorra – deren Boss stand ebenfalls vor Gericht, denn bei ihm waren gestohlene Van Goghs gefunden worden.

Weshalb die mächtigere 'Ndrangheta aus Kalabrien den Platz der Camorra einnahm. Sie operierte vor allem in Deutschland.

Und mit solchen Leuten machte seine Familie Geschäfte?

Oder – noch schlimmer – kam ihnen in die Quere?

Max schwirrte der Kopf. Er klappte den Rechner zu, schloss die Augen und lehnte sich zurück. Konzentrierte sich auf die Atmung – tief und gleichmäßig ein und aus.

Am liebsten hätte er sofort vergessen, was er gerade gelesen hatte.

65.

Von dem Moment an, als Max die Wohnung seiner Nachbarin betrat, zeigte sich Emilia übertrieben anhänglich. Im Wortsinn – sie umklammerte sein Bein und ließ sich ins Wohnzimmer schleifen. Als Max auf dem Sofa Platz nahm, kletterte sie auf seinen Schoß und blieb dort.

Pina bot ihr Spielsachen an. Bilder zum Bekleben und Ausmalen. Holzelemente, die man zu Fantasie-Tieren zusammenstecken konnte. Auch Ruben versuchte, Emilias Aufmerksamkeit zu erregen, doch die Kleine rollte sich zusammen und wollte nur beim Papa sein.

Nach dem Essen normalisierte sich ihr Verhalten, und sie widmete sich gemeinsam mit Ruben den Steckteilen. Als sich Max aber zu Pina in die Küche gesellte, um ihr beim Aufräumen zu helfen, kam Emilia ständig hereingerannt, um den Flugdrachen zu präsentieren, an dem sie bastelte. Meist fiel ein Teil herunter, ein Flügel oder der völlig überdimensionierte Kopf, und Max musste ihr helfen, die Figur wieder zusammenzusetzen.

Es ist die Müdigkeit, dachte Max. Bald schlafen die

Kinder, und ich bin endlich mit Pina allein. Doch seine Tochter durchkreuzte diesen Plan.

»Bringst du mich ins Bett?«, fragte sie.

»Dich und Ruben?«

»Nein, nur mich. Mein Bett. Zu Hause.«

Er blickte seine Nachbarin an. Sie zuckte mit den Schultern.

Max verabschiedete sich mit einer innigen Umarmung.

»Schade«, flüsterte er Pina ins Ohr.

Max schloss die Wohnungstür auf. Die Luft kam ihm muffig vor. Er öffnete ein Fenster und blickte zu den Lichtern im obersten Stockwerk des Hauses gegenüber, wo Pina gerade ihren Sohn zu Bett brachte.

Emilia hatte es plötzlich nicht mehr eilig, schlafen zu gehen. Auch als sie bereits im Pyjama steckte, zeigte sie sich munter. Unaufhörlich plapperte sie von den Ereignissen des Tages. Was sie mit Ruben gespielt hatte.

»Magst du Ruben?«, fragte er.

Seine Tochter nickte.

»Und seine Mama?«

Emilia zuckte betont gleichgültig mit den Schultern und plauderte weiter, bis Max sie zum Zähneputzen schickte.

Eine halbe Stunde später schlief sie endlich. Max löschte das Licht und schloss die Zimmertür. Er nahm sein Handy und tippte eine Nachricht an Pina.

Sorry, der kleine Engel kann manchmal ein Drache sein. Nimm es nicht persönlich.

Gleich darauf piepste es.
Schläft Milli?
Ja, endlich.
Möchtest du mir aufmachen?
Sein Puls beschleunigte sich. Er lief in den Flur, zog die Wohnungstür auf und drückte die Taste, um die Haustür zu öffnen.

Unten summte es. Schritte auf der Treppe. Max lief rasch in die Küche. Kein Weißwein kaltgestellt. Er fand eine Flasche Cremant, trocken und bio aus dem Elsass, leider ebenfalls warm. Er legte sie in den Gefrierschrank.

Pina kam herein.

Sie setzten ihre Umarmung von vorhin fort. Seine Lippen erkundeten ihr Gesicht. Ihre Finger durchwühlten sein Haar. Sie küssten sich lange. Max war voller Verlangen und zugleich gehemmt, weil er sich fragte, was es bedeutete – für ihn und für sie.

Er holte den Sekt heraus und befühlte die Flasche.

»Noch nicht richtig kalt«, sagte er.

Pina lachte. »Es geht auch ohne Alkohol.«

Im Schlafzimmer fragte er: »Wie lange kannst du Ruben allein lassen?«

Sie zeigte ihm ihr Handy. »Babyfon. Ich bekomme alles mit.«

Dieses Mal fielen sie nicht wie Raubtiere übereinander her, ausgehungert und halb von Sinnen, sondern ließen sich Zeit. Vier Tage lang hatte sich Max danach gesehnt. Er hoffte, dass es für Pina so gut war wie für ihn.

Erst eine Weile später lösten sie sich voneinander. Er

holte den Cremant, der nun kalt genug war, und goss zwei Gläser ein. Er nahm Pina in den Arm und spürte ihre Wärme.

Sie betastete die Narben, die sich von seinen Händen bis über die Unterarme zogen. Seine Schienbeine sahen ähnlich aus.

»Ich brauche keine Tattoos«, witzelte er.

»Tut mir leid, was du erlebt hast. Gestern stand wieder etwas in der Zeitung.«

»Ich lese das nicht mehr. Es genügt, dass ich demnächst im Prozess aussagen muss.«

»Julia hat mir erzählt, was du mitgemacht hast.«

»Das war gar nichts. Zwei Menschen sind gestorben.« Ihm traten Tränen in die Augen, was ihm peinlich war.

»Du hast überlebt«, sagte Pina. »Und ich bin froh darüber.«

Max nahm ihren Kopf in beide Hände und drückte Pina Küsse auf den Mund.

Irgendwann verabschiedete sie sich, denn wenn sie bei ihm schliefe, würde sie das Babyfon überhören. Sie stieg aus dem Bett und zog sich rasch an.

Max begleitete sie zur Tür.

Pina sagte: »Es ist so schön mit dir. Und es tut mir so gut.«

»Geht mir auch so.«

Sie strich ihm mit zwei Fingern über die Wange.

»Und Julia?«, fragte sie.

»Ist mir fremd geworden.«

»Aber irgendwann wird sie wieder da sein.«

66.

Im Büro begann die Arbeitswoche mit dicker Luft. Die Debatte um die Demonstration und die Ausschreitungen am Freitagabend hatte in der Behörde Verunsicherung und Panik ausgelöst.

Zahlreiche Hamas-Anhänger hatten sich nicht an zentrale Auflagen gehalten. Von Beginn an hatten sie israelische Fahnen verbrannt und in Sprechchören allen Juden den Tod gewünscht.

Aber die Augenzeugen regten sich vor allem über den Aufmarsch der Polizeikräfte auf, der ihnen zu martialisch erschien. Auch friedliche Demonstranten seien bis in die Nacht eingekesselt worden, ohne Toiletten, ohne Versorgung mit Trinkwasser. Beobachter schilderten eine schockierende Brutalität, mit der maskierte Beamte versprengte Teilnehmergruppen vor sich hergetrieben hätten. Unschöne Fotos in der Zeitung untermauerten die Aussagen.

Der Innenminister verlangte Aufklärung.

Als Einsatzleiter stand Polizeidirektor Priebe im Fokus.

Und Priebe suchte einen Sündenbock.

Jedem in der Führungsstelle war klar, was das bedeutete. Sie hatten die Planung erstellt und mussten sich rechtfertigen. Auch wenn keiner von ihnen vor Ort gewesen war.

Geschweige denn die Verwendung von Knüppeln und Reizgas befohlen hatte.

Oder den Kessel.

Max wurde klar, dass er eine exponierte Stellung einnahm. Priebe hatte ihn zum Landeskriminalamt mitgenommen. In Priebes Auftrag hatte Max die letzte Fassung der Einsatzplanung redigiert.

Wenn der Direktionsleiter jemanden aus der Führungsstelle verantwortlich macht, bin ich das, befürchtete Max.

Den halben Tag verbrachte er damit, Informationen darüber einzuholen, was wirklich vorgefallen war. Das Bild, das sich abzeichnete, war eindeutig: Priebe hatte widersprüchliche Befehle erteilt. Die Lage war ihm entglitten. Er hatte in mehreren Situationen falsch reagiert.

Max nahm sich vor, sich zu wehren, falls ihm sein Chef an den Karren fahren würde.

Er trug die Fakten zusammen und erstellte ein eigenes Dossier.

Ich werde nicht für Priebe über die Klinge springen.

67.

Nach der Mittagspause klopfte jemand an die Tür.

Brockhoff kam herein.

»Du schon wieder«, begrüßte Max ihn.

»Er hat uns gehörlos gemacht«, erwiderte der interne Ermittler.

»Wie bitte?«

»Dein väterlicher Freund, der mit so allerlei Dingen handelt. Er hat unsere Wanzen entfernt.«

Brockhoff meinte Onkel Albert.

»Weil du ihn gewarnt hast«, ergänzte er.

»Das haben wir doch alles schon besprochen.«

Brockhoff packte kleine Teile auf den Tisch, die nach Überwachungselektronik aussahen.

»Wann fährst du wieder zum Music Point?«, fragte er.

»Bald, schätze ich.«

»Dann bringst du dort diese Dinger an. Im Laden und im Büro. Falls sich der Treffpunkt ändert, dann auch dort. Und dieses Mal warnst du niemanden, ist das klar?«

»Albert König wird auch diese Mikros finden.«

»Nein. Diese Geräte strahlen keine Funkwellen aus. Man kann sie nicht orten.«

»Sie senden nicht?«
»Richtig. Sie zeichnen nur auf. Du musst sie ungefähr alle drei Tage austauschen, damit wir die Daten auf dem Chip auslesen können. Ist etwas umständlich, aber es wiegt die Bande in Sicherheit.«
»Wird gemacht, Boss. Sonst irgendwelche Neuigkeiten in Sachen Mirko Topalovic?«
»Wir sind uns sicher, Bauer, dass es deine Leute waren. Guck nicht so ungläubig. Du kennst sie als liebe Leute. Freunde, Kollegen und so weiter. Aber du darfst ihre kriminelle Energie nicht unterschätzen.«
Max bemerkte, dass auf seinem Rechner eine Mail eingegangen war.
»Sonst noch was?«, fragte er.
»Pass auf dich auf, Bauer. Nicht dass es dir so ergeht wie Topalovic. Das meine ich verdammt ernst!«
Brockhoff tätschelte ihm die Schulter und ging.
Max zählte sechs Wanzen auf dem Tisch. Drei für Laden und Büro im Musikgeschäft, ein zweites Set zum Wechseln. Autarke Stromversorgung per Minibatterie, er musste nichts verkabeln. Die Installation war denkbar einfach.
Er klickte auf die Verlinkung des Mailprogramms. Die jüngste Nachricht stammte von Fabian Schilling, Landeskriminalamt Nordrhein-Westfalen. Max öffnete sie.
Wie versprochen, mit herzlichem Gruß von Laszlo.
Dazu ein Anhang.
Die Fallakte aus Hamburg.
Max konnte kaum glauben, dass Laszlo Polgar sie

tatsächlich herausgerückt hatte. Er öffnete das Dokument. Es umfasste mehr als fünfzig Seiten. Max warf einen Blick auf die Angaben zur Person, mit denen die Akte begann.

Sandra Tessin, geboren am 2.12.1991 in Uetersen, Schleswig-Holstein. Staatsbürgerschaft deutsch.

Fotos folgten: Eine erschreckend abgemagerte Frau mit ungeschminktem Gesicht und leerem Ausdruck. Die Haare strähnig und wirr, als sei sie gerade aus dem Bett gerissen worden.

Profil, Halbprofil und Frontalansicht.

Vor der Kamera des Erkennungsdienstes wirkte niemand wie ein Supermodel.

Max spürte Mitleid.

Es war seine Julia.

Er druckte alles aus.

68.

Am Abend machte er es sich auf dem Sofa bequem und schaltete das Leselicht ein. Er hatte sich eine Kanne Tee zubereitet, denn der Umfang der Akte verhieß einen längeren Lektüreabend.

Schillings Worte gingen ihm durch den Kopf.

Was da drinsteht, willst du gar nicht wissen.

Er las, dass Sandra alias Julia einen jüngeren Bruder hatte. Um den Eltern zu gefallen, hatte er sich an der Uni Hamburg für Jura eingeschrieben. Aber sein Leben fand in Clubs und auf Partys statt. Um es zu finanzieren, dealte er mit Kokain. Als trotzdem seine Schulden wuchsen, wandte er sich Hilfe suchend an Julia.

Sie konnte verhindern, dass man ihm die Beine brach. Aber nur um den Preis, selbst kriminell zu werden. An ihrem Arbeitsplatz zweigte sie Opiate ab. Ihre Auftraggeber wurden unersättlich und erpressten sie. Julia ließ sich für Kurierdienste einspannen.

Max erfuhr, dass seine Frau in ihrem früheren Leben Ärztin am Uniklinikum Hamburg-Eppendorf gewesen war. Nachdem alles herauskam, verlor sie Job und Zulassung. Es musste bitter für sie gewesen sein, an der Havel als medizinische Fachangestellte ins Berufsleben zurückzukehren.

Max fiel der Spott von Dr. Feuerbach ein, ihrem ersten Arbeitgeber nach dem Umzug an den Rhein: *Die Möchtegern-Ärztin.*

Er blätterte weiter. Viele Stellen waren geschwärzt, vor allem die Namen von Zeugen und Beschuldigten. Warum sich Julia mit einem Typen aus der Dealer-Bande eingelassen hatte, konnte Max nicht verstehen. Ein Jahr lang waren die beiden ein Paar gewesen. Informationen über die Ehefrau des Kerls bekam Max nicht. Die entsprechenden Passagen waren ebenfalls geschwärzt.

Angeblich hatte Julia mehrfach präparierte Limousinen voller Drogen nach Lüneburg, Stade und Cuxhaven überführt. In Hamburger Clubs hatte Julia angeblich junge Frauen als Kleindealerinnen rekrutiert. Und sie zu speziellen Partys eingeladen, auf denen sich die Drogenbosse und ihre Freunde als Krone der Schöpfung fühlen durften.

Max war sich nicht sicher, was davon er für bare Münze nehmen sollte.

Die Akte enthielt Zeugenaussagen, die nahelegten, dass Julia ein reguläres Bandenmitglied gewesen war und davon auch reichlich profitiert hatte.

Doch sie war nie gerichtlich verurteilt worden.

Ihr Anwalt hatte sie ausschließlich als Opfer dargestellt. Sie habe unter unmenschlichem Druck gestanden und nur aus Angst um ihr Leben mitgespielt. Auf dieser

Basis wurde der Deal verhandelt, der Julia zur Kronzeugin machte und ihr die erhoffte Strafverschonung einbrachte.

Welche Version entsprach der Wahrheit?

Wie innig war ihre Beziehung zu dem verheirateten Dealer gewesen?

Was war in Julia vorgegangen, als sie ihn der Kripo auslieferte?

Ein Verrat des Bettgenossen als Fahrschein in die Freiheit.

Als ein Spezialeinsatzkommando das Haus des Mannes umstellte, wollte er sich den Fluchtweg freischießen und kam im Kugelhagel ums Leben.

Max konnte nachvollziehen, dass es Leute gab, die Julia hassten.

Aber sie hatte das Treiben der Bande beendet.

Bis dahin hatte die Hamburger Kripo jahrelang im Trüben gefischt. Anzeigen blieben folgenlos. Zeugen zogen ihre Aussagen zurück, weil sie bedroht wurden. Ermittlungen endeten in Sackgassen – bis Julia auspackte.

Er legte die Akte weg und goss sich ein Glas Wein ein. Dann holte er das Album mit den Hochzeitsfotos aus der Kommode. Düsseldorf, vor sechs Monaten.

Eine ganz andere Julia.

Strahlend, liebevoll und zuversichtlich.

Max fragte sich, wen er da geheiratet hatte.

TEIL VIER

SANTA MUERTE

*So you think you can tell
heaven from hell?*

(Pink Floyd, »Wish You Were Here«)

69.

Am Dienstagmorgen recherchierte er an seinem Arbeitsplatz im Internet. Er fand zwei in Hamburg gemeldete Personen mit dem Namen Tessin. Über die Facebook-Profile konnte er ihre jeweiligen Arbeitgeber ermitteln.

Weil es nicht dienstlich war, rief er sie von seinem Privathandy aus an. Maria Tessin erreichte er an ihrem Arbeitsplatz bei einem Energieunternehmen, Gunnar Tessin in seinem Büro bei der AOK Hamburg. Zu seiner Enttäuschung gaben alle beide vor, keine Sandra Tessin zu kennen.

Max dehnte die Suche auf das Umland aus. Auf den Online-Seiten des *Pinneberger Tageblatt* wurde er fündig. Die Meldung war vier Jahre alt: Professor Dr. Justus Tessin, Chefarzt der Neurologie an der Regio-Klinik, wurde feierlich in den Ruhestand verabschiedet.

Klang nach einem Treffer.

Pinneberg war die Kreisstadt von Julias Geburtsort Uetersen. Und warum sollte sie nicht beruflich in die Fußstapfen ihres Vaters treten? Doch mehr zu Justus Tessin schien es nicht zu geben. Dann stieß Max beim

Konkurrenzblatt *Abendzeitung* auf eine Überschrift, die ihn elektrisierte.

Fassungslose Trauergemeinde nimmt Abschied von Justus und Barbara Tessin.

Ein kleiner Bericht, nur wenige Zeilen mit Foto. Unter großer Anteilnahme war das Ehepaar Barbara und Justus Tessin vor drei Jahren auf dem Neuen Friedhof Uetersen beigesetzt worden. Der Verkehrsunfall, bei dem sie ums Leben gekommen waren, gebe Rätsel auf, hieß es da. Ihr Volvo sei auf gerader Strecke von der Fahrbahn abgekommen und ungebremst gegen einen Baum geprallt.

Gift, dachte Max. Ein Sprengsatz mit Fernzündung. Oder man hatte etwas am Wagen manipuliert.

Weil man sich an deiner Frau nicht rächen konnte, hat man ihre Eltern ermordet.

Er studierte das Bild von der Beisetzung. Seine Frau konnte er darauf nicht erkennen.

Sein Handy klingelte. Er meldete sich.

»Bauer.«

Eine Frauenstimme: »Sie haben Gunnar gerade nach Sandra gefragt.«

»Ja, und?«

»Sind Sie wirklich ihr Ehemann?«

»Wissen Sie etwas über Sandra?«

»Ja. Wir sollten uns dringend unterhalten. Ich kann vorbeikommen, wenn Sie mir Ihre Adresse geben, Herr Bauer.«

Max zögerte. Die Frau nannte ihren Namen nicht.

Stattdessen wollte sie wissen, wo er wohnte. Er blickte auf das Display.

Unbekannte Nummer.

Sofort beendete er das Gespräch.

Ein Zittern lief durch seinen Körper.

Nicht wieder paranoid werden, dachte Max. Aber möglicherweise hatte er gerade mit einem Mitglied der Bande gesprochen, die Julia verraten und ihre Eltern auf dem Gewissen hatte.

Die Leute, vor denen Julia davonlief.

Max sagte sich, dass er nichts falsch gemacht hatte. Er hatte der Anruferin nur seinen Nachnamen genannt, den gefühlt jeder zehnte Deutsche trug. Sie besaß nichts als seine Handynummer. Sie wusste nicht einmal, in welcher Gegend Deutschlands er lebte.

Er wählte noch einmal die Nummer von Gunnar Tessin.

»Ja«, meldete sich die Stimme, merklich zögerlicher als beim ersten Mal.

»Ich bin's noch einmal, Bauer«, sagte Max. »Wen haben Sie gerade angerufen?«

»Wie bitte?«

»Wem haben Sie erzählt, dass ich meine Frau suche?«

Schweigen am anderen Ende der Leitung.

»In welchem Verwandtschaftsverhältnis stehen Sie zu Sandra?«

Ein gleichmäßiges Tuten – der Mann hatte aufgelegt.

Max konnte sich denken, was los war.

Gunnar Tessin hatte Angst. Er war jederzeit bereit, seine Cousine zu verraten, oder was auch immer Julia für ihn war. Um seine Haut zu retten. Weil die Bande ihn unter Druck setzte.

Auch nach drei Jahren noch.

Max fielen die Worte von Laszlo Polgar ein, dem Kollegen vom Hamburger LKA: *Wehe, du recherchierst auf eigene Faust. Du würdest nur Staub aufwirbeln.*

Max beschloss, es zu lassen.

Er hätte versuchen können, weitere Kontaktpersonen zu finden. Freunde von Julias Eltern. Den Anwalt in Hamburg, der den Kronzeugenstatus für Julia verhandelt hatte. Und was war mit dem kleinen Bruder, dem verkrachten Studenten?

Polgar hatte recht – zu gefährlich.

Auch für ihn und seine Tochter.

Max schreckte auf, als das Handy erneut klingelte. Nicht sein Apparat, begriff er. Sondern der, den er von Robert erhalten hatte. Max meldete sich.

»Ja, hallo?«

»Kannst du sprechen, mein Junge? Bist du ungestört?«

Albert. Seine Stimme klang anders als sonst.

Nicht der Onkel, sondern ein Boss.

»Ja, was gibt's?«

»Wir müssen uns abstimmen.«

»Jetzt gleich?«

»Einige Männer haben nicht lange Zeit. Spätschicht, du kennst das.«

Max öffnete die Schublade seines Schreibtisches und

holte drei von den Wanzen heraus, die Brockhoff, der interne Ermittler, ihm gestern gebracht hatte. Er steckte sie in seine Jacke.

Dann machte er sich auf den Weg.

70.

Birol hielt ihm die Tür auf. Max entging der prüfende Blick nicht, den der Türke dabei über den Hof schweifen ließ und mit dem er alles scannte: Müllcontainer, Autos, das Taubenpärchen, das auf dem löchrigen Asphalt pickte.

Der drahtige Mann mit den grauen Stoppeln im Gesicht, die scheinbar jeden Tag gleich lang waren, trug eine Kapuzenjacke, die Max überdimensioniert vorkam. Er schätzte, dass Birol darunter eine Schusswaffe mit sich führte.

Albert hat einen Leibwächter engagiert, schlussfolgerte Max.

Also fürchtete er dasselbe Schicksal, das dann aber Frodo ereilt hatte.

Im Büro hatten sich außer seinem Onkel, Robert und André noch drei weitere Kollegen versammelt, die Max aus der Altstadtwache kannte: Timo, der für ihn die Vermisstensache formuliert hatte, sowie Erhan Kaya und Lars Kraft, die gemeinsam mit Mirko Topalovic beim Einsatztrupp gearbeitet hatten.

Die Beteiligten an der Kokain-Sache, vermutete Max.

Zumindest der harte Kern.

Er klopfte zur Begrüßung auf den Tisch.

»Was gibt's Neues im Präsidium?«, fragte Albert ihn.

»Die Soko ist nicht nennenswert vorangekommen. Von den zwanzig Kilo aus Vlissingen hat sie keine Ahnung. Dass Mirko ermordet wurde, hat sie zurückgeworfen. Er hatte wohl tatsächlich eine Vereinbarung mit der Staatsanwaltschaft unterschrieben. Wenn ihr mich fragt, stand er kurz davor auszupacken, um seinen Hals zu retten.«

Gemurmel und Kopfschütteln. Entsetzen in den Gesichtern. Vor allem Lars und Erhan konnten es nicht fassen. Ihr enger Freund und Dienstgruppenleiter – ein Verräter?

Max konnte sich ausmalen, was alle dachten: Wie konnte Mirko uns das antun?

Und wer fällt als Nächstes um?

Nur Birol blieb cool und zeigte ein Pokerface.

Max fragte sich, welches Kaliber seine Pistole hatte.

»Warum hast du uns zusammengetrommelt?«, fragte er seinen Onkel.

Albert hielt einen USB-Stick hoch. »Mir ist etwas zugestellt worden.« Er steckte das Ding an seinen Rechner und öffnete die einzige Datei, die der Ordner enthielt. Neugierig drängten sich die Männer um den Monitor, auf dem in großer Schrift ein Text erschien.

Noch drei Tage. Dann geht es euch wie dem Gitarristen. Zuerst sind eure Kinder dran.

»Ist das alles?«, fragte Robert.

»Woher kommt das?«, wollte Max wissen.

»Der Umschlag war unbeschriftet.«

»Es gibt doch so etwas wie einen elektronischen Fingerabdruck. Ich könnte jemanden von der Kripo fragen. Dann erfahren wir, wer dahintersteckt und für Frodos Tod verantwortlich ist.«

»Vergiss es«, erwiderte Robert. »Wie willst du der Kripo erklären, warum man Albert den Stick geschickt hat?«

Lars mischte sich ein. »Ist sowieso nur heiße Luft, wie beim letzten Mal.«

Also war es nicht die erste Botschaft dieser Art, erkannte Max.

»Was fordern die Leute?«, fragte er.

Albert zuckte mit den Schultern. »Dass wir ihnen das Feld überlassen. Oder zu ihren Bedingungen arbeiten. Was ungefähr aufs Gleiche rauskommt.«

Max erinnerte sich daran, was er über das Kokaingeschäft in den Niederlanden und Belgien gelesen hatte. Über die Mocro-Mafia und ihre weitläufigen Verflechtungen. Ihm wurde mulmig.

»Der Klügere gibt nach«, gab er zu bedenken.

Die Kollegen lachten nur.

»Also, was wollen wir tun?«, fragte Albert.

André schüttelte den Kopf. »Wir haben schon zu viel investiert.«

»Wir sind Polizisten und Musikalienhändler«, beharrte Max. »Im Drogenkrieg können wir nur verlieren.«

»Du hast nicht eingezahlt«, sagte Lars. »Also hast du nichts zu melden.«

»Max gehört zur Familie«, widersprach Robert. »Im Unterschied zu dir.«

Albert hob beschwichtigend die Hände. »Lasst uns abstimmen. Wer ist dafür, dass wir diesen Scheißkerlen die Stirn bieten und unseren Plan wie beschlossen durchziehen?«

Fünf Hände gingen nach oben.

Timo zögerte.

»Was ist mit dir?«, fragte Robert.

Daraufhin ging Timos Hand ebenfalls in die Höhe.

»Wer ist dagegen?«, fragte Albert.

Max meldete sich als Einziger.

»Klare Mehrheit«, sagte Robert.

Fassungslos sah Max zu, wie die anderen einander abklatschten.

Der Onkel bedachte ihn mit einem milden Lächeln.

71.

André, Lars und Erhan brachen zum Dienst auf. Timo fuhr nach Hause. Albert ging nach vorn, weil Kundschaft den Laden betreten hatte.

Birol thronte auf einem Pianohocker und blätterte im Fachmagazin *Gitarre und Bass*, allerdings nur zum Schein, denn vor allem behielt er durch das Schaufenster die Straße im Blick.

»Guck nicht so düster, Bro«, sagte Robert. »Komm, ich bin dir eine Erklärung schuldig. Auch 'nen Kaffee?«

Während er die Maschine füllte, begann er zu erzählen, wie alles begonnen hatte.

Eines Abends im vergangenen Herbst hatte der Einsatztrupp Präsenz und Intervention, den Mirko Topalovic – Gott hab ihn selig – leitete, es auf den Straßenstrich abgesehen, den es trotz der ausgewiesenen Sperrzone noch immer in der Innenstadt gab. Die Kollegen taten das Übliche: Sie hielten Autofahrer an, die auf der Suche nach Nutten durch das Viertel um die Charlottenstraße kreuzten, und verteilten Knöllchen. Sie drohten den Junkies, die sich prostituierten, mit Platzverweisen.

Dann beobachteten sie, wie ein dürres Mädchen zu einem Opa in den Wagen stieg.

Sie nahmen die Verfolgung auf. Es war schon fast dunkel. Der Freier hielt nach zehn Minuten Fahrt irgendwo im Rheinhafen am Ende einer Sackgasse. Die Kollegen stiegen aus und störten das Pärchen bei dem, was eine Nutte und ihr Freier im Auto so taten.

Bei der Aufnahme der Personalien verriet das Mädchen, dass der Opa zur Bezahlung Kokain angeboten habe. Sie untersuchten die Limousine, und was sie fanden, überschritt die amtsübliche Grenze der »geringen Menge« deutlich.

Der Mann war angestellter Anwalt einer renommierten Kanzlei. Er konnte sich ausrechnen, was ihm blühen würde, und hyperventilierte vor Panik. Er versuchte, die Kollegen mit Koks zu bestechen. Was seine Lage nicht verbesserte.

Er stellte noch mehr von dem Pulver in Aussicht.

Guter Stoff, so viel ihr wollt. Ich kann euch auch Geld geben. Was wollt ihr?

Solange meine Frau nichts erfährt.

Erst recht nicht meine Firma – bitte, bitte!

Mirko witterte seine Chance. Er hatte es satt, Abend für Abend Junkies zu filzen. Er wollte die großen Fische schnappen. Zunächst ging es ihm tatsächlich um Schlagzeilen und Ansehen.

Um eine rasche Beförderung.

Also benutzte Mirko den Anwalt, um die Strukturen des Drogenhandels der Stadt zu erforschen. In der Folgezeit konnte seine Dienstgruppe verblüffende Erfolge verzeichnen.

Bald war sie der Stolz der Altstadtwache.

Dafür regten sich die für Drogendelikte zuständigen Kripo-Kollegen auf. Sie unterstellten, Möchtegern-Popeye-Doyle und seine Leute würden verbrannte Erde hinterlassen und die wertvolle Arbeit der Profis torpedieren. Doch die Beschwerden prallten ab.

Der Einsatztrupp war zu gut.

Das neue Vorzeigeteam.

Dann kamen Robert und André ins Spiel, und die eigentliche Arbeit verlegte sich auf den Feierabend. Nun ging es um Schutzgeld. Wer eine Festnahme vermeiden wollte, musste bezahlen.

Als ihren Stützpunkt wählte die Gruppe Alberts Laden. Die Tarnung war perfekt. Und die Lage im Gewerbegebiet ideal. Von der Straße aus konnte niemand beobachten, wer im Hof parkte.

Robert servierte den Kaffee, der längst durchgelaufen war.

Max fragte: »Und wie seid ihr darauf gekommen, selbst in den Handel einzusteigen?«

»Das war Frodos Idee.«

»Nicht dein Ernst.«

»Doch.«

Auf der Suche nach Dealern, die man erpressen konnte, ging den Kollegen vom Einsatztrupp ein Typ ins Netz, der als Schlagzeuger in einer von Frodos Bands spielte. Er nannte Martin Übelreuther als seine Bezugsquelle.

Albert und die Brüder nahmen die Sache in die Hand und horchten Frodo im Anschluss an eine Unterrichtsstunde im Music Point aus. So erfuhren sie, dass Frodo seinen Stoff jenseits der Grenze in Maastricht kaufte, und zwar günstiger als das Zeug, das sonst in Düsseldorf kursierte. Die Ware stammte ebenfalls von der Mocro-Mafia.

Aber von einer anderen Fraktion.

Mocro war nicht gleich Mocro.

Zu dieser Zeit drohte Albert der Konkurs seines Geschäfts. Roberts Familie hatte das Haus in Büttgen ins Auge gefasst, weil die bisherige Wohnung wegen Eigenbedarfs gekündigt worden war. André wiederum hatte sich beim Zocken mit Kryptowährung verrechnet.

Die Schutzgeldeinnahmen genügten nicht.

Also nahmen sie Kontakt zu Frodos Koks-Quelle in den Niederlanden auf. Rasch wurden sie handelseinig. Daraufhin erklärten sie den schutzgeldpflichtigen Dealern im Raum Düsseldorf, was ab sofort Sache war.

Sie zwangen sie, die Geschäftsbeziehung zu ihren bisherigen Lieferanten zu kappen und ab jetzt den Stoff von den Bullen ihres Vertrauens zu beziehen.

Sie wollten die Preise bestimmen.

Und sich das größte Stück vom Kuchen sichern.

Kein Profit ohne Investition. Sie hatten alles auf eine Karte gesetzt und sämtliche Reserven mobilisiert, um den Stoff zu bezahlen, den Max am Sonntag aus Vlissingen geholt hatte.

»Jetzt weißt du«, sagte Robert, »warum der Ausstieg

momentan noch keine Option ist. Du musst noch etwas Geduld haben.«

Max rieb sich den Nacken.

Robert fuhr fort: »Außerdem stehen wir bei unseren Partnern im Wort, dass wir mindestens noch vier weitere Chargen abnehmen werden. Danach ist Schluss. Versprochen.«

Dumm nur, dass jemand sie verpfiffen hatte.

Und die internen Ermittler den Einsatztrupp durchleuchteten.

Während die Mocro-Konkurrenz nicht kampflos aufgeben wollte.

»Okay, es schlägt Wellen«, gab Robert zu. »No risk, no fun.«

»Was heißt das jetzt?«

»Onkel Albert gönnt sich einen Bodyguard, wie du siehst. Ein alter Kumpel, der kürzlich aus dem Gefängnis entlassen wurde. Wir anderen gehen nicht mehr unbewaffnet aus dem Haus. Das rate ich dir übrigens auch.«

Plötzlich durchfuhr Max ein Gedanke.

»Wie ist Albert auf Birol gekommen?«

»Alte Kumpels, wie gesagt. Birol kam wie Albert und meine Mutter Ende der Achtziger nach Deutschland. Sie gehörten zur selben Clique. Später hat es Birol nach Hamburg verschlagen, und zuletzt saß er zwei Jahre in Santa Fu. Aber der Kontakt ist nie abgebrochen. Laut Albert ist auf Birol absolut Verlass. Ein stiller Typ, aber schwer in Ordnung.«

Max blickte durch die offen stehende Bürotür zu dem hageren Grauen hinüber. Nach wie vor scannte er über den Rand seiner Zeitschrift hinweg, was draußen vor dem Laden vor sich ging.

»Santa Fu …«

»Fuhlsbüttel, das Gefängnis.«

Hamburg, dachte Max.

Also Birol.

Max wunderte sich, dass er nicht viel früher darauf gekommen war.

Er hatte ein Wörtchen mit dem Türken zu reden.

72.

Albert kehrte zurück vom Kundengespräch, griff nach einem Becher und goss sich ebenfalls Kaffee ein. Der Kunde hatte sich nicht zum Kauf entschlossen. Albert wirkte plötzlich sehr müde. Max dachte an seine Krankheit und die Chemos, die er über sich hatte ergehen lassen.

Albert fragte seinen Neffen: »Hast du's ihm erklärt?«

»Ja, hat er«, antwortete Max an Roberts Stelle.

»Dann ist ja alles klar.«

»Im Gegenteil. Ihr seid irre, wenn ihr glaubt, es mit den Mocros aufnehmen zu können.«

»Warten wir's ab. Die Typen sind jenseits der Grenze zu Hause. Hier ist euer Revier. Und ihr seid, verdammt noch mal, Polizeibeamte. Ihr habt alles drauf, was man braucht. Das Auftreten, die Eier, den Teamgeist. Ihr kennt eure Stadt auswendig. Wie könnten diese dunkelhäutigen Holländer etwas gegen euch ausrichten?«

»Und unser Lieferant in Vlissingen?«, fragte Max.

»Was soll mit dem sein?«

»Habt ihr ihn schon gefragt, ob er den Streit nicht schlichten könnte?«

»Lass den dicken Nigger aus dem Spiel.«

»Albert, du redest rassistisch.«

»Unser Onkel macht nur von seinem Recht auf freie Meinungsäußerung Gebrauch.« Robert grinste. »Was dagegen?«

Max seufzte. »Ich hab was mitgebracht.«

Er packte die Abhörgeräte auf den Tisch, die Brockhoff ihm gegeben hatte.

»Was ist das?«, fragte Albert irritiert.

»Wonach sieht's aus?«

»Scheiße, ich habe solche Dinger gerade erst rausgeschmissen.«

»Sorry, Albert, ich muss es tun. Sonst verliere ich das Vertrauen der Kripo.«

»Das kannst du mir nicht antun!«

»Ihr braucht ohnehin einen anderen Ort für eure Treffen. Inzwischen weiß jeder von diesem Laden. Die Sonderkommission und garantiert auch die Mocros.«

»Lass Max machen«, empfahl Robert.

Albert hob abwehrend die Hände. »Das Büro bleibt unverwanzt. Es muss Orte geben, an denen ich meine Ruhe habe!«

Max gab nach. Das würde er Brockhoff und Konsorten verkaufen können: *Albert König war misstrauisch und hatte mich im Blick.*

Er nahm zwei Wanzen in die Hand. »Okay, ich beschränke das auf den Verkaufsraum. Seid ab jetzt wieder vorsichtig, was ihr dort redet.«

Max ging hinaus und befestigte einen Minispion am

Prospektaufsteller im Eingangsbereich. Das andere Aufnahmegerät fand seinen Platz an der Kasse. Er aktivierte die Mikros. In wenigen Tagen würde er sie austauschen und als Nachweis seines Diensteifers bei Brockhoff abgeben.

Dann ging er zu Birol und bat ihn auf ein Wort hinaus auf den Hof.

Höchste Zeit, dass wir uns kennenlernen.

73.

Die Tauben flatterten hoch, als die beiden aus dem Laden traten. Eine getigerte Katze strich vorbei und verharrte vor der fensterlosen Wand des Nachbargebäudes. Birol blickte zur Hofeinfahrt hinüber. Stets auf der Hut.

Im Bodyguard-Modus.

Dann zog Birol ein blaues Gauloises-Päckchen aus der Jackentasche, hielt es Max hin, der dankend ablehnte, und zündete sich eine Zigarette an. Er nahm einen Zug und deutete auf den Glimmstängel.

»Nur so lange«, sagte er. »Albert will nach Hause. Also, was steht an?«

Birols Stimme ließ Max an rollende Steine denken.

»Du hast in Hamburg gelebt?«, fragte er.

Birol lehnte sich an Alberts Oldsmobile Vista Cruiser und nahm einen weiteren Zug, bevor er antwortete. »Du fragst wegen deiner Frau, stimmt's?«

»Neulich, bei Roberts Party, hast du behauptet, sie nicht gesehen zu haben.«

»Ich hab gesehen, wie ihr angekommen seid. Aber da habe ich Sandra nicht erkannt.«

»Sie dich schon.«

»Früher hatte Sandra die Haare anders. Und ich glaube, sie hat sich auch die Nase machen lassen. Hab ich recht?«

Max wusste darauf keine Antwort.

Noch so ein Detail aus Julias Leben, das er nicht kannte.

»Erst hinterher wurde mir klar, dass es sich bei deiner Frau um Sandra handelt. Die Schlampe, die uns verpfiffen hat.«

Max fragte sich, warum er nicht schon längst Besuch von den Leuten aus Hamburg bekommen hatte. Eigentlich gab es darauf nur eine Antwort.

Der Graue hatte ihn nicht verpfiffen.

Trotz des ausgesetzten Kopfgelds.

»Was hast du in Hamburg gemacht?«, fragte Max.

»Geschäftsführer.« Er zeigte ein ironisches Lächeln. »Ein Café in Altona.«

»Und Leibwächter, schätze ich.«

Birol zuckte mit den Schultern. »Bin bei der türkischen Armee dazu ausgebildet worden. Als einer der Besten. Mit neunzehn war ich Personenschützer von General Evren, dem damaligen Präsidenten.«

»Wer ist hinter Julia her?«

»Zoe.«

Als wäre mit dem Vornamen schon alles klar.

»Zoe wer?«

»Zoe Honka. Sie war unser Boss.«

Max erinnerte sich an sein Telefonat mit Laszlo Polgar, dem Hamburger Kripomann. Und an die geschwärzten Stellen in der Akte. Max zählte eins und eins zusammen. »Zoes Mann war Julias Freund?«

»Hauke, ganz richtig. Der verrückte Arsch ließ nie etwas anbrennen, Sandra war ein heißer Feger, und Zoe gönnte ihm den Spaß. Sie hat ihren Mann immer wieder aufgenommen, sobald er seine Affären satthatte. Keine Ahnung, was die Mädels an Hauke so toll fanden. Seine Visage war es eher nicht.« Birol stieß eine Rauchwolke aus und blickte ihr versonnen hinterher. »Ja, er und deine Frau hingen eine Zeit lang zusammen. Ziemlich lange sogar, für Haukes Verhältnisse.«

»Warum hast du auf das Kopfgeld verzichtet?«

»Weil ich jetzt hier bin.«

»Einfach so?«

»Ja, scheiß drauf. Hab einen Haken hinter Hamburg gemacht. Aus und vorbei. Das Leben besteht aus Kapiteln. Und jetzt hat ein neues begonnen.«

»Zoe war immerhin deine Chefin.«

»Sie hat sich kein bisschen um mich gekümmert, als ich im Knast saß. Da sortiert sich sehr schnell, wer dein Freund ist und wer nicht. Mit Albert ist der Kontakt nie abgebrochen. Und er hat mir einen Job gegeben. Nicht ich hab die Fronten gewechselt. Zoe hat das getan.«

»Was meinst du damit?«

»Na, was habt ihr vorhin besprochen, Robert und du, als ihr allein im Büro wart?«

»Dass wir nicht nur die Kollegen von der Kripo am Hals haben, sondern auch die Mocro-Mafia aus den Niederlanden.«

»Und Robert hat Zoe Honka nicht erwähnt?«

»Wieso?«

»Zoe ist Mocro.«

Ein Wagen fuhr auf den Hof und beanspruchte die Aufmerksamkeit des Grauen. Es war ein alter Golf, ein Kotflügel eingedellt, die Fahrertür in anderer Farbe lackiert als der Rest. Ein junger Mann stieg aus. Seine blonden Rasta-Locken hatte Max schon einmal gesehen.

Der Typ hatte zu Frodos Gitarrenschülern gehört.

»Kundschaft«, sagte Max.

Birol nickte. »Wo war ich stehen geblieben?«

»Zoe.«

»Genau.« Birol nickte. »Früher waren wir unabhängig und haben dafür gekämpft, uns die Mafia vom Leib zu halten, verstehst du? Ob Albaner oder Italiener, egal. Ein paarmal ist auch Blut geflossen, und deine Frau hat uns wieder zusammengeflickt. Letztlich haben wir uns immer durchgesetzt.«

»Und jetzt?«

»Zoe feiert ihr Comeback. Sie verteilt die Schmiergelder in Hamburg und Bremerhaven. Seit die Bullen in Rotterdam und Antwerpen durchgreifen und sich dort die Mocros gegenseitig an die Gurgel gehen, werden die deutschen Häfen immer wichtiger.«

»Also steckt *sie* hinter der Drohung, alle umzubringen?«

Birol nahm einen letzten Zug und schnipste den Stummel zur Seite.

Er nickte. »Zoe arbeitet jetzt als Statthalter für andere. Das meine ich mit Frontenwechsel.«

»Sie darf nicht erfahren, dass Sandra jetzt Julia heißt und meine Frau ist.«

Birol wiegte den Kopf hin und her. »Weißt du, Max, dein Onkel ist mein ältester und bester Freund in diesem kalten Land. Und du bist Teil der Familie.«

Der Unterton seiner Worte ließ Max frösteln.

Es schwang mit, dass Birol lieber anders handeln würde.

»Ich danke dir«, sagte Max.

Der Graue drückte ihm seinen Zeigefinger gegen die Brust. »Wenn dir ein alter Türke, der in seinem Leben so ziemlich alles gesehen hat, einen verdammten Rat geben darf, dann vergiss die Schlampe, hörst du, Max? Sie frittiert dir das Hirn mit ihrer Pussy. Und im nächsten Moment zeigt sie dich bei den Bullen an. Das ist Sandra. Jede Hure auf dem Kiez hat mehr Ehre im Leib.«

Die Tauben waren zurückgekehrt und pickten nach dem Zigarettenstummel.

»Und wehe, du enttäuschst deinen Onkel!«

Birol öffnete für einen Moment seine Kapuzenjacke.

Noch einer, der mir seine Pistole zeigt, dachte Max.

Er hatte richtig vermutet: Es war eine Kleinkaliberwaffe.

»Hab ich nicht vor«, sagte Max.

»Das wollte ich nur hören.« Birol lachte, als sei alles bloß ein Scherz gewesen. »Ich kannte übrigens deinen Vater, ein taffer Kerl. Wir hatten früher eine Menge Spaß zusammen.«

Er schlug Max zum Abschied auf die Schulter.

74.

Max fuhr nicht weit.

Er bog in die nächste Querstraße, wendete und beobachtete den Verkehr. Zwei Minuten später schoss der ockerfarbene Oldtimer seines Onkels in Richtung Schnellstraße vorbei. Max fädelte sich in den Strom der Fahrzeuge ein und nahm mit einigem Abstand die Verfolgung auf.

Ihm schwirrte der Kopf. Seine Familie brach einen Drogenkrieg vom Zaun. Offenbar betrachtete Zoe Honka nicht nur Norddeutschland als ihr Revier.

Menschen starben.

Menschen, die er kannte.

Max fiel ein, dass sich die Drohung auf dem USB-Stick ausschließlich auf Frodo bezog.

Oder es geht euch wie dem Gitarristen.

Mirko war nicht erwähnt worden.

Max glaubte immer fester daran, dass Birol den Kollegen vom Einsatztrupp auf dem Gewissen hatte. Er traute dem Grauen alles zu.

Der Oldsmobile Vista Cruiser fuhr mit hundert Sachen die Münchner Straße entlang, wechselte auf die A46 und überquerte den Rhein. Im beginnenden Feierabendverkehr der Pendler verlor Max kurzzeitig die Sicht auf den Wagen.

Aber er kannte das Ziel.

Grimlinghausen war ein Stadtteil im Süden von Neuss. In den Siebzigerjahren hatte man dort einige Apartmenthäuser direkt an den Deich gebaut. Hässliche Kästen, aber beste Lage – von den oberen Stockwerken ging ein weiter Blick über den Fluss.

Seit vielen Jahren wohnte Albert hier.

Der ockerfarbene Straßenkreuzer-Kombi parkte im Halteverbot vor der Haustür. Ein Indiz dafür, dass der Fahrer nicht vorhatte, lange zu bleiben.

Max ließ seinen Volvo ein Stück weiter rollen und versteckte sich zwischen Ligusterhecken in einer Garageneinfahrt. Doch schon nach kurzer Zeit beschwerte sich ein Nachbar, der von der Arbeit nach Hause kam. Max rangierte zurück auf die Straße.

Im gleichen Moment setzte sich vor Alberts Apartmenthaus der Oldtimer in Bewegung.

Max zählte bis drei, dann nahm er wieder die Verfolgung auf. Es ging stadteinwärts. Bereits nach einem Kilometer bog der ockerfarbene Straßenkreuzer in die Zufahrt eines Hotels ein. Es war ein schlichter Kasten, drei Stockwerke, mit rotem Klinker verkleidet. Über dem Eingang ein Schild.

Marienhof.

Im Vorbeifahren beobachtete Max, wie Birol ausstieg und den Wagen abschloss.

Er wusste, dass Albert seinen alten Schlitten wie seinen Augapfel hütete. Ihn Birol anzuvertrauen, bedeutete etwas.

Mein ältester und bester Freund.

Irgendwie berührte es Max, dass Birol auch seinen Vater gekannt hatte, den Helden.

Ein taffer Kerl.

Albert hatte den Türken in der Nähe untergebracht, damit er ihm jederzeit beistehen konnte.

Die Leibwächtergeschichte war etwas Ernstes.

Zoe Honka und ihre Auftraggeber kannten kein Pardon.

75.

Max schloss die Haustür auf und lief die Treppe hoch. Bevor er seine Tochter bei Pina Castello abholte, wollte er noch einmal in die Akte schauen.

Hamburg, Sandra Tessin.

Die meisten Namen und Adressen geschwärzt.

Tage und Monate jedoch nicht.

Max rechnete von Emilias Geburtstag vierzig Schwangerschaftswochen zurück. Er blätterte und verglich. Als mutmaßlich seine Tochter gezeugt wurde, hatte Julia ihre erste Vernehmung bereits hinter sich.

Max goss sich ein Glas Wasser ein und trank es auf ex.

Was hatte Birol über Julias Affäre mit Hauke Honka gesagt? Sie habe erstaunlich lange gehalten. Und immer wenn Hauke seine Gespielinnen satthatte, kehrte er zu seiner Frau zurück.

Hatte der Typ mit Julia Schluss gemacht, statt umgekehrt?

Lag das Motiv für ihren Verrat in verletztem Stolz?

Max glaubte nicht daran, dass sich Julia zu diesem späten Zeitpunkt noch mit Zoes Mann getroffen und mit ihm geschlafen hatte. Demnach schied nach seinem Ermessen Hauke Honka als Emilias leiblicher Vater aus.

Max schloss die Akte wieder weg.

Pina empfing ihn mit einem Kuss und einem Glas Sekt.

»Gibt es was zu feiern?«, fragte Max.

Emilia hatte seine Stimme gehört und kam herbeigelaufen. Er nahm sie auf den Arm.

Pina antwortete: »Ich habe ein Projekt abgeschlossen und den Anschlussauftrag schon in der Tasche. Es war einfach ein guter Tag. Danke, dass du Ruben morgens immer mitnimmst. Das hilft mir sehr.«

»Ich danke dir, dass du dich den ganzen Nachmittag um Milli gekümmert hast.«

»Sie ist so pflegeleicht.«

»Hat sie dich nicht mit ihrer Tröte genervt?«

»Von wegen!« Sie wandte sich an seine Tochter. »Willst du deinem Papa mal zeigen, was du heute gelernt hast?«

Verlegen drehte Emilia den Kopf zur Seite.

»Das würde mich sehr freuen«, sagte Max.

Die Kleine ließ sich absetzen, wetzte nach nebenan, kehrte mit der Melodica zurück und baute sich vor ihnen auf. Max nickte ihr aufmunternd zu. Plötzlich war sie unsicher, mit welcher Taste sie beginnen sollte. Pina zeigte es ihr.

Emilia nahm ihre Pose wieder ein und legte los.

»Hänschen klein«.

Das Tempo schwankte, und ein paar hastige Fehler waren Emilias Nervosität geschuldet. Aber er musste

Albert recht geben: Seine Tochter war zweifellos musikalisch.

Max war gerührt und lobte sie überschwänglich.

Ruben fragte: »Krieg ich auch eine Lodica?«

Sie beschlossen, in den nächsten Tagen zum Music Point zu fahren. Max ahnte, dass Albert versuchen würde, Pina ein Keyboard zu verkaufen. Ihr Junge war immerhin schon vier und groß für sein Alter. Max versprach Pina einen Rabatt.

Im Scherz schlug er ihr vor, Schlagzeugerin zu werden und mit ihm und den Kindern eine Band zu gründen. Ein Gedanke, der Ruben und Emilia begeisterte. Sie begannen Töpfe aus dem Küchenschrank zu räumen und darauf zu trommeln. Max und Pina hatten alle Hände voll zu tun, den Lärm zu stoppen.

Sie lachten viel dabei. Schließlich lagen sie sich in den Armen.

Pina flüsterte ihm ins Ohr: »Ich glaube, ich hab mich in dich verliebt.«

Sie küssten einander, als könnten sie die Welt anhalten.

Emilia schlug mit einem Topfdeckel auf Pina ein.

»Du bist nicht meine Mami!«

Max wies sie zurecht und forderte sie auf, ihre Sachen einzusammeln.

Er wandte sich Pina zu.

»Tut mir leid«, sagte er.

»Bis morgen«, antwortete sie.

76.

Die Prozedur des Zubettbringens und Gutenachtsagens zog sich einmal mehr in die Länge. Emilia wirkte überdreht. Sie gab eine wirre Geschichte aus dem Zwergennest zum Besten. Angeblich hatte sich Gudrun, die Erzieherin, gegenüber einem anderen Mädchen unfair verhalten, was Emilia empörte.

Er lobte ihr Melodica-Spiel und griff nach einem von Emilias Büchern, um ihr wie üblich noch etwas vorzulesen. Doch sie verlangte nach den Fotoalben.

Sie wollte ihre Mutter sehen.

Die Hochzeitsfotos hatten sie rasch durchgeblättert.

»Du, Papi?«

»Ja, mein Schatz?«

»Hast du keine Bilder von Mami, als sie noch ein Kind war?«

»Nein.«

»Warum nicht?«

»Weil ich sie da noch nicht kannte.«

Seiner Tochter schien diese Erklärung zu genügen. Er zeigte ihr auf dem Handy ein Selfie mit Julia in Ketzin an der Havel. Die früheste Aufnahme, die er von ihr hatte.

Max musste Emilia sein lädiertes Gesicht erklären.

»Aber Papi, du fährst doch gar nicht Fahrrad!«

»Damals schon.«

»Du bist ein schlechter Radfahrer.«

Max musste lachen.

Er fand einen Schnappschuss, auf dem Julia mit ihrem Töchterchen posierte.

»Da war ich noch klein«, kommentierte Emilia, als sei sie schon fast erwachsen.

Dann sagte sie: »Du hast versprochen, dass du Mami zurückholst.«

»Das ist richtig.«

»Was man verspricht, muss man auch halten.«

»Stimmt.«

»Hast du mit Mami gestritten?«

»Nein.«

»Warum ist sie dann nicht wieder da?«

»Ich werde mich darum kümmern.«

»Du lügst. Du willst nicht, dass sie kommt!«

»Wie kommst du darauf?«

»Ruben sagt, dass du sein neuer Papa wirst.«

»Wie kommt er darauf?«

Darauf wusste Emilia keine Antwort.

»Ich werde mein Versprechen halten«, sagte Max.

Die Kleine hielt ihm die Handfläche hin.

»Drei Kreuze machen!«, befahl sie streng.

77.

Am nächsten Tag trat Max vor dem Landgericht auf.

Es war der vierte oder fünfte Verhandlungstag im Prozess gegen Lutz Meyer. Der Zeugenstand war ein kleiner Tisch in der Mitte des Schwurgerichtssaals. Am späten Vormittag wurde Max endlich aufgerufen.

Er musste die ganze Zeit an Elif denken.

Elif Demirkan, Polizeioberkommissarin und an dem Tag, um den es ging, seine Partnerin im Einsatzfahrzeug. Sie war zweiundvierzig gewesen, etwas älter als er, weshalb sie darauf bestand, dass er den Wagen fuhr.

Sie war geschieden und hatte einen erwachsenen Sohn, der gerade sein BWL-Studium beendete und eine Tätigkeit im Marketing anstrebte. Er wohnte noch bei der Mama, und Elif war überzeugt, dass er allein aufgrund seines türkischen Namens keine Wohnung fand. Max erinnerte sich an ein paar bittere Bemerkungen.

Drei Wochen später war Elif ihren Verletzungen erlegen.

Ohne noch einmal aus dem Koma aufgewacht zu sein.

War der junge Mann mit den dunklen Locken in der Reihe der Nebenkläger von Elifs Sohn?

Unmittelbar vor Max thronten drei Berufsrichter und zwei Schöffen. Die sogenannte große Strafkammer. Die Vorsitzende Richterin las Max' Personalien vor und bat ihn, diese zu bestätigen.

Rechts von ihm saß der Prepper zwischen seinen Anwälten.

Max hoffte, gefasst zu wirken.

»Erkennen Sie den Angeklagten?«, fragte die Vorsitzende Richterin.

Max zwang sich hinüberzuschauen. Lutz Meyer blickte auf die Tischplatte vor sich, als ginge ihn das Ganze nichts an. Max fielen die Hände des Preppers auf. Vergilbte Raucherfinger.

Plötzlich erinnerte er sich an einen Geruch.

Nicht an den verbrannter Haut und gegrillten Fleisches. Sondern an den Mief von Zigarettenqualm. Meyer musste eine Fluppe zwischen den Lippen gehabt haben.

Deshalb war alles so schnell gegangen, dachte Max.

»Herr Bauer?«

»Ja, ich erkenne ihn.«

Max ballte die Fäuste und löste sie wieder.

»Dieser Mann hat die Wohnungstür im zweiten Stock geöffnet, nachdem wir bei Astrid Meyer geklingelt hatten, der Wohnungsinhaberin, zu der wir gerufen worden waren.«

»Was geschah im Anschluss daran?«

»Er hatte zwei Behälter bei sich. Aus dem einen schüttete er ohne jede Vorwarnung eine Flüssigkeit auf uns. Den anderen ließ er vor unseren Füßen auf dem Boden zerschellen. Er warf seine Zigarette hinterher, und die beiden Personen, die am meisten abbekommen hatten, standen sofort in Flammen.«

»Elif Demirkan, Ihre Partnerin, sowie Kai Unger, der Feuerwehrmann.«

»Das ist richtig.«

»Von einer Zigarette steht nichts in den Akten.«

»Es ging alles rasend schnell. Oberkommissarin Demirkan und der Kollege von der Feuerwehr standen, wie gesagt, in Flammen. Sie schrien und rannten die Treppe hinunter, um ins Freie zu kommen. Ich lief hinterher, um ...« Max holte Luft. »Um irgendwie zu helfen. Die Zigarette habe ich zwar nicht gesehen, aber ich erinnere mich deutlich an den Geruch in dem Moment, bevor das Feuer ausbrach. Das war Zigarettenrauch.«

»Gab es einen Wortwechsel mit dem Angeklagten?«

»Nein.«

»Wie viel Zeit verging zwischen dem Öffnen der Tür und dem Verschütten des Brandbeschleunigers?«

»Keine Sekunde. Wir hatten keine Chance zu reagieren.«

»Haben Sie oder Ihre Kollegin die Wohnung betreten?«

»Nein. Erst hinterher wurde die Wohnung von Polizeikräften durchsucht. Daran war ich nicht mehr beteiligt.«

»Hatten Sie den Eindruck, dass der Angriff des Angeklagten spontan erfolgte, oder war das eine geplante Aktion?«

»Geplant, eindeutig.«

»Der Zeuge spekuliert«, warf einer der Strafverteidiger ein.

Die Richterin ignorierte ihn.

»Mit dem Öffnen der Tür leitete Herr Meyer bereits seinen Angriff ein«, fuhr Max fort. »Der schnelle Ablauf legt nahe, dass Herr Meyer seine Tat geplant hatte. Ich nehme an, er hat uns zuvor durch seinen Türspion beobachtet.«

»Schon wieder Spekulation!«

Der Staatsanwalt rief dazwischen: »Aufgrund seiner Berufserfahrung kann Herr Bauer das sehr wohl …«

»Ich bitte um Ruhe«, unterbrach die Richterin. Sie blickte Max über ihre Lesebrille hinweg an. »Sie haben also nicht mit Gegenwehr gerechnet?«

»In keiner Weise.«

»Wie stellten Sie sich den Einsatz vor?«

»Dass uns die Mieterin öffnet. Oder aber hilflos in ihrer Wohnung liegt.«

»Warum war die Feuerwehr vor Ort?«

»Um notfalls die Tür zu öffnen. Wenn wir eine hilflose Person vermuten, müssen wir uns Zutritt verschaffen. Das ist das übliche Prozedere.«

»Wussten Sie, dass sich der Angeklagte in der Wohnung befand?«

»Nein.«

»Wussten Sie, dass nur sechs Tage zuvor Kollegen von Ihnen bereits vor Ort gewesen waren, um einen Haftbefehl gegen den Angeklagten zu vollstrecken?«

»Nein, das war mir nicht bekannt. Davon habe ich erst später aus den Medien erfahren.«

»Der Angeklagte war im Vorjahr wegen Körperverletzung zu einer Geldstrafe verurteilt worden, und die Zahlung war säumig.«

Seit Max das wusste, fragte er sich, ob Elif und er sich anders verhalten hätten, wenn die Leitstelle ihnen das mitgeteilt hätte. Vielleicht würden sie und der Feuerwehrmann noch leben.

»Sie wussten also nicht, dass der Angeklagte schon einmal mit einer Gewalttat aufgefallen war?«

»Wir wussten nur, dass seine Mutter dort wohnte. Dass ihr Briefkasten überquoll und sich der Vermieter Sorgen machte.«

Die Richterin bedankte sich.

Der Staatsanwalt befragte Max noch ein wenig zu seiner Berufserfahrung. Dann ließ er sich ebenfalls einige Aspekte des Tathergangs erläutern. Schließlich war die Verteidigung an der Reihe.

Meyers Anwälte baten um eine kurze Unterbrechung.

Die Richterin blickte auf die Uhr und beschloss, dass es Zeit für die Mittagspause war.

In der Nähe des Gerichtsgebäudes fand Max eine Imbissbude. Er entschied sich für Currywurst und erinnerte sich, dass Elif solches Essen geliebt hatte. Sie kannte Imbissbuden, die Rindfleisch verwendeten. Stets bestellte sie Krautsalat dazu.

Elif konnte mit jedem gut umgehen und fand immer die richtigen Worte. Ein wunderbarer Mensch, dachte Max. Wenn kurz vor Dienstschluss ein weiterer Einsatz anstand, maulte sie nie.

Am einzigen Stehtisch der Bude stand der junge Mann mit den dunklen Locken und biss gerade in ein Brötchen. Er hatte Elifs Augen.

»Es hat die Falsche getroffen«, sagte Max zu ihm.

»Meine Mutter hat mir von Ihnen erzählt«, sagte der Junge. »Sie war gern mit Ihnen im Einsatz.«

»Leider habe ich ihr kein Glück gebracht.«

»Das Glück ist ein großer Verräter. Dagegen können wir nichts tun.«

»Du klingst abgebrüht für dein Alter.«

»Den Satz habe ich von meiner Mutter.«

Um vierzehn Uhr nahm Max wieder am Zeugentisch Platz.

Er vermied den Blick auf Lutz Meyer.

Die Strafverteidigung erklärte, keine weiteren Fragen zu haben.

Max kam sich veralbert vor.

Warum sagt ihr Clowns das nicht gleich?

Max ging zum Tisch der Nebenkläger hinüber und ergriff die Hand von Elifs Sohn.

»Das Glück verrät uns nicht immer«, sagte er. »Deine Mutter hat bis zuletzt dafür gekämpft.«

»Und verloren.«

»Nein, du lebst.«

Der Junge fuhr sich durch die Locken. »Wie erkenne ich, ob es sich lohnt zu kämpfen?«

»Indem du weißt, worin dein Glück besteht«, sagte Max.

78.

Er nahm die Straßenbahn und fuhr zum Präsidium.

Als er den Besprechungsraum des KK11 betrat, war das Meeting der Sonderkommission Gitarre bereits in vollem Gang. Die große Runde: Kollegen des KK11 unter Leitung von Anna Winkler, Fabian Schilling und ein paar Leute vom Landeskriminalamt sowie die internen Ermittler Brockhoff und Leonhard.

Alle Augen richteten sich auf Max, als habe man nur auf seinen Bericht gewartet.

Oder gerade über ihn geredet.

Er musste sich räuspern.

Dann erklärte er, dass er die Mikros im Laden von Albert König angebracht habe, es ihm aber noch nicht gelungen sei, auch dessen Büro im Music Point zu verwanzen. Er versprach, am Ball zu bleiben und es beim nächsten Mal zu versuchen.

Die Kollegen schluckten das.

Max erwähnte die Hamburg-Connection.

Zoe Honka.

Dass Martin »Frodo« Übelreuther mit Kokain aus den Niederlanden gehandelt habe. Weil er seine Bezugsquelle gewechselt und mächtige Leute der niederländisch-belgischen Mocro-Mafia verärgert habe, sei er liquidiert worden.

Zu diesem Zweck hätten die Mocros Zoe Honka eingespannt. Eine polizeibekannte Kriminelle, die neuerdings in den Häfen von Hamburg und Bremerhaven operierte und auch den Kokainhandel im Rheinland beherrschen wollte.

Der Tod von Mirko Topalovic gehe ebenfalls auf Honkas Konto.

Habe er gehört, sagte Max.

»Eine krude Geschichte«, bemerkte Brockhoff.

Max warf Schilling einen Blick zu. Auch der LKA-Mann wirkte skeptisch.

»Kannst du uns Belege dafür geben?«, fragte Anna Winkler, die Leiterin der Soko.

»Wenn ich meine Quellen nenne, fliege ich auf«, behauptete Max.

Er schwieg über seine russische Familie, denn er hoffte immer noch, sie zur Vernunft zu bringen. Den krebskranken Onkel sowie die Brüder, die Frau und Kind hatten – Max wollte sie vor dem Gefängnis bewahren.

Anna Winkler fragte: »Was weißt du noch über Zoe Honka?«

Max wies auf den blonden Hünen vom Landeskriminalamt. »Kollege Schilling kennt einen Kommissar vom Hamburger LKA, der die Ermittlungen gegen sie geleitet hat.«

»Stimmt«, bestätigte Schilling. »Ich werde bei ihm nachhaken.«

Kim Brandstätter mischte sich ein: »Du meinst also, Bauer, die Killer kamen aus den Niederlanden?«

»Oder aus Hamburg«, antwortete Max. »Jedenfalls hat Zoe Honka sie geschickt.«

»Wie passt das dazu, dass die beiden Männer kurz nach der Tat über Frankfurt nach Los Angeles geflogen sind?«

»Das ist mir neu«, sagte Winkler.

»Die Bestätigung der Kollegen vom LAPD kam vergangene Nacht. Die Namen, die sie bei der Autovermietung angegeben haben, stimmen nicht. Die Papiere waren gefälscht, wie wir es vermutet hatten. Die Kollegen in Los Angeles tippen auf Mexikaner oder auf US-Amerikaner mit mexikanischen Wurzeln. Auf jeden Fall Gang-Mitglieder. Die Tattoos deuten wohl darauf hin.«

Ich habe mich blamiert, dachte Max.

Birol hatte ihm etwas verheimlicht.

Oder der Typ wusste selbst nicht, was da abging.

79.

In seinem Dienstzimmer holte Max den Ausdruck aus der Schublade, wo er ihn zusammen mit den Phantombildern der Killer aufbewahrte.

Das Tattoo.

Er fuhr seinen Rechner hoch und gab die Stichworte *Madonna* und *Totenkopf* in die Suchmaschine ein. Weil keines der Ergebnisse weiterhalf, ergänzte er *Tattoo*.

Und landete eine ganze Reihe von Treffern.

Max stieß auf zahlreiche Varianten des Motivs. Mal trug die Figur eine Krone, mal hielt sie eine Sense in der Hand. In farbigen Darstellungen war ihr Gewand meist rot.

Max erfuhr ihren Namen.

Santa Muerte.

Die Todes-Heilige.

Er durchstöberte das Netz nach Texteinträgen und überflog Artikel um Artikel. Innerhalb weniger Minuten lernte er allerlei über einen uralten Aberglauben.

Die Anhänger der makabren Heiligen riefen sie regelmäßig um Schutz, Gesundheit oder die Wiedererlangung verlorener Dinge an. Man brachte ihr Opfergaben wie Rosen, Kerzen oder auch Tequila. Die katholische Kirche verteufelte den Kult, der, wie Historiker vermuteten, im Glauben der Azteken an einen Totengott wurzelte.

Santa Muerte wurde in Mexiko sowie in US-amerikanischen Städten mit großem Anteil mexikanischstämmiger Einwohner verehrt. Die Anhänger fanden sich in allen Gesellschaftsschichten.

Traditionell jedoch vor allem im Bandenmilieu.

Gab es Gangs, die Santa Muerte als Markenzeichen führten?

Max fiel ein, was er über die internationalen Kontakte der Mocro-Mafia gelesen hatte. Sie bezogen das Kokain direkt vom wichtigsten Kartell. Max gab *Sinaloa* ein.

Er stieß auf den legendären Boss El Chapo, der zweimal spektakulär aus dem Gefängnis geflohen war. Inzwischen saßen allerdings nicht nur er, sondern auch seine Söhne sicher verwahrt hinter Gittern. Deshalb hatte die Konkurrenz das Ruder übernommen.

Das Cártel de Jalisco Nueva Generación.

Noch nie war eine Verbrecherorganisation so mächtig gewesen.

Und noch nie mit solcher Brutalität aufgetreten.

Massaker, Entführungen, Sprengstoffanschläge. Hinrichtungen am laufenden Band. Das Abfackeln ganzer Stadtbezirke als Racheakt nach Festnahmen. Gezielte Abschüsse von Polizeihubschraubern. Innerhalb der letzten Dekade verschwanden allein in Mexiko fast eine halbe Million Menschen, behauptete ein Artikel der *taz*.

In einigen Ecken des Landes besaß die Organisation sogar das Gewaltmonopol.

Ihr Einfluss erstreckte sich über Amerika hinaus in die ganze Welt. Gemeinsam mit der 'Ndrangheta kontrollierte sie den Handel mit Drogen, Waffen und Menschen. Und machte sich auch in der legalen Wirtschaft breit. Allenfalls in Teilen Asiens musste sich das Kartell die Märkte mit den chinesischen Triaden teilen.

Max kehrte zur Bildersuche zurück.

Er fand das Foto eines Prozesses gegen Mitglieder des Jalisco-Kartells. Zehn Leute saßen nebeneinander auf der Anklagebank. Sie lachten, als sei ihnen der Freispruch gewiss.

Er vergrößerte das Bild.

Santa Muerte.

Drei der Angeklagten trugen die Tätowierung am Hals.

Damit war für Max alles klar. Zoe Honka arbeitete nicht für irgendeine Mocro-Fraktion, sondern für die Leute an der Spitze der Pyramide. Als Statthalterin des Jalisco-Kartells.

Höchste Zeit für seine Familie, die Finger vom weißen Pulver zu lassen.

Max rief Onkel Albert mit dem Zweithandy an.

»Es geht nicht bloß um irgendwelche Leute aus Holland oder Hamburg«, sagte er.

»Wie meinst du das?«

Max gab ihm eine Kurzfassung. Frodos Mörder hatten sich nach Los Angeles abgesetzt. Vermutlich Mexikaner.

Gang-Tattoos, Santa Muerte. Jalisco.

Max sagte: »Ihr habt euch mit dem mächtigsten Drogenkartell der Welt angelegt. Wollt ihr das wirklich?«

80.

Am späten Abend verfolgte Max die *Tagesthemen*. Die anhaltende Auseinandersetzung um den Polizeieinsatz während der Palästinenserdemo hatte es in den Nachrichtenteil geschafft. Die Kritik richtete sich jetzt gegen den nordrhein-westfälischen Innenminister, der die stundenlange Einkesselung von Demonstranten verteidigt hatte.

Während des Wetterberichts klingelte das Telefon.

Max stellte den Fernseher stumm und meldete sich.

Die Stimme, die ihm antwortete, ließ ihn aus allen Wolken fallen.

»Hallo, Max«, sagte Julia. »Schläft Milli schon?«

Sie klang so warm, nah und vertraut.

Ihre Stimme rief wunderschöne Erinnerungen hervor.

An die beste Zeit seines Lebens.

»Wo bist du?«, fragte er.

»Ich vermisse den Engel.«

»Dann komm endlich zurück!«

Schweigen am Ende der Leitung.

»Ich habe mit Birol gesprochen«, sagte Max. »Er wird dich nicht verpfeifen.«

»Dann verrat mir mal, warum Zoes Killer bei deinen russischen Brüdern aufkreuzt. Was hatte er auf der verdammten Party zu suchen?«

»Das erkläre ich dir, wenn du wieder hier bist.«

»Sei ehrlich, willst du das wirklich?«

»Milli vermisst dich ebenfalls.«

»Schilling sagt, du hast die Akte gelesen.«

»Scheißegal, was darinsteht.«

»Ist das dein Ernst?«

»Ich frag mich bloß, ob du mich jemals geliebt hast.«

»Zweifelst du daran?«

»Vielleicht war ich nur ein zeitweiser Unterschlupf. Ein halbwegs sicherer Hafen für eine Frau und ihr Kind auf der Flucht.«

»Max, was soll das?«

»Du hast recht«, sagte Max. »Es zählt nur eins: Emilia braucht dich.«

»Und du?«

»Das finden wir heraus.«

81.

Dass sich Julia gemeldet hatte, versetzte Max in einen nervösen Schwebezustand. Vorfreude aufs Wiedersehen. Aber auch ein schmerzhaftes Gefühl, das ihm sagte, seine Ehe sei nicht mehr zu reparieren.

Alles war möglich.

In der Nacht machte Max kaum ein Auge zu.

Am folgenden Morgen traf er auf dem Flur der Führungsstelle seine Kollegin Silvija, die ebenfalls hier arbeitete. Sie war wie er noch relativ jung und eine der wenigen, die nicht innerlich gekündigt hatten, sondern den Schreibtischjob als Sprungbrett in eine verantwortungsvollere Funktion betrachteten.

»Warst du auch schon beim Personalrat?«, fragte Silvija.

»Nein, warum?«

»Solltest du tun. Priebe will uns an den Karren fahren. Er meint, wenn er die Direktion umstrukturiert, entgeht er den Konsequenzen aus seinem Fehlverhalten bei der Demo. Du hättest ihn gestern in der Teambesprechung erleben sollen.«

»Was war los?«

»Priebe hat getobt. Man würde hinter seinem Rücken

die Kollegen gegen ihn aufbringen, statt sich mit Kritik zuerst an ihn zu wenden.«

»Hat er mich damit gemeint?«

»Er hat keinen Namen genannt. Aber er war sauer, weil du nicht da warst.«

»Ich hatte meinen Gerichtstermin.«

»Priebe wusste das nicht.«

Max spürte, wie ihm heiß wurde. Hatte er vergessen, die Sekretärin des Direktionsleiters zu informieren?

»Und was will er umstrukturieren?«

Sie zuckte mit den Schultern und senkte die Stimme. »Ich traue ihm alles zu. Nur nichts Gutes.«

»Er kann uns nicht die Schuld geben.«

»Und ob er das kann. Als Polizeidirektor sitzt er am längeren Hebel.«

Max flüsterte. »Ich hab uns abgesichert.«

Silvija blickte sich um. Dann drückte sie die Tür zu ihrem Zimmer auf, zog ihn mit sich und schloss die Tür hinter ihm wieder.

Max bemerkte die Fotos auf ihrem Tisch. Die Kollegin mit ihren Eltern. Ein ernster Soldat in Uniform. Ihr Mann, vermutete er. Keine Kinder.

Sie sagte: »Priebe hat mitbekommen, dass du recherchiert hast.«

»Na und?«

»Wenn es hart auf hart kommt, stehst du ganz allein da. Niemand wird sich offen gegen den Direktionsleiter positionieren. Wie gesagt. Längerer Hebel.«

»Und was kann der Personalrat ausrichten?«

»Die helfen dir, falls du zum Beispiel in den Wach- und Wechseldienst zurückgehen möchtest. Also, ich werde das tun. Dienstgruppenleiter sollte drin sein. Für dich mit deinem Background allemal. Oder du gehst zur Kripo. Verbringst ja ohnehin mehr Zeit bei denen als bei uns.«

Max fragte sich, ob er das wollte. Ob er dazu bereit war. Ihm fiel ein, dass ihn bereits eine Stichflamme aus einem dämlichen Grill in Panik versetzt hatte.

»Dafür müsste mir Priebe eine gute Beurteilung ausstellen«, erwiderte Max. »Das wird er nicht tun.«

»Vielleicht doch, wenn du stillhältst und nicht opponierst.«

»Besser wär's, wenn Priebe ginge.«

Silvija lachte. »Das Arbeitsleben ist kein Wunschkonzert. Schon gar nicht in dieser Behörde.« Sie setzte sich an ihren Platz und fuhr den Rechner hoch. »Ich wollte es dir nur gesagt haben.«

Max bedankte sich.

Er ging in sein Büro hinüber. Innerlich aufgewühlt setzte er sich an seinen Rechner und checkte den Ausgangsordner des Mailprogramms. Rasch fand er die Nachricht, die er suchte.

Max atmete auf.

Bereits letzte Woche hatte er die Sekretärin darüber informiert, dass seine Zeugenaussage im Prepper-Prozess auf gestern terminiert gewesen war.

Priebe konnte ihm nichts anhaben.

Zumindest nicht aus diesem Grund.

82.

Seine Mutter machte ihm auf und nahm die Tüte mit dem Kuchen entgegen. Hinter ihr ließ sich Emilia blicken und rief ihm in überschwänglicher Freude zu: »Mami ist wieder da!«

Gleich darauf war die Kleine wieder in der Küche verschwunden.

Max folgte ihr und dem Geruch von frisch gebrühtem Kaffee.

Julia erhob sich von ihrem Stuhl. Max umarmte sie wortlos.

Es tat gut, sie zu spüren.

Er schloss die Augen und erlebte eine Zeitreise. Das Kennenlernen in Ketzin. Intime Momente. Glück, Halt und Trost.

Er löste sich von ihr.

Die Welt hatte sich in zehn Tagen gewaltig weitergedreht.

»Papi, du musst Mami küssen!«, rief Emilia.

Er drückte Julia einen Kuss auf die Stirn.

Sie lachte verlegen.

»Papi, du hast dein Versprechen nicht gehalten!«

»Wie kommst du darauf?«

»Du hast Mami nicht nach Hause gebracht. Oma hat sie vom Bahnhof geholt!«

»Im Auftrag von deinem Papa«, erklärte Anne. »Du weißt doch, dass er in der Arbeit war.«

Am Kaffeetisch zählte Julia auf, was sie alles während ihrer Abwesenheit schmerzhaft vermisst hatte. Sie lästerte über die enge, karg möblierte Wohnung, die ihr das Landeskriminalamt zur Verfügung gestellt hatte. Eine trostlose Gegend in einem öden Kaff.

»Warum bist du weg gewesen?«, wollte Emilia wissen.

Julia wollte die Frage ignorieren und begann sich über belanglose Fernsehserien lustig zu machen, mit denen sie die Zeit totgeschlagen hatte. Doch Max unterbrach sie, um seiner Tochter zu antworten.

»Deine Mama hatte Angst vor bösen Leuten«, erklärte er. »Deshalb hat sie sich versteckt. Dann hat sich herausgestellt, dass deine Mama gar nicht in Gefahr ist. Und so konnte sie wieder zurückkommen.«

»Wie das Auto in Holland, das gar nicht hinter uns her war?«, fragte Emilia.

»Ganz genau.«

»Der Mann, der mich aus dem Auto geholt hat, war aber böse.«

»Nein, das war ein Guter. Mami wollte nur, dass er dich zu ihr bringt. Weil sie dich so lieb hat.«

»Mami, warum hast du uns nichts gesagt?«

Gute Frage, dachte Max.

Julia wurde giftig. »Du, ich find's nicht besonders prickelnd, wie du versuchst, Milli gegen mich aufzubringen.«

Julia hat sich verändert, schoss es Max durch den Kopf. Ihr Ton tat ihm weh.

Er bemühte sich, gelassen zu bleiben.

»Unsere Tochter stellt berechtigte Fragen, auf die sie eine Antwort verdient. Meinst du nicht?«

Seine Mutter mischte sich ein. »Milli, du hast ja noch gar nichts von deinem Kuchen gegessen. Das ist deine Lieblingssorte!«

Emilia war nicht bereit, das Thema zu wechseln. »Und die Männer in dem Auto, das du auf der Straße angehalten hast? Waren die böse?«

»Nein, das war Polizei.«

»Was war da los?«, fragte Julia alarmiert.

»Beruhige dich«, sagte Max. »Das waren tatsächlich Kollegen.«

»Du wurdest von denen observiert? Warum das denn?«

»Erkläre ich dir später.«

»Den Satz habe ich jetzt schon etwas zu oft gehört.«

Anne wandte sich erneut an Emilia. »Hast du deiner Mama schon gezeigt, wie schön du musizieren kannst?«

Der kleine Engel rannte zur Kommode, auf der die Melodica lag.

»Hat mir Onkel Albert geschenkt!«

Emilia spielte »Hänschen klein«.

Sie strahlte über das begeisterte Lob, das sie von allen dafür bekam.

»Hat mir Rubens Mami beigebracht!«

Julia warf Max einen finsteren Blick zu.

Also hatte seine Tochter bereits die Entwicklung der nachbarschaftlichen Beziehungen erwähnt.

In diesem Moment klingelte sein Zweithandy. Max entschuldigte sich, ging hinaus auf den Flur und zog die Küchentür mit der geriffelten Glasscheibe hinter sich zu.

Er meldete sich.

»Das mit den Mexikanern scheint zu stimmen«, sagte Onkel Albert.

»Was heißt das jetzt?«

»Wir müssen reden.«

83.

Im Büro des Music Point versammelte sich dieselbe Runde wie vorgestern. Doch die Stimmung hatte sich spürbar gedreht.

André traf als Letzter ein. Hochroter Kopf, nervöse Unruhe. Bevor sein Onkel etwas sagen konnte, legte er einen Müllbeutel auf den Schreibtisch, griff hinein und holte fluchend eine tote Katze hervor. Der Kopf des Kadavers war blutverklebt.

»Das Schlimmste ist, dass Sofie sie gefunden hat«, sagte er. »Ihr habt keine Ahnung, wie fertig die Kleine ist. Sie hat so sehr an Mika gehangen!«

»Nimm das Scheißding von meinem Tisch«, fuhr Albert ihn an.

Sein Neffe gehorchte.

»Wer macht denn so etwas?«, fragte Timo fassungslos.

Max fand es wesentlich schlimmer, dass Frodo und Mirko nicht mehr lebten, aber er hielt sich zurück.

»Gibt es eine Nachricht?«, fragte Albert.

André gab ihm einen USB-Stick. »Den hatten sie an dem Tier festgeklebt.«

Albert steckte den Datenträger in seinen Rechner. Ein Video startete. Max ahnte, was kommen würde. Er zwang sich hinzusehen.

Eine vermummte Gestalt hielt die wild zappelnde Mika an den Hinterbeinen fest. Das Tier fauchte und schrie. Dann schleuderte der Typ es mit dem Kopf gegen einen Baumstamm.

Beim Knacken des Schädels wurde Max schlecht.

Der Vermummte warf die tote Katze ins Gras. Die Kamera zoomte darauf. Eine männliche Stimme ertönte aus dem Off, schlechter Sound, gerade noch verständlich.

»Wir wissen, wo ihr wohnt. Morgen läuft die Frist ab.«

Ende der Aufnahme.

Stille im Raum.

Robert fing sich als Erster.

»Wir haben auch so'n Vieh zu Hause«, sagte er entschuldigend in die Runde. Dann wählte er eine Nummer auf seinem Handy und sprach ins Gerät: »Birte, geht's Kleo gut? Lass sie nicht aus dem Haus, auf keinen Fall, hörst du?«

Er beendete das Gespräch

»Scheißkerle!«, empörte sich André.

Erhan Kaya vom Einsatztrupp blickte entschlossen in die Runde. »Das ändert aber nichts an der Beschlusslage, oder?«

Albert sagte: »Max hat Neuigkeiten aus dem Präsidium. Erzähl mal!«

Max folgte der Aufforderung.

Mexikaner und das Tattoo. Die Mocro-Jalisco-Connection.

Eine ganz andere Dimension als bislang angenommen: Hinter Zoe stand das Kartell.

Und es schickte Killer über den Atlantik.

Wegen ihnen.

»Du willst uns doch nur wieder zum Aufgeben überreden«, sagte Erhan.

»Wir können die Fakten nicht leugnen«, entgegnete Albert. »Und ich habe mir überlegt, dass es Zoe vielleicht nicht recht wäre, wenn sie noch einmal die Mexikaner rufen müsste. Deshalb habe ich Birol gebeten, Kontakt aufzunehmen. Möglicherweise können wir unsere Meinungsverschiedenheit auf dem Verhandlungsweg beilegen.«

Eigentlich ein guter Schachzug, fand Max.

Wenn ihr euch endlich aus dem Kokain-Unsinn zurückzieht.

Aber was bedeutete es für Julia, wenn seine Familie plötzlich mit der Frau verhandelte, die ihren Kopf forderte?

»Wer hat was dagegen?«, fragte Albert.

Niemand meldete sich. Max blickte sich um. Selbst Erhan und Lars vom Einsatztrupp schienen nachdenklich geworden zu sein.

»Dann ist das so beschlossen.«

Max war dennoch nicht wohl dabei.

Er griff unter den Bürostuhl, auf dem er saß, ertastete

eine gute Stelle und platzierte eine seiner batteriebetriebenen Wanzen, die nur aufzeichneten und nicht sendeten.

Er tat es nicht für die Soko.

Sondern im eigenen Interesse.

84.

Max hatte es nicht anders erwartet. Emilia sträubte sich gegen ihre Mutter und ließ sich an diesem Abend nur von ihm ins Bett bringen. Das Verhältnis zur Mami hatte einen Riss erhalten. Emilias Liebe war enttäuscht worden.

Als könnte ihre Mami jederzeit wieder den Koffer packen.

Das renkt sich ein, hoffte Max.

Nachdem die Kleine eingeschlafen war, kehrte er zu Julia zurück, öffnete eine Flasche Weißwein, und sie gingen auf den Balkon. Es war ein milder Abend. Eine Decke, die sie sich um die Schultern legten, genügte.

Sie stießen an und lauschten dem Klang der Gläser. Um den Baum, auf den sie blickten, kreisten Scharen grüner Halsbandsittiche. Unten im Hof wurde ein Moped gestartet und knatterte hinaus auf die Straße.

Wir sitzen hier, als hätte sich nichts geändert, dachte Max.

Julia lachte. »Hab ganz vergessen, wie anstrengend die Kleine sein kann.«

»Ein Ausnahmetag.«

»Sag mir, Max, werden wir irgendwann zur Ruhe kommen?«

Die Sonne erreichte den Hof nicht mehr. Die Sittiche ließen sich im Baum nieder. Ein vielstimmiges Krächzen, als hätten sie sich viel zu erzählen.

Haben wir auch, dachte Max.

Nur geht das nicht so schnell.

»Wie soll ich dich nennen?«, fragte er zurück.

»Julia«, antwortete sie. »Alles andere ist vorbei.«

»Darf ich dich etwas fragen, Julia?«

»Bitte.«

»Wo warst du, nachdem du aus dem sicheren Haus abgehauen bist?«

»Hier und dort.«

Max schwieg. Er hatte gehofft, die Zeit der Geheimnisse sei vorbei.

Als könne sie Gedanken lesen, sagte Julia: »Vor allem in Uetersen und Hamburg.«

»Ausgerechnet!«

»Ich wollte das Grab meiner Eltern sehen. Und Rat finden.«

»Bei deinen Eltern?«

»Ich habe da einen Cousin namens Gunnar.«

Der Mann, mit dem Max telefoniert hatte.

»Oje«, sagte er nur.

Julia nickte. »Früher standen wir uns recht nahe. Ich habe unangemeldet an seiner Tür geklingelt und mir nichts dabei gedacht. Er aber hätte sich beinahe in die Hosen gemacht.«

»Zoe bedroht ihn.«

»Blöde Idee, Gunnar zu kontaktieren.«

»Als ich dir hinterherrecherchiert habe, bin ich auf deinen Cousin gestoßen. Er hat dich verleugnet und Zoe Honka meine Nummer gegeben. Sie rief mich sofort an und wollte mich ausfragen.«

»Zoe?«

»Ich vermute, dass sie es selbst war.«

»Du weißt, was sie mit meinen Eltern gemacht hat?«

Er nahm ihre Hand. »Was hast du Gunnar erzählt?«

Julia biss sich auf die Unterlippe.

Max wartete.

»Kein Wort über Düsseldorf oder über Emilia. Da bin ich mir sicher.«

Aber auch kleine Dinge bilden eine Spur, dachte Max.

»Und wo hast du übernachtet? Doch nicht bei Gunnar!«

»Nein.«

»Noch jemand, der mit Zoe geredet haben könnte?«

»Nein, ganz sicher nicht.«

Max spürte, dass seine Frau nicht konkreter werden wollte.

Ihm fiel der Typ vom Hamburger Landeskriminalamt ein, der ihn am Telefon so herablassend behandelt hatte: *Ich glaube fast, sie hängt an dir.*

»Laszlo Polgar«, sagte Max.

Julia blickte zu Boden und rang sichtlich nach Worten.

Max ließ ihr Zeit.

»Er hat mir geraten zurückzukehren«, antwortete sie.

»Ist *er* der leibliche Vater unserer Tochter?«

»Max, glaub mir. Nichts, was vor unserer Zeit war, zählt. Nicht für mich.«

Er nahm ihre Hand. »Für mich auch nicht.«

Die Wolken am Himmel leuchteten rosafarben. Aus weiter Ferne tönte leise ein Martinshorn. Sie nippten gleichzeitig an ihrem Wein.

»Im Gegensatz zu dir bin ich dir treu geblieben«, sagte Julia.

»Es tut mir leid«, erwiderte Max. »Jetzt gibt es nur noch uns.«

Vorsichtig begannen sie, einander zu küssen.

Und alles war wieder da.

»Ich will dich nie mehr verlieren«, sagte er. »Meinst du, das schaffen wir?«

»Wir sollten abhauen«, antwortete Julia. »Ganz weit weg.«

Wenn es bloß so einfach wäre, dachte Max.

85.

Max erwachte aus einem unruhigen Schlaf. Die Leuchtziffern des Weckers zeigten an, dass er ohnehin in ein paar Minuten aufstehen musste. Er blickte zur anderen Seite des Betts hinüber.

Sie war nicht leer.

Julia lächelte ihn an.

Die schreckliche Zeit war vorbei.

»Es war schön gestern Abend«, sagte sie.

»Lass uns jeden Abend etwas Schönes machen. Gut geschlafen?«

Julia schüttelte den Kopf, aber sie lächelte weiter, als sei das ohne Bedeutung.

Er schob sich näher zu ihr und nahm sie in den Arm.

»Ich verstehe, dass du auf der Party in Panik geraten bist.«

»Birol war Zoes Mann fürs Grobe. Du hast die Akte doch gelesen.«

»Er ist sicher nicht ohne. Aber inzwischen steht er loyal zur Familie.«

»Du meinst deine Russen.«

Max war klar, was sie damit ausdrücken wollte. Sie

traute diesen Leuten nicht. Auch Teresa hatte ihm klargemacht, dass die Chemie nicht stimmte.

Yoko Ono.

»Was zum Teufel macht Birol hier?«, fragte Julia.

»Albert beschützen.«

»Und wovor braucht dein Onkel Schutz?« Sie lachte spöttisch. »Ladendiebstahl? Rostende Gitarrensaiten?«

»Schutz vor Zoe Honka.«

Julia spannte den Rücken an. Auf ihrer Stirn erschien eine steile Falte.

»Was läuft da?«

»Zoe baut ihre Strukturen wieder auf und arbeitet für ein mexikanisches Drogenkartell. Ihr Revier sind jetzt die Häfen. Hamburg und Bremerhaven.«

»Ja und?«

Max erklärte weiter: die Umtriebe des Einsatztrupps. Der Drang der Brüder, sich ein finanzielles Polster zu schaffen. Die prekäre Geschäftslage des Onkels. Also probierten sie etwas aus, das raschen Wohlstand versprach. Was mächtige Feinde auf den Plan rief.

Die Niederländer informierten das Kartell. Die Mexikaner beauftragten Zoe. Weil ihre Statthalterin nicht sofort reagierte, flogen sie zwei Killer ein.

»Erinnerst du dich an Frodo?«, fragte Max. »Martin Übelreuther?«

»Du hast mich mal auf sein Konzert geschleift«, erinnerte sich Julia.

»The Guardians of World's End. Ein exzellenter Gitarrist. Sie haben ihn auf offener Straße erschossen. Mitten in Düsseldorf. Als wäre es Tijuana.«

»Deine Russen sind also ins Kokaingeschäft eingestiegen und führen Krieg gegen das Kartell? Und was hast du mit dem Scheiß zu tun? Steckst du etwa mit drin?«

Gute Frage, dachte Max.

Er tanzte auf zwei Hochzeiten. Holte Koks aus Vlissingen und nahm an Meetings der Sonderkommission teil. Und hatte keinen Schimmer, wie er das lösen sollte.

»Es wird Verhandlungen geben, um weiteres Blutvergießen abzuwenden«, antwortete er.

»Verhandlungen? Mit wem?«

»Zoe Honka.«

»Ihr wollt also Partner werden?«

»Ich hoffe, meine Brüder lassen in Zukunft die Finger vom Kokain.«

Max sah das Entsetzen in Julias Augen.

»Dir wird nichts geschehen«, sagte er. »Du stehst unter Alberts Schutz.«

Seine Frau schüttelte den Kopf.

Er wollte sie in den Arm nehmen, aber sie wandte sich ab.

86.

Am liebsten wäre Max an diesem Tag zu Hause geblieben, aber er durfte sich seinem Direktionsleiter gegenüber nicht angreifbar machen. Im Präsidium erfuhr er, dass weitere Kollegen überlegten, die Führungsstelle zu verlassen. Für mich keine Alternative, dachte er.

Jetzt, da Julia wieder da war, hatten sie und Emilia mehr denn je die oberste Priorität in seinem Leben. Wie einst in der Altstadtwache im Schichtdienst zu arbeiten, kam für ihn nicht mehr infrage.

Max begann, die Kollegen anzurufen, bei denen er sich bereits am Montag nach dem Polizeieinsatz bei der Demo erkundigt hatte. Er wollte sein Dossier wasserdicht machen. Sich absichern für den Fall, dass Polizeidirektor Priebe ihn abschießen wollte.

Dabei erlebte er die nächste Überraschung.

Niemand war bereit, sich in einer Stellungnahme gegenüber der Behördenleitung zitieren zu lassen. Eine Kollegin dementierte sogar ihre Vorwürfe gegen Priebe. Ein anderer brach das Gespräch ab, sobald Max die umstrittene Demo erwähnte.

Es herrschte Panik.

Max stand allein da.

Sollte er doch das Weite suchen?

Die Stille in seinem Büro bedrückte Max.

Er griff zu dem Handy, das er von Robert bekommen hatte, und wählte Alberts Nummer im Laden. Der Anrufbeantworter meldete sich. Max ignorierte die Aufforderung, eine Nachricht zu hinterlassen.

Stattdessen rief er Robert an.

»Kannst du reden?«, fragte er.

Max hörte, wie Robert seinen Kollegen, mit dem er im Streifenwagen saß, zur nächsten Imbissbude schickte. Offenbar parkten sie gerade irgendwo und machten Pause.

»Jetzt kann ich. Was gibt's, Max?«

»Wollte bloß mal hören, was Zoe zu unserem Gesprächsangebot sagt.«

»Birol ist dran. Hab Geduld.«

»Verstehe.«

»Jetzt, da Albert einen Schwächeanfall ...«

»Wieso, was ist passiert?«

»Der Kollege kommt zurück. Ruf Mama an. Sie kümmert sich gerade. Ah, danke, Stefan. Sieht gut aus!«

Max drückte das Gespräch weg und wählte Teresas Nummer. Nach dem siebten Klingeln wollte er schon aufgeben, als sie sich schließlich doch noch meldete. Ihr Akzent war exakt derselbe wie der ihres Bruders.

»Tut mir leid«, sagte sie. »Hatte ganz vergessen, wo ich mein blödes Handy hingelegt habe.«

»Wie geht es Albert?«

»Schon besser.«

»Was war los?«

»Ist im Supermarkt zusammengebrochen und wurde ins Marienhospital gebracht. Als ich ankam, war er schon wieder auf den Beinen. Stell dir vor, der sture Kerl hat sich selbst entlassen, gegen den Rat von Frau Doktor!«

»Ich bin in fünfzehn Minuten bei euch.«

87.

Als Max im Apartmentgebäude in Neuss-Grimlinghausen auf der Etage seines Onkels aus dem Aufzug stieg, ging auch schon die Wohnungstür auf, und Teresa, Alberts Schwester, kam heraus.

»Schön, dass du da bist«, sagte sie. »Muss noch mal ins Büro.«

»Wie geht es Albert jetzt?«

»Sein Schwächeanfall ist ihm peinlich. Aber er wird sich freuen, dich zu sehen.«

»Meinst du, es hat mit dem Krebs zu tun?«

Sie hob die Schultern. »Den hat er doch überwunden. Behauptet er zumindest.«

»Ist Birol da?«

»Der Türke? Nein. Aber deine Mama. Die Gute hat mich abgelöst. Ich muss jetzt wirklich gehen. Im Büro ist der Teufel los.«

Teresa hielt ihm flüchtig die Wange für ein Küsschen hin. So machte sie das schon, seit er sie kannte. Es kam ihm sogar vor, als trage sie das gleiche Parfüm wie damals, als er noch halbwüchsig war und am Wochenende seine Zweitfamilie besuchte.

Er betrat die Wohnung. Aus dem Schlafzimmer drangen leise Stimmen. Die Tür war nur angelehnt. Max klopfte an, bevor er eintrat.

»Moy dorogoy maltschik«, rief Albert ihm zu. »Schön, dich zu sehen!«

Anne erhob sich vom Bettrand. Ihre Augen wirkten, als hätte sie geweint. Sie vermied den Blickkontakt. Max wunderte sich, sie so zu sehen.

»Ich lass euch mal kurz allein«, sagte seine Mutter und verließ fluchtartig den Raum.

Max zog einen Hocker neben das Bett. Der Onkel saß aufrecht, mehrere Kissen im Rücken. Gesunde Gesichtsfarbe, strahlendes Lächeln. Max fiel ein Stein vom Herzen.

»Du machst Sachen«, sagte er.

Albert winkte ab. »Der Blutdruck, plötzlich viel zu niedrig. Zu viel gegessen, meint die Ärztin. Da sackt das Blut in den Verdauungstrakt. Aber ...« Er verdrehte die Augen und begann zu flüstern. »Ich liege nur im Bett, weil deine Mutter sonst ein Theater veranstaltet. Ich fühl mich pudelwohl. Morgen greife ich wieder an.«

»Willst du dich nicht noch etwas schonen?«

»Nicht jetzt, wo wir die Weichen für die Zukunft stellen. Du weißt schon, was ich meine. Birol sagt, wir finden eine Basis. Seine frühere Chefin will vermeiden, dass sich ihre mexikanischen Freunde ein weiteres Mal einmischen müssen. Die könnten sie sonst für inkompetent halten und abservieren. Das erhöht unsere Chancen auf einen guten Kompromiss.«

»Wird es ein Treffen geben?«

»So etwas kann man nur von Angesicht zu Angesicht verhandeln.«

»Sag mir Bescheid, wenn ich helfen soll.«

»Kann jeden Mann gebrauchen.«

»Du darfst gern mit mir rechnen.«

»Lieb von dir.« Alberts Hand suchte seine und drückte sie. »Guter Junge. Kriegst auch deinen Anteil.«

»Wer kümmert sich um deinen Laden?«

»André. Hat heute dienstfrei, das passt. Übrigens ist der nächste Friedman-Verstärker schon so gut wie verkauft.«

»Gratulation.«

»Was macht meine Großnichte?«

»Spielt ›Hänschen klein‹.«

»Keinen Free Jazz mehr?«

»Sagen wir: eine Version mit vielen Blue Notes.«

Albert lachte. Seine Bronchien rasselten, er musste husten.

Es klang nicht gut.

»Hat sich Julia inzwischen bei dir gemeldet?«, wollte er wissen, nachdem er wieder Luft bekam.

Also hat ihm meine Mutter nichts erzählt, dachte Max.

Ich werde es auch nicht tun, beschloss er.

»Wieso fragst du?«

»Ich hoffe, sie lässt dich für immer in Ruhe.«

»Du magst sie nicht.«

»Birol hat mir alles erzählt. Wer die eigenen Leute verrät, kann kein guter Mensch sein. So eine zögert nicht, uns zu vernichten, um die eigene Haut zu retten. Du weißt, mein Junge, was zu tun ist?«

»Was?«

»Halte dir die Frau vom Leib oder bring sie für immer zum Schweigen.«

Max erhob sich von seinem Hocker.

Albert rief ihm hinterher: »Sag deiner Mutter, sie soll mir Kaffee machen. Der Tee meiner Schwester ist ungenießbar, bei aller Liebe!«

Er lachte und hustete.

88.

Während Anne den Kaffee zubereitete, ließ sich Max an der Kücheninsel nieder. Der Blick ging durch das Wohnzimmer und die breite Glasfront auf die weite Flussbiegung hinaus. Auch wenn das Haus von unten hässlich wirkte, war es im Inneren hell, schick und modern.

Max fiel auf, dass seine Mutter nicht lange suchen musste, um Alberts Moka Express von Bialetti sowie das Espressopulver zu finden. Als kenne sie sich hier aus.

»Warum hast du geweint, Mama?«, fragte er.

»Albert ignoriert, was los ist. Und er macht euch allen etwas vor.«

»Inwiefern?«

»Ach, Max.«

»Sein Krebs?«

»Ich weiß nicht, was er dir erzählt, aber die Chemo wurde abgesetzt, weil sie nicht anschlug. Sein Leib ist voller Metastasen. Von wegen niedriger Blutdruck.«

»Woher weißt du das?«

»Er hat's mir selbst erzählt.«

»Willst du sagen, du bist die Einzige, die er nicht belügt?«

»Neulich, nach dem Konzert. Da hatte er einen seiner sentimentalen Momente.«

»Der unbekannte Verehrer – das war Albert?«

Seine Mutter gab Wasser und Pulver in den Espressokocher und schraubte ihn zu.

Max konnte es nicht fassen. »Ihr wollt heiraten?«

»Quatsch! Ich hab bloß einen Scherz gemacht. Da läuft schon lange nichts mehr.«

»Aber früher lief etwas?«

»Das ist ewig her.«

»Und ich hab nichts davon bemerkt.«

»Nachdem mich dein Vater wegen Teresa verlassen hatte, habe ich mir eben ihren Bruder geschnappt.« Tränen schimmerten in ihren Augen. »Was guckst du, Max? Findest du das so daneben?«

»Das ist dein Ding, Mama«

»Nur der Gedanke, dass Albert bald tot sein wird …«

Anne wandte sich ab, riss ein Stück von der Küchenrolle ab und tupfte sich über das Gesicht. Die Moka begann auf der Herdplatte zu brodeln.

»Warum hat es damals nicht funktioniert?«, fragte Max.

Sie zuckte mit den Schultern. »Er war nicht besser als dein Vater.«

»Untreu?«

»Nein, das meine ich nicht.«

»Was dann?«

»Ach, vergiss es.«

»Nein, sag schon. Ich hasse es, wenn du Andeutungen machst. Was war mit Papa und Onkel Albert?«

»Verdammte Gauner, alle beide.«

»Wie meinst du das?«

»Max, ich will nicht darüber reden.«

Sie zog die Aluminiumkanne von der Platte und holte einen großen Kaffeebecher aus dem Schrank. Max las den Aufdruck: *Krone richten. Aufstehen. Weitermachen.*

Ihm fiel ein, dass auch Birol seinen Vater gekannt hatte.

Wir hatten eine Menge Spaß zusammen.

»Das interessiert mich jetzt aber«, insistierte Max.

Doch Anne schwieg. Sie goss den Kaffee in den Becher, gab etwas Zucker dazu und rührte um. Sie wusste, wie ihr früherer Liebhaber seinen Kaffee mochte.

»Zu niemandem ein Wort über Alberts Zustand, versprich mir das«, sagte sie. »Er will, dass man denkt, er könnte immer noch Bäume ausreißen. Das ist die russische Steppe, verstehst du? Wer Schwäche zeigt, geht unter. Diese Haltung kannst du ihm nicht mehr austreiben.«

Seine Mutter lächelte traurig.

»Sag Albert nicht, dass Julia wieder da ist«, bat Max.

»Und warum?«

»Albert plant, ausgerechnet mit der Frau Geschäfte zu machen, vor der Julia davongelaufen ist.«

»Du meinst, er könnte auf dumme Gedanken kommen.«

»Die Versuchung besteht.«

»Von mir wird er nichts erfahren. Aber ich bin froh, dass Julia zurückgekehrt ist. Milli braucht sie. Und du auch. Ihr beide gehört zusammen.«

»Danke, Mama.«

»Versprich mir nur eins, Max. Lass dich nicht auf Alberts Geschäfte ein.«

Zu spät, dachte Max.

89.

Bevor er nach Hause fuhr, rief er Fabian Schilling vom Landeskriminalamt an.

»Dass du dich mal meldest!«, rief der Kollege.

»Meine Frau ist wieder da«, sagte Max.

»Ich weiß. Ich habe mit ihr und Laszlo Polgar telefoniert.«

Die Erwähnung des Hamburger Kripobeamten versetzte Max einen Stich.

»Gratuliere«, fuhr Schilling fort. »Dann kannst du dich endlich auf deinen Job konzentrieren, nicht wahr?«

»Rate mal, was ich die ganze Zeit mache!«

»Ach ja? Seit zwei Tagen haben wir keinen Mucks von dir vernommen. Brockhoff und Leonhard sind der festen Ansicht, du arbeitest für die Gegenseite.«

»Das ist nichts Neues.«

»Was hast du für uns?«

»Es könnte bald ein Treffen hiesiger Drogendealer mit Zoe Honka geben.«

»Tatsächlich?«

»Ich kann versuchen, mich einzuschleusen.«

»Das heißt, wir müssen dich verkabeln.«

»Dachte ich mir.«

»Damit beweist du endlich, dass du auf der richtigen Seite stehst.«

»Das tu ich ständig. Von wem stammt der Hinweis auf Zoe Honka?«

Schilling lachte.

»Was ist?«, fragte Max.

»Laszlo glaubt nicht daran.«

Scheiß auf Polgar, dachte Max.

»Ich werde euch Zoe Honka liefern«, sagte er. »Sie arbeitet an ihrem Comeback. Als Statthalterin des Jalisco-Kartells. Wer ihr in die Quere kommt, dem schickt sie Berufskiller aus Mexiko.«

»Wow.«

Der Spott des Kollegen kränkte Max.

»Was ist mit Albert König?«, fragte Schilling. »Wann bringst du uns endlich die Aufzeichnungen aus seinem Laden?«

»Der Mann ist harmlos und schwer krank. Lungenkrebs. Nicht therapierbar. Der große Fisch heißt Honka.«

»Du wiederholst dich.«

Max startete den Volvo. Er freute sich auf Julia und seine Tochter. Er sehnte sich danach, abzuschalten und den Feierabend mit seinen Liebsten zu genießen.

Schilling konnte ihn mal.

Alle konnten ihn mal.

Das heißt, wir müssen dich verkabeln.

Will ich wirklich zum Verräter werden, so wie einst Julia?

Max wusste nur, dass er sich endlich entscheiden musste.

90.

An Freitagen hatte Max bereits mittags Dienstschluss und war deshalb dafür zuständig, Emilia aus dem Zwergennest abzuholen. Doch wegen seines Krankenbesuchs bei Albert war er spät dran. Deshalb rief er sicherheitshalber in der Kita an, während er über den Rhein zurück nach Düsseldorf fuhr.

Er bekam Gudrun an die Strippe. Sie berichtete, dass Julia die Kleine bereits abgeholt hatte.

Zum Glück, dachte Max.

Julia hatte ihrer Tochter die Warterei erspart, und er konnte sich den Umweg sparen.

Voller Vorfreude auf das gemeinsame Wochenende stellte Max den Wagen ab, betrat das Haus und lief die Treppen hoch.

Er schloss die Tür auf.

»Hi, ich bin's!«, rief er in die Wohnung.

Keine Antwort.

Er hängte seine Jacke an die Garderobe und betrat die Küche. Niemand da.

»Julia, Milli!«

Er spürte, wie eine düstere Leere nach ihm griff.

Das Gefühl, als wäre es wieder Samstag vorletzter Woche.

Dieses Mal fehlten auch ein zweiter Koffer sowie zahlreiche Dinge aus Emilias Zimmer. Kleidung und die wichtigsten Spielsachen. Ihre rosafarbene Zahnbürste und das Kindershampoo.

Julia hat mich schon wieder verlassen, erkannte Max.

Und dieses Mal unsere Tochter mitgenommen.

Ihm war zum Heulen zumute, aber seine Augen fanden keine Tränen. Er hatte gedacht, es würde alles werden wie zuvor, doch er hatte sich etwas vorgemacht. Am liebsten hätte Max etwas zertrümmert.

Er entdeckte den Zettel, der an der Innenseite der Wohnungstür klebte.

Es ist besser so. Ich melde mich.

Er drückte das Stück Papier an seine Brust.

Mehr war ihm von seiner Frau und seiner Tochter nicht geblieben.

91.

Max klingelte bei seiner Nachbarin.

Pina öffnete und ließ ihn hinein.

»Hast du Julia heute Mittag im Zwergennest getroffen?«

»Sie hat so getan, als sei ich Luft.«

»Dann weißt du nicht, wo sie mit Emilia hinwollte?«

»Ist sie schon wieder verschwunden?«

Max nickte.

»Hast du etwas anderes erwartet?«

Er zuckte mit den Schultern.

»Und damit kommst du jetzt zu mir?«

»Ich dachte …«

»Drei Tage lang hast du dich nicht gemeldet, Max Bauer. Kaum ist deine Frau wieder da, bin ich abgeschrieben. Ehrlich gesagt, ich hatte es befürchtet. Und jetzt soll ich dich erneut trösten? Bin ich dir wieder gut genug?«

»Nein, ich …«

»Du glaubst doch nicht ernsthaft, dass diese Frau dich liebt. Komm endlich zur Besinnung! Julia spielt mit dir. Sie kam bloß aus einem Grund zurück. Nämlich um sich Emilia zu holen. Solange du keinen Schlussstrich ziehst, bleibst du der Loser. Wann begreifst du das endlich?«

»Verzeih, Pina.«

Sie hob abwehrend ihre Hände und schüttelte den Kopf. »Nein, du gehst jetzt, Max. Komm erst mal ins Reine mit deinen eigenen Gefühlen, bevor du wieder bei mir klingelst.«

TEIL FÜNF

NACHT DER VERRÄTER

Where black is the color,
where none is the number.

(Bob Dylan, »A Hard Rain's A-Gonna Fall«)

92.

Wie vereinbart erreichte Max am Samstagvormittag das Hotel in Neuss. Die Parkbucht vor dem Marienhof war belegt, aber hinter dem Gebäude war jede Menge Platz. Von dort nahm er den Nebeneingang und gelangte in das Restaurant, das zu dieser Stunde noch als Frühstücksraum diente.

Max hatte sich zuvor von Fabian Schilling verkabeln lassen. Ihn plagte das Gewissen, aber er hatte die Hoffnung aufgegeben, seine Familie vom Drogenhandel abbringen zu können. Und er wollte Zoe Honka zur Strecke bringen.

Jetzt erst recht.

Es musste sein.

Sorry, Albert.

Izvini, Robert und André.

Das Mikro, nicht größer als ein kleiner Fingernagel, steckte in der Brusttasche seines Hemds. Ein hauchdünnes Kabel führte unter die Schutzweste. In Taillenhöhe hielt ein Streifen Tape den Sender auf dem Rücken fest. Auch er war winzig. Wer nach ihm suchte, würde ihn trotzdem ertasten können.

Was Max den Schweiß auf die Stirn trieb.

Er ließ seinen Blick schweifen. Ein paar Geschäftsreisende, ein Grüppchen Handwerker, ein Touristenpärchen. Kein Gesicht, das er kannte.

Die Servicekraft bemerkte ihn.

»Gehören Sie zu der geschlossenen Gesellschaft?«

»Ja, genau.«

»Die ist im Tagungsraum.«

Die Frau in der weißen Schürze wies ihm den Weg.

Albert und André saßen beim Kaffee. Ein aufgeklappter Laptop stand zwischen den Tassen. Albert erhob sich, als Max eintrat, und begrüßte ihn mit einer Umarmung.

Max wurde sofort flau im Magen. Er versuchte, sich nichts anmerken zu lassen.

»Du trägst die Weste«, stellte Albert fest.

»Robert meinte, es sei besser so.«

Albert nickte.

Max wischte sich einen Schweißtropfen aus dem Nacken.

Kurz nach ihm trafen auch Robert, Timo, Erhan und Lars ein. Keiner von ihnen trug die Schutzweste. Max erkannte, dass Robert ihn mit seinem Rat zum Außenseiter gestempelt hatte.

Als benötige das Opfer des Preppers eine Sonderbehandlung.

Mein großer Bruder meint es gut, sagte sich Max.

Die Neuankömmlinge bedienten sich am Buffet, als hätten sie noch nicht gefrühstückt.

Max vermisste Birol, der in diesem Haus logierte.

Timo versuchte, einen Blick auf den Bildschirm des Laptops zu erhaschen. »Wohin geht's?«

»Freizeitland Hasbergen«, antwortete Albert. »Kennt das jemand?«

Kopfschütteln.

»Autobahnkreuz Lotte-Osnabrück. Halbe Strecke zwischen hier und Hamburg.«

»Unbekanntes Terrain«, bemerkte Robert. »Muss das sein?«

»Birol und Zoe haben das ausgeknobelt. Keiner soll einen Vorteil haben.«

Max staunte, wie sehr der Onkel seinem Freund vertraute.

Birol kam herein, eine Tüte in der Hand, die er auf den Frühstückstisch leerte.

Badehosen. Die Preisschilder waren noch dran.

»Morgen, Jungs!« Birol sprach Albert an: »Hast du ihnen schon erzählt, dass es im Freizeitland einen großen Schwimmteich gibt?«

»Wir verhandeln im Pool?«

»Keine Handys, keine Waffen, keine bösen Überraschungen.«

Albert hob in gespielter Empörung die Hände. »Ich hab noch keine Strandfigur. Ich zieh das nicht an!«

»Du wirst sogar in die Sauna gehen«, antwortete Birol. »Von 15 bis 16 Uhr habe ich den osmanischen Rosentempel exklusiv für dich und Zoe gemietet.«

»Dann lasst uns losfahren«, schlug Robert vor.

»Nicht so hektisch«, widersprach Lars. »Die haben hier einen erstklassigen Lachs.«

»Pack dir was ein. Das wird kein Wellness-Nachmittag, Männer. Je eher wir da sind, desto besser. Wir können die Lage checken und das Gelände sichern.«

Max dachte daran, mit wem sie es zu tun hatten.

Diese Leute erschlagen Katzen und töten Musiker.

Und haben die Eltern meiner Frau auf dem Gewissen.

93.

Max fuhr in Alberts geräumigem Oldsmobile Vista Cruiser mit. André steuerte den alten Kombi, im Fond saßen Albert und Birol. Im zweiten Wagen folgten Robert, Lars, Erhan und Timo.

Sie tankten an der Shell-Station in der Düsseldorfer Straße, dann ging es bei Büderich auf die A52. Der Motor rasselte laut, während André beschleunigte. An die Emissionen dachte Max lieber nicht.

Er wusste, dass Fabian Schilling und ein Team des Landeskriminalamts ihnen folgten. Über seinen Sender peilten sie ihn an und hörten jederzeit mit. Für brenzlige Situationen hatten sie ein Codewort vereinbart.

Gitarrist.

Max erkannte, dass das nutzlos war. Bevor Schilling ihm zu Hilfe eilen konnte, würde er längst tot sein.

Gut zwei Stunden Fahrt standen bevor. Max fühlte sich elend, als hätte er etwas Verdorbenes gegessen. Die Badehosen hatten ihm den Rest gegeben.

Wo würden sie sich umziehen? Sollte es im Freizeitland nur eine Sammelumkleide geben, würden die anderen unweigerlich den Sender an seinem Leib bemerken.

Falls man ihn nicht schon zuvor abtastete.

Max fand es befremdlich, dass es keine genaue Einweisung gegeben hatte. Keinen Grundrissplan des sogenannten Freizeitlands. Sie kannten das Gelände nur durch Google Maps. Und niemand wusste, wie groß Zoes Delegation sein würde.

Max fühlte sich hilflos.

Albert hustete.

»Wirst du die Sauna vertragen?«, fragte André besorgt.

»Der osmanische Rosentempel hat nur 37 Grad«, antwortete Birol.

»Kann's gar nicht erwarten, Zoe nackig zu sehen«, witzelte Albert.

Dann musste er wieder husten.

Falls sie den Sender entdecken, werden sie mich an Ort und Stelle zu Tode prügeln, dachte Max. Nicht nur Zoes Leute. Meine eigenen Brüder werden sich daran beteiligen.

Dann bekam Max mit, dass Albert mit Birol sprach.

»Wie schätzt du es ein?«

»Win-win für beide Seiten. Ihr müsst nur noch Details besprechen.«

»Ich hoffe, wir werden uns nicht unterwerfen«, sagte André mit Blick in den Rückspiegel.

»Unsinn. Zoe kommt uns entgegen. Sie stellt nur eine Vorbedingung.«

»Und die wäre?«

Max spürte Birols Hand auf seiner Schulter.

»Sie will zuerst mit dir reden, Junge.«

Auch das noch.

»Birol, du hast mir versprochen, ihr nichts über Julia zu verraten!«

»Sie wusste längst Bescheid. Frag mich nicht, woher.«

Gunnar Tessin, der Cousin, dachte Max.

Und die Russen erwarten nun, dass ich meine Frau ausliefere.

Ich habe es geahnt.

Max spürte, wie es in seinem Bauch rumorte. Saures stieg die Speiseröhre auf. Er kämpfte gegen den Würgereiz an.

André blickte zu ihm herüber. »Schiss vor Zoe? Du bist ja ganz blass!«

Max sah ein Schild vorüberhuschen.

Parkplatz mit Toilette in fünfhundert Metern.

»Bitte fahr da raus«, antwortete Max.

André lenkte Alberts Oldtimer auf die rechte Spur und nahm die Ausfahrt. Sie rollten bis vor das WC-Häuschen. Max stieß die Wagentür auf. Er hörte André lachen.

Frische Luft und leichter Nieselregen.

Auf dem Klo stank es nach Exkrementen. Die Einrichtung bestand aus Edelstahl und wirkte unzerstörbar. Der Boden völlig verdreckt. Kein Kleiderhaken, keine Ablage.

Hastig zog Max Hemd und Weste aus. Er riss das Mikro ab und zerrte das Kabel hervor. Er löste das Tape, mit dem der Sender befestigt war, vom Rücken. Dann warf er alles in den Papierkorb.

»Sorry«, sagte er für den Fall, dass Fabian Schilling ihn hören konnte.

Wo auch immer der Kollege sich gerade befand.

Er wusch sich die Hände. Zum Glück gab es Toilettenpapier. Er trocknete sich damit ab und stopfte es obendrauf.

Zuletzt zog er das Hemd wieder an. Mit der Unterziehweste in der Hand trat er ins Freie und atmete tief durch.

Roberts Wagen parkte neben dem Oldsmobile. Die Männer waren ausgestiegen, rauchten und plauderten. Einer pisste ins Gebüsch.

Max stellte sich vor, dass sie über ihn gesprochen hatten.

Er warf die Weste in den Kofferraum.

»Ohne das Ding geht's mir schon viel besser.«

Albert trat an ihn heran. »Was ist, mein Junge?«

»Was soll sein?«

»Du weißt schon, Max. Wirst du mit Zoe reden?«

Er fragte sich, was seinem Onkel ein Menschenleben wert war. Hatte er Birol beauftragt, Mirko zu erschießen? Und seiner neuen Geschäftspartnerin Julias Kopf versprochen?

Wenn ich jetzt Nein sage, ist das mein Todesurteil, stellte Max fest.

»Ich weiß nicht, wo Julia steckt.«

»Dann hast du auch nichts zu befürchten, mein Junge.«

94.

Als sie von der Autobahn abfuhren, kreisten seine Gedanken um Fabian Schilling. Wie würde sich der Kollege verhalten, nachdem nun der Kontakt über das Mikro abgebrochen war? Max war sich bewusst, dass der Einsatz eines Spezialeinsatzkommandos beim Freizeitland Hasbergen unweigerlich im Desaster enden würde.

In einer wüsten Schießerei.

Und in der Frage, wer gepetzt hatte.

Doch der Parkplatz war menschenleer. Das Gelände flach und überschaubar. Kein Polizist in Zivil. Und keine Armada von Polizeifahrzeugen, die mit Blaulicht und Sirene heranrückten.

Auch kein Hinterhalt von Zoes Leuten.

Die Eingangstür öffnete sich. Ein Schwarzer kam auf sie zu, elegantes Sakko, glänzende Lederschuhe, Goldkette um den Hals. Robert stöhnte.

Albert drehte sich zu Birol um. »Kennst du den Bimbo?«

Birol schüttelte den Kopf.

Im Näherkommen streckte der Schwarze die Hand aus. Albert ergriff sie und lächelte gequält. Robert wandte den Blick ab.

»Ihr müsst die Leute aus Düsseldorf sein«, sagte Zoes Mann. »Das passt prima. Wir sind auch etwas besser als geplant vorangekommen.«

Er begleitete sie hinein. Birol bezahlte für alle an der Kasse. Es gab in Folie verschweißte Badeschlappen aus weißem Frottee mit dem Logo des Freizeitlands.

Die Umkleide war ein fensterloser Raum. Kalte Neonröhren an der Decke. Die Spinde an drei Wänden aufgereiht. Dazwischen gab es nichts, um sich vor Blicken zu schützen.

Max war heilfroh, nicht mehr verkabelt zu sein.

Auch der Schwarze zog sich aus.

»Die Badehosen braucht ihr nicht«, erklärte er. »Der Badesee gehört zum Saunabereich.«

Am Ausgang befand sich ein Regal mit Saunatüchern aus weißem Frottee. Jeder schnappte sich eins und umhüllte rasch seine Hüften. Sie traten ins Freie. Kühle, feuchte Luft schlug ihnen entgegen.

Der Schwimmteich war ein mit blauen Kacheln eingefasster Pool, dessen Ränder man mit Schilf und Bambus bepflanzt hatte. Er war beheizt und dampfte. Das Hauptgebäude sowie einige Pavillons umgaben ihn. Ein wilder Stilmix aus Arabien, Indien und Bali.

Auf einer gefliesten Fläche waren Liegen aufgereiht. Zwei Männer und zwei Frauen, die hier gewartet hatten, erhoben sich. Auch sie trugen Badelatschen und waren in weiße Saunatücher gehüllt.

Die Frau, die zuerst auf sie zukam, musste Zoe Honka sein.

Max staunte.

Er hatte eine Art Wonder Woman erwartet. Eine Kriegerin wie Angelina Jolie in *Tomb Raider*. Stattdessen war die Hamburger Statthalterin des Jalisco-Kartells klein und rundlich. Etwa Mitte vierzig. Kein Schmuck, kein Make-up. In ihrer Freizeitland-Aufmachung wirkte sie wie eine harmlose Sauna-Besucherin.

»Albert König«, stellte Max' Onkel sich vor, streckte seinen behaarten Rücken durch und gab Zoe die Hand.

»Freut mich.« Sie nickte der Gruppe einen Gruß zu und erkannte den Grauen, der sich im Hintergrund hielt. »Hallo, Birol. Lang nicht gesehen.«

Ihre Gefolgschaft war eine bunte Truppe. Neben dem Schwarzen gab es eine junge Asiatin. Einen Ganzkörpertätowierten mit gepiercten Brustwarzen. Max konnte sich vorstellen, wie die Russen darüber urteilten.

Zoe hob ihr Kinn. »Wer von euch ist Max Bauer?«

Max erkannte die Stimme wieder.

Er trat vor. »Wir haben telefoniert.«

Händeschütteln.

»Lass uns beide schwimmen gehen«, sagte die Frau, die nach Julias Leben trachtete.

Sie ließ Max den Vortritt. Er legte sein Tuch ab, nahm die Leiter und ließ sich ins Wasser gleiten. Es war deutlich wärmer als die Luft, Nebel hüllte ihn ein.

Max bemerkte, dass nicht viele Besucher hier draußen waren. Vielleicht lag es am Wetter. Er schwamm die kurze Distanz zur gegenüberliegenden Seite des Pools hinüber. Zoe Honka überholte ihn mit den kraftvollen Zügen einer geübten Schwimmerin.

Sie hielten sich am Überlauf fest. Aus Düsen strömte warmes Wasser nach. Kein anderer Gast war zu sehen oder zu hören. Der Dunst, der aus dem Wasser stieg, verstärkte den Eindruck, allein zu sein.

»Fast hätte ich Sandra in Hamburg geschnappt«, sagte Zoe und lächelte freundlich.

»Ich weiß«, erwiderte Max.

»Wo ist sie jetzt?«

»Zwischenzeitlich war sie wieder da. Aber dann habe ich ihr erzählt, dass Albert und du verhandeln werdet.«

»Das war ein Fehler.«

»Ich nehme an, dass sie in die Obhut des nordrhein-westfälischen Landeskriminalamts zurückgekehrt ist.«

»Krieg raus, wo das ist.«

»Das wird nicht einfach sein.«

»Dein Problem.«

Max schwieg.

»Ich gebe dir drei Tage«, sagte Zoe. »Falls ich bis dahin die Adresse nicht habe, widerrufe ich alles, was wir heute vereinbaren. Dann gibt es Krieg, und du wirst das erste Opfer sein. Wir wissen, wo du wohnst. Es wird wehtun, und du wirst wünschen, nie geboren zu sein. Verstanden?«

Sie lächelte, als mache sie Small Talk.

Max blickte zurück. Es nieselte wieder. Niemand schwamm in ihr Blickfeld.

»Du weißt, warum mir das so wichtig ist?«

»Sandra hat deinen Mann auf dem Gewissen.«

»Opfere dich nicht für diese Frau. Sie betrügt jeden nach Strich und Faden.«

Der Regen wurde stärker.

»Zeit für den Saunagang«, sagte Zoe. »Also?«

Max holte tief Luft.

»Unter einer Bedingung«, sagte er.

»Lass hören.«

»Bring mir meine Tochter unversehrt zurück. Und lass sie nicht mitbekommen, was du mit ihrer Mutter anstellst. Emilia kann nichts für den Verrat.«

Die Frau aus Hamburg hielt ihm die Hand hin.

»Geht in Ordnung.«

Max schlug ein.

Sie schwammen zu den anderen zurück.

Drei Tage, dachte er.

95.

Der osmanische Rosentempel befand sich unmittelbar neben dem Schwimmteich. Der Bau wurde von einer himmelblau gestrichenen Kuppel gekrönt. An den Außenwänden rankte allerlei Laub.

Innen dominierten Mosaiken und Kacheln in Rosa- und Blautönen. Max glaubte, einen leichten Duft nach Rosen zu vernehmen. Gehauchte Panflöten drangen aus den Lautsprechern.

»Scheißmusik«, brummte Albert.

Er nahm Birol mit in den Saunaraum. Zoe ließ sich von der älteren Asiatin begleiten. Die Glastür schloss sich hinter ihnen. Max konnte mitverfolgen, wie sie an einem kleinen Springbrunnen Platz nahmen. Sie behielten ihre Tücher um den Leib. Was das Quartett diskutierte, war von außen nicht zu hören.

Misstrauisch belauerten sich die Gefolgschaften im Vorraum zwischen Eingang und Duschen. Männer in identischen Frotteetüchern und Badelatschen. Verschränkte Arme, ausrasierte Schläfen, tätowierte Bizepse.

Jede Menge Testosteron.

Zahlenmäßig stand es hier sechs zu drei für die Delegation aus Düsseldorf.

André brach als Erster das Schweigen.

»Wer von euch Missgeburten hat meine Katze erschlagen?«

»Lass gut sein«, wies Robert ihn leise, aber eindringlich zurecht.

»Nein, ich will das wissen!«

»Hey, was soll das?«, fragte der Schwarze aus Zoes Gefolge. »Wir sind dabei, euch in unser Netzwerk aufzunehmen. Gewöhn dich an den Gedanken, dass wir ein Team sind!«

»Einer wie du erteilt mir keine Befehle.« André spuckte auf den Boden. »Auf das Team ist geschissen.«

Robert drängte seinen Bruder mit sanfter Gewalt von der gegnerischen Partei weg.

»Glaubt bloß nicht, dass wir uns unterwerfen«, sagte Erhan.

Aus der Sauna war ein Lachen zu vernehmen.

Der Schwarze sagte: »Ich hole Kaffee. Wer will auch einen?«

Jeder hob seine Hand.

Max bot sich an, beim Tragen zu helfen.

Nach einer guten halben Stunde ging die Glastür auf. Zoe Honka band sich den Knoten des Saunatuchs neu. Albert ließ ihr den Vortritt. Sie bauten sich vor ihren Teams auf wie Regierungsmitglieder nach einer Klausurtagung vor den Fernsehkameras.

»Ab sofort herrschen Frieden und Partnerschaft«, verkündete Zoe feierlich.

»Hamburg wird die Witwe von Frodo Übelreuther großzügig entschädigen«, fügte Albert hinzu. »Im Gegenzug verzichtet Düsseldorf auf Vergeltung.«

»Wer hat das Sagen?«, fragte Robert.

»In eurem Territorium bleibt ihr autonom«, antwortete Zoe. »Albert König ist und bleibt König Albert.«

»Und welche Entschädigung kriege ich?«, fragte André.

»Wegen deiner Katze?«, herrschte Albert ihn an. »Junge, lass den Blödsinn!«

Er und Zoe tauschten einen Handschlag, dann verabschiedete sich die Delegation aus Hamburg.

Die Brüder und ihre Kollegen umringten Onkel Albert.

»Welchen Haken hat der Deal?«, fragte Erhan.

»Keinen. Vertrau mir.«

Robert fragte: »Werden wir unseren Stoff weiterhin aus Vlissingen beziehen?«

»Nein, wir sind Partner. Das heißt, wir teilen die gleiche Quelle.«

»Das war nicht abgesprochen!«, protestierte Erhan.

»Was bleibt uns da noch an Gewinn?«, empörte sich auch Lars.

»Der Frieden sollte uns das kleine Zugeständnis wert sein«, versuchte Robert zu schlichten.

»Wo bleibt unser Stolz?«, fragte Erhan.

»Unser Anteil ist groß genug«, erklärte Albert. »Zumal wie überall in der Wirtschaft gilt: Die Masse macht's.«

Max schüttelte missmutig den Kopf. Sein Onkel schien das Kokaingeschäft sogar ausdehnen zu wollen. Er hatte einen Ausstieg nie in Erwägung gezogen.

Wie naiv bin ich gewesen?

»Ich finde, wir sollten abstimmen«, insistierte Erhan.

»Scheiß auf die paar Prozente. Ich verlass mich lieber auf Zoe als auf den arabischen Nigger in Vlissingen.«

»Alter, bloß weil sie weiß ist?«

»Klappe, Erhan!«, rief Robert.

»Okay, Jungs«, sagte Albert. »Wer von euch einen blutigen Kampf gegen das Kartell führen möchte, bei dem wir alle nur verlieren können, der hebe die Hand.«

Niemand meldete sich.

»Das ist einstimmig.«

»Gegenprobe«, sagte Lars. »Wer ist dafür, dass wir uns dieser Tussi nicht unterwerfen?«

Nur er und Erhan hoben die Hand.

Robert sagte: »Lasst uns nach Hause fahren und eine Nacht darüber schlafen.«

96.

Im Auto regte sich Albert über Lars Kraft und Erhan Kaya auf. Wie konnten die beiden bezweifeln, dass er und Birol nach bestem Wissen und Gewissen verhandelt hatten?

Jugendliche Selbstüberschätzung, unrealistische Vorstellungen, mangelnder Respekt.

Undankbares Fußvolk.

Die fehlende harte Hand in der frühkindlichen Erziehung.

»Oder siehst du das anders, André?«

Ohne eine Antwort steuerte der Angesprochene den alten US-Schlitten über die Autobahn. Vielleicht war er sauer über die Zurechtweisung seines Onkels, nachdem er auf einem Ausgleich für den Tod der Katze bestanden hatte.

Aber er widersprach ihm nicht.

»Und du, Max?«, fragte Birol von hinten. »War das vorhin eine Enthaltung?«

»Na ja, immerhin gibt es nicht noch mehr Tote.«

»Und dein Versprechen, das du Zoe gegeben hast?«

Drei Tage, dachte Max.

»Mach dir keine Sorgen«, antwortete er.

Albert drückte ihm anerkennend die Schulter.

Birol sagte: »Wetten, dass sich Sandra Tessin längst einen neuen Stecher und Beschützer zugelegt hat?«

Max zwang sich, ruhig zu bleiben.

Nach einem Tankstopp begann Albert auf der Rückbank leise zu schnarchen. André schaltete das Radio ein. Oldies aus den Achtzigern tönten leise auf WDR4.

Keiner sagte mehr ein Wort.

Freude über einen guten Abschluss sieht anders aus, dachte Max.

Von wegen Nutten und Schampus.

97.

Am späten Nachmittag kehrten sie zum Hotel in Neuss zurück. Die tief stehende Sonne schien unter den Regenwolken hervor. Ein paar Raucher standen vor dem Eingang des Marienhofs. Kinder rannten umher und krakeelten. Eine Familienfeier im Restaurant, vermutete Max.

Er verließ den Straßenkreuzer und ging zum Parkplatz hinter dem Gebäude. Lars und Erhan standen dort bei ihrem Wagen. Als hätten sie auf ihn gewartet.

»Noch ein Bierchen?«, fragte Lars.

»Aber nicht hier, oder?«, antwortete Max.

Ihn interessierte, was die beiden vorhatten.

Max folgte ihnen auf die andere Rheinseite zum Ruderverein Germania im Stadtteil Hamm. Zum Vereinsheim gehörte ein Biergarten. Wegen des Wetters waren sie die einzigen Gäste auf der Terrasse. Sie wischten drei Plätze trocken, bevor sie sich setzten.

Lars und Erhan zogen unverzüglich über das Verhandlungsergebnis her. Über die Art, wie Albert die Gruppe führte.

»Dir hat Alberts Alleingang auch nicht geschmeckt«, sagte Erhan. »Wir haben es dir angesehen.«

»Robert und André ging es genauso«, vermutete Max.

»Ach, hör mir mit den beiden auf! Am Ende tun sie immer, was ihr Onkel sagt. Und Timo ist auch nicht besser.«

»Der Alte sollte nicht auf Birol hören«, sagte Lars. »Der ist in Wahrheit Zoes Mann.«

»König Albert«, höhnte Erhan. »So 'n Scheiß!«

»Wir hätten die Russen erst gar nicht ins Boot holen sollen«, fügte Lars hinzu. »Damit hat die ganze Scheiße begonnen.«

Die beiden Kollegen vom Einsatztrupp musterten Max.

Sie erwarteten eine Stellungnahme.

Max senkte die Stimme. »Habt ihr schon mal daran gedacht, dass Mirkos Tod auf Birols Konto gehen könnte?«

Die beiden machten große Augen.

»Der Mann hasst Verräter.«

»Mirko hätte uns nicht verraten«, behauptete Erhan.

»Ich fürchte, für Birol genügt schon der bloße Verdacht.«

»Und du?«, fragte Lars. »Wo stehst du wirklich?«

»Wie meinst du das?«

»Eigentlich seid ihr doch gar nicht verwandt, du und die Russen.«

»Richtig.«

»Was soll dann das Gerede von der Familie?«

»Ist nur Gerede.«
»Also können wir auf dich zählen?«
»Was habt ihr vor?«
Die beiden Kollegen wechselten einen Blick.
»Wissen wir noch nicht genau«, antwortete Lars. »Aber so wie jetzt kann es nicht weitergehen.«
»Hast du 'ne Katze, Max?«, fragte Erhan.
»Wieso?«
»Weil wir uns Zoe Honka nicht unterordnen werden. Wir sind keine Memmen, die rumheulen, sobald eine tote Katze im Vorgarten liegt.«
»Klare Kante«, sagte Max. »Das gefällt mir.«

98.

Am Sonntag versuchte Max zunächst, sich mit ein paar Übungen auf der Gitarre von der Einsamkeit in seinen vier Wänden abzulenken. Er rief auf dem Rechner ein YouTube-Tutorial auf und spielte nach dessen Anleitung ein Solo von David Gilmour nach. Die Läufe und Bendings gelangen ihm halbwegs. Das berühmte Riff klang passabel, wenn er Reverb und Delay dazuschaltete. Aber das Stück war so komplex, dass er sich die Tonabfolge nicht merken konnte, so oft er es auch versuchte.

Ihm fehlte die Konzentration.

Er vermisste Julia und Emilia.

Und dann ging ihm auch sein Vater durch den Kopf.

Max nahm das Zweithandy und rief Birol an, der sich sofort meldete. Es klang, als befände sich der Türke auf der Rennbahn. Stimmengewirr im Hintergrund, Lautsprecherdurchsagen.

»Du hast gesagt, du kanntest meinen Vater«, begann Max.

»Ja, stimmt.«

»Und dass ihr viel Spaß hattet.«

»Warum fragst du?«

»Um welche Geschäfte ging es da?«

»Geschäfte? Wie kommst du darauf?«

Ihr wart Gauner, dachte Max. Alle drei. Was habt ihr getrieben?

»Kümmer dich lieber darum, wo Sandra steckt«, sagte Birol. »Zoe erwartet deinen Call.«

Max beendete das Gespräch und wählte Alberts Nummer.

Bei ihm lief das Radio. Ein Nostalgiesender spielte »Rosanna« von Toto. Albert stellte den Ton leiser, dann konnten sie reden.

»Du, Birol und mein Vater. Was lief damals vor seinem Heldentod?«

»Nichts Spezielles. Ab und zu ein Bierchen auf der Ratinger.«

»Und geschäftlich?«

»Damals habe ich noch Fernseher repariert. Music Point kam später.«

»Du weißt, was ich meine. In welche Gaunereien habt ihr meinen Vater verwickelt?«

»Unsinn, wer erzählt denn so etwas?«

Schließlich rief Max seine Mutter an.

Sie hatte den Fernseher eingeschaltet. Dramatische Musik und eine Sprecherstimme. Vielleicht eine Tier-Doku. Ihre Art, sich am Sonntag nicht so einsam zu fühlen.

»Hat sich Julia gemeldet?«, wollte Anne wissen.

»Nein. Deshalb rufe ich nicht an.«

»Sondern?«

»Du hast neulich angedeutet, dass mein Vater ebenso wie Albert ein Gauner gewesen ist.«

»Ach, Max. Das ist lange her. Und es hat einigen anständigen Menschen viel bedeutet, deinen Vater posthum zum Helden zu erklären. Belassen wir es dabei!«

»Ist das dein letztes Wort?«

»Ja, Max. Es ist besser so.«

Max erinnerte sich an den Namen des Kripo-Kollegen, mit dem er einst über die Geiselnahme gesprochen hatte, in deren Verlauf sein Vater getötet worden war.

Thilo Becker.

Der Kriminalhauptkommissar aus dem KK11 war inzwischen pensioniert.

Max fand ihn in den sozialen Netzwerken.

Am Profilbild erkannte er ihn wieder. Becker entpuppte sich als ehrenamtlicher Funktionär der DJK Sparta Bilk. Die Facebook-Einträge zeugten von großem Engagement für die erste Herrenmannschaft der Fußballabteilung, die in der Bezirksliga Niederrhein spielte.

Zur Stunde trat sie zu Hause gegen den TSV Eller 04 an.

Max fuhr zum Stadion an der Fährstraße.

99.

Ein paar Leute standen am Spielfeldrand. Hände in den Jackentaschen, keine großen Emotionen. Nur ein Weißhaariger in Lederjacke filmte Spielzüge mit dem Handy und rief den Kickern aufmunternde Worte zu.

Max erkannte Becker sofort.

Er stellte sich neben ihn. »Tag, Kollege.«

Becker ließ sein Handy sinken. »Kenn ich dich?«

»Max Bauer. Manfred Bauers Sohn.«

Der Pensionär musterte ihn. »Noch Fragen zur Heldentat, was?«

»Du hast mir mal erzählt, dass der Einsatz gegen den Geiselnehmer ein Alleingang gewesen war. Hochriskant. Gegen alle Regeln.«

»Stimmt.«

Becker filmte weiter mit dem Handy.

»Hey, Kerim, spiel endlich den Ball ab!«

Max sagte: »Eigentlich sollte man annehmen, dass mein Vater erfahren genug war, um die Gefahrenlage einzuschätzen.«

»Es gab da noch so einige ... Mo, hinterher!«

»Was gab es?«

»Ungereimtheiten.«

»Erzähl mir mehr.«

»Zum Beispiel, dass die Behördenleitung – sehr gut, Kerim! – den Deckel auf die Ermittlungen gelegt und meine Chefin angewiesen hat, den Fall allein zu Ende zu bringen. Über das Ergebnis hat sie nie ein Wort verloren.«

»Seltsam.«

Becker wandte sich ihm zu. »Nicht wahr? Kurz darauf hat sie ihren Posten quittiert und ist zum Landeskriminalamt gewechselt.«

»Wie hieß deine damalige Chefin?«

»Ela Bach. Eine tolle Frau. Sie müsste inzwischen ebenfalls pensioniert sein. Grüß sie von mir, wenn du sie triffst.«

Auf dem Spielfeld wurde es laut. Die Spieler der Gastmannschaft stritten mit dem Schiedsrichter.

»Ich hab was verpasst«, sagte Becker.

»Mir geht es ständig so«, antwortete Max.

100.

Am Montagmorgen wählte Max die A46 in Richtung Wuppertal – der einfachste Weg nach Eller im Südosten der Stadt.

Bereits beim Losfahren fiel Max ein Pick-up auf, der sich hinter ihm in Gang setzte. Zwischenzeitlich verlor er ihn aus den Augen. Als er im Dreieck Düsseldorf-Süd die Autobahn verließ, war der Wagen wieder im Rückspiegel zu sehen. Wuchtig, hochbeinig und breit. Jede Menge Chrom.

Wer observierte ihn dieses Mal?

Und wählte dafür ein so auffälliges Fahrzeug?

Als Max auf die Zufahrt zum Schloss Eller abbog, fuhr sein Verfolger weiter, als habe er genug gesehen. Max stellte seinen Volvo auf dem Parkplatz vor den Wirtschaftsgebäuden ab. Als er ausstieg, kam Ela Bach auf ihn zu.

Die zierliche Frau wirkte erstaunlich jugendlich in Jeans, Stiefeln und Lederjacke. Der Wind fuhr durch ihr glattes, langes Haar. Nur dessen fast weiße Farbe und das von Sonne und Wetter gegerbte Gesicht verrieten das Alter der pensionierten Kommissarin.

Sie hatte ihren Hund dabei. Max kraulte ihm zur Begrüßung den Nacken. Ein halbgroßer Mischling, kurzhaarig, braunes Fell. Kräftige O-Beine, als zählte ein Kampfhund zu seinen Vorfahren. Max fragte nach dem Namen.

Giacomo.

Das muntere Tier zog an der Leine und bestimmte das Tempo. Bach erklärte, dass Giacomo sich auf den freien Auslauf freue, den sie ihm auf der großen Wiese am Ende des Schlossparks gönnen würde.

Sie grüßte Hundehalter, die ihren Weg kreuzten.

»Man kennt sich«, bemerkte Max.

»Das bleibt nicht aus, wenn man einen Hund hat«, antwortete Bach. »Aber kennen ist zu viel gesagt. Für mich sind das immer nur Frau Bella und Herr Rocky.«

»Okay, Frau Giacomo.«

Die ehemalige Kripobeamtin lachte.

Sie erreichten die lang gestreckte Grasfläche.

Max blickte sich um, konnte aber kein Observierungsteam ausmachen.

»Erwartest du noch jemanden?«, erkundigte sich Bach.

»Eigentlich nicht.«

Die ehemalige LKA-Beamtin fragte nicht weiter nach. Sie enthakte die Leine vom Halsband. Giacomo blickte erwartungsvoll zu ihr auf und tänzelte nervös. Sie zog eine Frisbee-Scheibe aus ihrem Rucksack, ließ sie fliegen, und der Hund wetzte los.

»Du willst also die Wahrheit über deinen Vater wissen?«

»Thilo Becker meinte, du hättest den Fall ganz allein zu Ende gebracht.«

Sie lachte und schüttelte den Kopf.

»Was ist daran lustig?«, fragte Max.

»Thilos Euphemismus.« Sie schleuderte die apportierte Plastikscheibe ein zweites Mal quer über die Wiese. »Ganz allein, das stimmt. Aber zu Ende?«

»Was heißt das?«

»Niemand weiß wirklich, was damals geschah. Die angebliche Geisel hat mir einen Mischmasch aus Widersprüchen und Gedächtnislücken aufgetischt. Ich bezweifle, dass die junge Frau überhaupt am Tatort war. Und die Waffen, aus denen die tödlichen Schüsse stammten, waren gereinigt. Seltsam, nicht wahr?«

»Keine Fingerspuren.«

»Richtig.«

»Auf wessen Aussage beruht dann die Geschichte von der Geiselnahme?«

»Der Partner, mit dem dein Vater an dem Tag unterwegs war, hat sie uns aufgetischt. Und die angebliche Geisel. Übrigens die Freundin des Partners. Seltsamer Zufall, nicht wahr?«

»Wer war der Kollege?«

»Ein blutjunger Kommissar namens Mirko Topalovic.«

Max hatte Mühe, das zu verarbeiten.

Jede Antwort warf neue Fragen auf.

Bach hielt ihm die Frisbee-Scheibe hin. Sie trug deutliche Bissspuren.

»So weit, wie du kannst, Bauer.«

Er ließ das Teil davonsegeln. Giacomo schnappte es noch im Flug.

Bach machte es gleich darauf besser.

Ohne den Blick von ihrem Hund abzuwenden, antwortete sie: »Die Freundin arbeitete beim Juwelier Kühne an der Königsallee. Den Laden gibt's nicht mehr. Aber vielleicht sagt dir der Name noch etwas?«

»Gab's da nicht einen Einbruch?«

»Im Jahr davor. Ist nie ganz aufgeklärt worden. Hat dein Vater mal darüber gesprochen?«

Max schüttelte den Kopf. Vielleicht jemand anders aus seiner Familie. Aber sicher war sich Max nicht.

»Dein Vater war in der Raubsache als erster Beamter am Tatort. Wieder gemeinsam mit Topalovic.«

»Ihr Revier.« Max wusste, worin ihre Aufgabe bestanden hatte: Sicherung des Ladens, die Kripo verständigen, mögliche Zeugen ausfindig machen.

»Ist klar.«

Der ironische Unterton gefiel Max nicht.

»Was willst du andeuten?«

Sie zuckte mit den Schultern. »Es gab Gerüchte.«

Max dachte an die Bemerkung seiner Mutter, ihr Mann sei genauso ein Gauner gewesen wie Onkel Albert.

»Ein Kollege, der damals ermittelt hat, meinte mal, er hätte deinen Vater um ein Haar dazu gebracht, die Mittäter zu nennen. Doch dann ereignete sich die ominöse Geiselnahme.«

»Hat Topalovic meinen Vater erschossen?«

»Glaub ich nicht. Keine Schmauchspuren an seiner Hand. Aber vielleicht hat er ihn in die Falle gelockt. Wer die Kleinkaliberpistole auf den Kopf von Manfred Bauer gerichtet und abgedrückt hat, werden wir wohl nie erfahren.«

Kleinkaliber – das Wort löste in Max einen schlimmen Verdacht aus.

»Sagt dir der Name Birol Güler etwas? Oder Albert König?«

»Also weißt du etwas über den Juwelenraub?«

»Nein, nichts. Nur so eine Idee. Erzähl, wie ging es weiter?«

»Nach ein paar Tagen hat die Behördenleitung einen Zwischenbericht angefordert. Ich habe den Zusammenhang zur Einbruchssache hergestellt und die Bildung einer Sonderkommission empfohlen.«

»Und das kam nicht gut an?«

»Ich war den Fall sofort los. Irgendein Typ vom Innendienst hat am nächsten Tag den offiziellen Abschlussbericht verfasst.«

»Manfred Bauer, der Held.«

»Kommt in der Öffentlichkeit besser an als ein korrupter Bulle.«

Giacomo legte zum x-ten Mal die Plastikscheibe vor ihnen ab, hechelte und blickte erwartungsvoll sein Frauchen an. Als Bach sich bückte, machte der Hund bereits einen Sprung auf die Wiese hinaus.

»Schluss!«, rief sie und steckte die Scheibe zurück in den Rucksack.

Max tätschelte dem Hund zum Trost die Schulter.

»Der Racker kennt keine Grenzen«, erklärte Bach. »Er würde bis zur Erschöpfung weitermachen.«

Auf dem Rückweg hatte Giacomo es nicht mehr so eilig wie zuvor. An jeder Weggabelung beschnupperte er Sträucher und Baumstämme und hob gelegentlich das Bein, um seine eigene Markierung zu setzen.

Bevor sich vor dem Schloss ihre Wege trennten, verabschiedeten sich Max und Ela Bach mit Handschlag.

»Ich habe dir schräge Dinge über deinen Vater erzählt«, sagte die Pensionärin. »Und du bist so ruhig geblieben. Du wusstest längst Bescheid, stimmt's?«

»Nein, aber es passt ins Bild.«

»Wer sind die Männer, die du erwähnt hast? Güler und König?«

»Gute Freunde meines Vaters.«

»Hätte er sie verraten?«

Egal, dachte Max. Albert und Birol hätten nicht so lange gewartet. Allein, dass sie sich diese Frage stellten, hat für Papa das Todesurteil bedeutet.

Max fragte: »Wer war die angebliche Geisel?«

Bach schüttelte den Kopf. »Die Frau lebt nicht mehr. Hat einen neuen Freund geheiratet, ist aufs Land gezogen. Häusliche Gewalt, der Mann hat sie erstochen.«

Auch als LKA-Kommissarin war Bach noch am Ball geblieben, erkannte Max. Sonst hätte sie das nicht in Erfahrung gebracht. Eine tolle Frau, hatte ihr einstiger Kollege Thilo Becker sie genannt.

»Übrigens lebt auch Mirko Topalovic nicht mehr«, sagte Max. »Ebenfalls ein Kleinkalibergeschoss.«

»Pass auf dich auf«, erwiderte Bach.

Giacomo leckte Max zum Abschied die Hand.

101.

Auf dem Parkplatz war der Pick-up nicht zu übersehen. Ein VW Amarok mit Doppelkabine. Das Kennzeichen begann mit dem doppelten H für Hamburg.

Wer im Inneren saß, konnte Max nicht erkennen.

Er ging auf das Fahrzeug zu. Der Motor röhrte, und der Amarok rollte davon.

Sein Zweithandy klingelte.

Zoe Honka fragte: »Wer war das?«

»Wen meinst du?«

»Die Frau mit den weißen Haaren und dem Köter.«

Onkel Albert musste Zoe seine Nummer gegeben haben. Neulich erst war seine Familie von ihr mit dem Tod bedroht worden. Erstaunlich, wie rasch der Kurswechsel vollzogen wurde. Und wie gründlich.

Für die russische Familie steht meine Rolle fest, dachte Max.

Julia zu verraten.

»Sie hat bis vor Kurzem noch im Landeskriminalamt gearbeitet«, antwortete Max. »Du siehst, ich bin am Ball.«

»Und, was hast du mir zu sagen?«

»Ich glaube, ich kenne den Ort, an dem sich Julia versteckt hält.«

»Sandra.«

»Okay, du kennst sie besser als ich.«

»Und?«

»Ich muss die Adresse erst noch verifizieren.«

»Denk daran, dass in jedem Moment ein Gewehr auf dich gerichtet sein kann.«

»Hab noch etwas Geduld, Zoe. Wenn ich dich zum falschen Haus schicke, gibt es nur unnötigen Lärm.«

»Verarsch mich nicht. Morgen endet die Frist.«

»Ich weiß.«

102.

An den Henkelwerken vorbei fuhr Max südwärts Richtung Rhein zum Laden von Onkel Albert. Er nahm Gitarre und Laptop aus dem Kofferraum und betrat damit den Music Point.

Zu seinem Erstaunen herrschte fast Hochbetrieb.

Während zwei Jugendliche um die ausgestellten Schlagzeugbatterien tigerten, fachsimpelte Onkel Albert mit zwei Rentnern in der Ecke der Blasinstrumente. Diese Abteilung war nicht gerade üppig ausgestattet. Ein paar Saxofone in verschiedenen Größen sowie eine Trompete, die dringend eine Politur nötig hatte – ganz offensichtlich war Albert den Gerätschaften der Rockmusik mehr zugetan.

Birol war auch da.

Er hatte seinen Hocker wieder nahe ans Schaufenster gestellt und blätterte im Fachmagazin *Tastenwelt*. Max fragte sich, wozu Albert jetzt noch einen Leibwächter brauchte.

Er entdeckte einen Friedman-Combo, den er aus Vlissingen geholt hatte, packte seine Charvel aus der Gigbag und schloss sie an. Er klappte den Laptop auf und fuhr ihn hoch. Auf YouTube wählte er ein paar Songs der Rolling Stones, die er begleiten wollte.

Im Unterschied zu Keith Richards spielte er die Riffs in Standard-Tuning. Aber nicht nur deshalb klangen sie weniger cool. Immerhin bekam Max sie halbwegs fehlerfrei hin.

»Jumpin' Jack Flash«, »Honky Tonk Women«, »Gimme Shelter«.

Irgendwann stand Albert neben ihm.

Max brach ab.

Sein Onkel nickte ihm zu. »Du machst Fortschritte.«

»Liegt am Verstärker. Friedman und ich haben eine Beziehung zueinander aufgebaut.« Er konnte sich den Seitenhieb nicht verkneifen: »Woher mag das wohl kommen?«

»Weißt du was, mein Junge? Er gehört dir.«

»Nein, das kann ich nicht annehmen.«

»Doch, du hast dir einen Bonus verdient.« Albert zwinkerte, blieb aber ernst dabei. »In wenigen Tagen sind wir aus dem Gröbsten raus.«

»Steht ein neuer Geschäftsabschluss bevor?«

Albert blickte sich um.

»Kaffee?«, fragte er.

Max folgte ihm in sein Büro. Er steuerte den schwarzen Drehsessel vor dem Schreibtisch an, unter dessen Sitz er vor ein paar Tagen die Wanze angebracht hatte.

»Hey, das ist mein Platz!«, protestierte Albert.

Die Möbel waren umgestellt worden.

Rasch tastete Max nach dem kleinen Abhörgerät,

löste dessen magnetische Haftung und ließ es unauffällig in seiner Hosentasche verschwinden, während er zum nächsten Stuhl wechselte.

Albert hatte ihm den Rücken zugedreht und goss Kaffee in zwei Becher.

»Ja, es steht etwas bevor«, sagte er leise.

»Soll ich mitkommen?«

»Nein, mein Junge, nicht nötig.«

Warum erzählt er mir das dann, fragte sich Max.

Alberts Blick ruhte auf ihm.

Max sagte: »Ich habe Zoe noch gar nicht zu Julia geführt. Geht es trotzdem schon los?«

»Wir haben uns für dich verbürgt.«

»Was heißt das?«

»Dass Birol dich töten wird, falls du dein Versprechen nicht hältst.«

»Wie nett.«

»Aber du wirst es halten, nicht wahr?«

»Zweifelst du an mir, Onkel Albert?«

»Das würde ich niemals tun.«

»Und Birol?«

»Er war schon immer etwas misstrauischer als ich. Und nicht gerade zimperlich.«

»Hat Birol meinen Vater erschossen?«

Alberts Miene fror ein.

Hat er, dachte Max.

Mit deiner Zustimmung.

Und dafür werdet ihr büßen.

Max stand auf und berührte die Schulter des Onkels.

Mit der anderen Hand umfasste er den Minispion in seiner Hosentasche.

»Morgen werde ich Zoe Bescheid geben«, sagte er.

»Guter Junge!«

103.

Zu Hause schloss sich Max in seiner Wohnung ein. Er fummelte den Speicherchip der Wanze aus dem winzigen Plastikgehäuse, legte ihn in den USB-Adapter und schloss ihn an seinen Laptop an. Auf dem Monitor ploppte ein Fenster auf. Max sollte eingeben, wie er mit der enthaltenen Audiodatei verfahren wollte.

Er speicherte sie auf seiner Festplatte, danach öffnete er sie.

Er legte die Füße hoch und hörte aufmerksam zu.

Geplauder, belanglose Telefonate, manchmal auch nur Geräusche. Das Mikro hatte wirklich alles aufgenommen. Und abgeschaltet, sobald für drei Sekunden Stille herrschte.

Albert bestellte Pizza.

Birol telefonierte mit Familienangehörigen in der Türkei.

Albert sprach auf die Mailbox von Anne. Im Turtelton schlug er einen Restaurantbesuch vor und bat um Rückruf.

Anhaltendes Husten.

Albert und Birol diskutierten über Fußball.

Stühlerollen, Schubladengeklapper.

Noch mehr Husten.

Dann, als Max bereits die Konzentration verlor und fast eingenickt war, vernahm er weitere Stimmen. Robert und André waren zu Besuch, und es ging um ein Treffen, das morgen stattfinden sollte.

Alle vier waren ganz aufgeregt. Robert fluchte, weil sein Wagen in der Werkstatt war. André bot sich als Fahrer an. Offenbar kannten sie die Lieferanten noch nicht. Zweifel schwangen mit, wie sie eine so große Menge Kokain auf den Markt bringen sollten.

Dann beredeten sie, wo sie das Zeug zunächst lagern würden.

Birol meinte, er hätte die Zeit, es rund um die Uhr zu bewachen.

Bei sich im Hotel.

»Geht einfach hoch in den ersten Stock und klopft bei mir«, sagte er. »Zimmer Nummer 14.«

Max vermisste eine Erwähnung des Orts, wo seine Brüder die Mocros treffen wollten. Er spielte die Aufnahme ein zweites Mal ab, um sicherzugehen, dass er nichts überhört hatte.

Dann griff er zum Telefon.

104.

Am späten Abend verließ Max noch einmal seine Wohnung. Regen hatte eingesetzt, er schlug die Kapuze seines Windbreakers hoch. Der Pick-up von heute Morgen war nicht zu sehen.

Er steuerte seinen Volvo quer durch die Stadt. Im Dunkeln und durch die Regenschlieren auf der Heckscheibe kam es ihm ein paarmal so vor, als folge ihm jemand. Max wechselte mehrfach die Richtung. Einmal bog er ab und hielt gleich darauf am Straßenrand an. Er ließ sämtliche Fahrzeuge passieren, und als nichts mehr kam, wendete er und setzte seinen Weg fort.

Schließlich hielt er bei der Adresse, die man ihm genannt hatte.

Eine Eckkneipe am Ende einer tristen Altbauzeile.

Auf der gegenüberliegenden Seite der Straße erstreckte sich hinter Bahngleisen das Gelände der ehemaligen Glashütte. Max hatte vor Augen, wie es vor etwa fünfzehn Jahren hier ausgesehen hatte. Nur ein beleuchteter Turm ragte noch aus der riesigen Brachfläche. Wie ein Hoffnungsschimmer, dass irgendwann etwas Neues entstehen könnte.

Max stieg aus und betrat die Kneipe.

Küchendunst und lautes Stimmengewirr in vielen Sprachen.

Aus dem hinteren Bereich winkten ihm Erhan und Lars zu.

Bei ihnen saß ein dritter Mann.

Max fragte sich, an wen ihn das Gesicht erinnerte. Ein melancholischer Blick, eine scharf geschnittene Nase. Dichtes, dunkles Haar mit reichlich Gel nach hinten gekämmt.

Max schüttelte Hände.

»Dragoslav Topalovic«, stellte Lars den Dunkelhaarigen vor. »Der Cousin von Mirko.«

»Du siehst ihm ähnlich«, sagte Max.

»Kannst Drago sagen«, erwiderte der Mann mit einem starken Akzent, den Max nie an Mirko wahrgenommen hatte.

»Er ist eigens aus Bosnien angereist«, sagte Lars.

Sie bestellten Bier und waren guter Dinge.

Max berichtete von dem Deal, den die Russen planten. Von ihrer Seite würden nur Robert und André beteiligt sein. Am morgigen Abend sollten unbekannte Mocro-Leute aus den Niederlanden fünfzig Kilo Kokain liefern. Zoe Honka war zur Hälfte an der Investition beteiligt.

»Wo soll die Übergabe stattfinden?«, fragte Lars.

»Das habe ich dem Gespräch leider nicht entnehmen können.«

»Auch nicht ungefähr?«

»Hier in der Stadt. Vermute ich zumindest.«

»Kein Problem, Alter«, befand Erhan. »Ich hänge gleich morgen früh einen GPS-Tracker an den Mustang von André. Moderne Technik verleiht Flügel.«

Drago hatte sichtlich Mühe, ihnen zu folgen. Max überlegte, ob es gut war, den Bosnier morgen Abend dabeizuhaben. Er wandte sich ihm zu.

»Ich werde dich zu dem Mann bringen, der deinen Cousin erschossen hat.«

Dragos Miene klarte auf.

Sie bestellten Schnaps und tranken auf die Freundschaft.

Erhan sagte: »Wenn Drago anderweitig beschäftigt ist, werden wir morgen nur zu dritt sein. Meint ihr, das genügt?«

»Ich bringe noch jemanden mit«, kündigte Max an.

Die Bedienung brachte frisches Bier.

105.

Max erwachte mit Kopfschmerzen.

Eigentlich hatte er sich am Vorabend beim Schnaps zurückgehalten und volle acht Stunden geschlafen. Er schob sein Unwohlsein auf die miserable Kneipenluft. Das Tageslicht brannte in seinen Augen, und die Stille in seiner Wohnung erschien ihm unerträglich.

Sie erinnerte ihn an die düsteren Monate, bevor er Julia kennengelernt hatte.

Er riss das Fenster auf, um ein paar Straßengeräusche hereinzulassen. In den Fenstern gegenüber war von Pina nichts zu sehen. Vermutlich brachte sie Ruben gerade ins Zwergennest.

Nach dem Duschen ging es Max besser. Er mischte ein paar Weintrauben und Walnusskerne ins Müsli, dann griff er zum Telefon. Er sprach lange mit seinem Mann beim Landeskriminalamt.

Sicherheitshalber fragte er nach, ob er alles richtig notiert hatte.

Daraufhin informierte er Zoe Honka.

»*Wie* heißt der Ort?«, fragte sie, als hätte sie ihn nicht verstanden.

»Winnekendonk.«

»Klingt, als wäre das in Scheißholland.«

»Niederrhein. Zwischen Xanten und Kevelaer. Knappe Stunde mit dem Auto.«

»Also fast Holland.«

Er gab Straße und Hausnummer durch, wie sein Kontaktmann es ihm genannt hatte.

»Wie muss ich mir das Haus vorstellen?«, fragte Zoe.

Auch das hatte Max in Erfahrung gebracht. »Ein kleiner Bungalow. Zwei Zimmer, Küche, Bad, Gäste-WC. Ein Ausgang zur Straße, Terrassentür nach hinten.«

»Leute mit Waffen?«

»Sie wird nicht bewacht, sagt mein Informant.«

»Du weißt, was passiert, wenn du mich verarschst.«

»Wir haben ausgemacht, dass du unserer kleinen Tochter nichts antun wirst.«

»Unter der Bedingung, dass du mich nicht verarschst.«

»Tu ich nicht.«

»Ich bin nicht dein Onkel«, sagte sie. »Ich gehe lieber auf Nummer sicher.«

»Was soll das heißen?«

»Du fährst mit nach Winnekendonk.«

Er musste schlucken.

Damit hatte er nicht gerechnet.

»Zwing mich nicht, dabei zuzusehen, wie ihr Julia tötet.«

»Hör auf zu jammern. Du fährst mit, damit du der Erste bist, der stirbt, falls etwas schiefgeht. Verstehen wir uns?«

Max zögerte, dann stimmte er zu.
Was blieb ihm anderes übrig?
»Außerdem muss jemand die Kamera halten.«
»Welche Kamera?«, fragte Max.
Doch Zoe hatte bereits aufgelegt.
Er rief im Präsidium an und meldete sich krank.
Dann begann er zu warten.

106.

Eine halbe Stunde später klingelte es bereits an seiner Tür.

Vor dem Haus stand der VW Amarok mit Doppelkabine. Das Hamburger Kennzeichen konnte auch bedeuten, dass der Pick-up beim Verleiher Europcar gemietet worden war. Max stieg hinten ein.

Vorn saßen zwei Männer, die er zum ersten Mal sah.

Der Ältere hatte rote Haare und saß am Steuer. Sein Vollbart war sorgfältig getrimmt. Der Beifahrer war kaum zwanzig und trug trotz des kühlen Wetters ein kurzärmliges Poloshirt. Vermutlich, um seine tätowierten Muskeln zur Geltung zu bringen. Florale Motive.

Blätter, Blüten, Ranken.

»Wo ist Zoe?«, fragte Max.

Der Rothaarige startete den Motor.

»Hamburg«, antwortete der Tätowierte.

»Dem kleinen Mädchen darf nichts geschehen. Das hat Zoe euch doch sicher erklärt. Ich will meine Tochter unversehrt wiederhaben. Falls das nicht klar ist, steige ich sofort wieder aus!«

»Du quasselst zu viel.«

Nach wenigen Minuten erreichten sie die Autobahn. Ohne weiteren Stau ging es zügig nordwärts. Max bemerkte, dass sich der Fahrer strikt an jedes Tempolimit hielt.

Nach einer Dreiviertelstunde zeigte ein Schild die Ausfahrt Sonsbeck an.

»Hier müssen wir runter«, sagte Max.

»Ein Navi reicht uns«, erwiderte der Rothaarige und setzte den Blinker.

Flache Landschaft, Felder. Ein Stand an der Straße, der Spargel und Kartoffeln verkaufte. Ein zweiter, an dem es Schnittblumen gab.

In der Ferne zeichnete sich ein Wäldchen ab.

»Zoe sagte, ich soll die Kamera halten«, sagte Max. »Was heißt das?«

Der Rothaarige lachte. »True-Crime-Dokudrama!«

Max beugte sich nach vorn. »Was will dein Kumpel damit sagen?«

Der Mann im Poloshirt antwortete: »Zoe hat ein regelrechtes Drehbuch verfasst, wie Sandra sterben soll.«

»Scheiße, Baustelle!«, entfuhr es dem Fahrer.

Max blickte zwischen den beiden hindurch nach vorn. Kurz vor dem Wäldchen war die Straße auf eine Fahrbahn verengt. Eine mobile Ampel stand auf Rot. Sie mussten warten. Drei Autos und ein langsamer Traktor kamen ihnen entgegen.

»Erklär das noch mal mit der Kamera«, hakte Max nach.

»Du filmst alles mit dem Handy«, antwortete der

Tätowierte. »Sobald wir WLAN haben, schicken wir das Video über WeTransfer an Zoe. Quasi als Beleg, dass alles gelaufen ist, wie sie sich das gewünscht hat. Bei ihr läuft das immer so.«

Der Mann am Steuer mischte sich ein: »Falls du nicht spurst, nimmt mein Kollege dich beim Sterben auf. Und deine Tochter gleich mit.«

Grün.

Der Amarok setzte sich wieder in Bewegung. Mit Tempo dreißig ging es durch das Wäldchen. Auch an diese Beschränkung hielt sich der Fahrer.

»Wehe, ihr krümmt ihr ein Haar«, sagte Max.

»Solange sie nicht herumzickt.«

»Was …«, entfuhr es dem Rothaarigen.

Wie aus dem Nichts schob sich am Ende der Kurve ein gepanzertes Radfahrzeug auf die Fahrbahn. Zum Bremsen war es zu spät. Der Pick-up krachte gegen das Hindernis.

Der Rothaarige legte den Rückwärtsgang ein.

Der Beifahrer zog seine Pistole und wandte sich zu Max um.

Im gleichen Moment rammte ein zweites Fahrzeug ihr Heck und schüttelte den Pick-up durch. Schockgranaten explodierten. Auf jeder Wagenseite ein Flashbang.

Krach und Licht mit infernalischer Wucht.

Max hatte mit dem Angriff gerechnet und trug Ohrstöpsel.

Dennoch verlor er für einen Moment die Orientierung.

107.

Hände packten ihn. Sie zerrten ihn ins Freie und warfen ihn auf den Asphalt. Ein Knie bohrte sich in seinen Rücken. Bevor Max reagieren konnte, war er gefesselt. Die Plastikriemen der Kabelbinder schnitten schmerzhaft in seine Gelenke.

Trotz der Ohrstöpsel hallte der Knall der Granaten als Pfeifen und Rauschen in seinen Gehörgängen nach. Wie hinter Watte registrierte er die Rufe, mit denen sich die Kollegen des Spezialeinsatzkommandos verständigten.

Max staunte über die Menge der Einsatzfahrzeuge. Darunter auch ein Notarztwagen. Einige von ihnen hatten ihr Blaulicht eingeschaltet.

Endlich vernahm Max eine Stimme, die er kannte.

»Guter Job«, sagte Fabian Schilling.

Der Mann vom Landeskriminalamt wandte sich an die schwarz vermummten Rambos vom SEK. »Ihn hier könnt ihr losbinden. Das ist Kommissar Bauer, unser verdeckter Ermittler.«

Jemand knipste Max die Fesseln durch.

Er rappelte sich hoch.

Allmählich beruhigte sich sein Puls.

Er betastete seine Wange. Der raue Straßenbelag hatte über dem Knochen die Haut aufgeschürft. Auch sein Rücken schmerzte, obwohl er eine Kevlar-Weste unter seinem Hemd trug. Das Knie des Kollegen hatte ihn dort getroffen, wo der verborgene Sender saß.

Dieses Mal hatte sich Max des Mikros und der Verkabelung nicht entledigt.

Ein Triumphgefühl erfüllte ihn, als sein Blick auf die Früchte seines Einsatzes fiel.

Der rothaarige Bartträger und sein jüngerer Partner mit den Blütenranken-Tattoos lagen reglos auf der Straße. Sie durften die Kabelbinder anbehalten. Zwei SEK-Männer in Schutzkleidung und Helm richteten ihre Maschinenpistolen auf sie.

Dann gab jemand ein letztes Kommando.

In Windeseile verfrachteten die Kollegen die Festgenommenen in einen Transporter. Die Sonderfahrzeuge rollten in Richtung Autobahn davon. Ein Abschleppwagen nahm den demolierten Pick-up an den Haken. In spätestens einer Stunde würde man auch von der Baustelle nichts mehr sehen, vermutete Max.

Ein Sanitäter tupfte ihm etwas Desinfizierendes auf die Wange.

Er zuckte zusammen, als es brannte.

»Guter Job«, wiederholte Schilling.

Schade, dass Zoe nicht ebenfalls im Pick-up gesessen hatte, dachte Max. Wie lange würde es dauern, bis sie argwöhnte, dass sie hereingelegt worden war?

Neben dem großen Blonden vom Düsseldorfer LKA stand ein Mann, der ebenfalls zivile Kleidung trug. Er war braun gebrannt, als käme er frisch aus dem Urlaub. Das halblange Haar und der Fünftagebart verliehen ihm das Flair eines jung gebliebenen Abenteurers.

»Darf ich vorstellen?«, sagte Schilling. »Laszlo Polgar vom LKA Hamburg.«

Max gab ihm widerwillig die Hand.

»Zoe Honka hält sich in Hamburg auf«, erklärte er.

»Wir haben mitgehört«, antwortete Polgar.

Emilia hat die blauen Augen von ihm geerbt, stellte Max fest.

Aber jetzt ist sie meine Tochter.

108.

Zu Hause riss sich Max die schussfeste Weste vom Leib und löste das Klebeband, das den Sender an seinem Rücken gehalten hatte. Er stieg erneut unter die Dusche und zog sich anschließend frische Sachen an.

Erhan hatte sein Versprechen wahrgemacht und schon am Morgen einen Peilsender am Ford Mustang von André Bauer angebracht. Er mailte Max den Link und ein Passwort, damit er Andrés Weg durch die Stadt ebenfalls mitverfolgen konnte.

Alle dreißig Minuten kontrollierte Max, wo der Wagen seines Bruders stand.

Momentan in der Börchemstraße im Zentrum Benraths.

Vor Andrés Dienststelle.

Max erinnerte sich an das Fotobuch von Roberts Geburtstagsparty. Er hatte es im Wohnzimmer ins Regal gequetscht, zwischen Julias Krimis und seine historischen Romane. Max war sich sicher, Birol auf einer der Aufnahmen gesehen zu haben. Er musste eine Weile blättern, bis er die Seite fand.

Der Grauhaarige saß neben Albert auf dem Sofa im

Wohnzimmer. Während Albert lachte und der Kamera zwei Finger zum Siegeszeichen entgegenspreizte, zeigte sich sein türkischer Kumpel distanziert.

Birols kalte Augen weckten Hassgefühle in Max. Ihm fiel ein, wie Birol einmal mit seinen Qualitäten geprahlt hatte: *Mit neunzehn war ich Personenschützer von General Evren.*

Max hatte recherchiert.

Kenan Evren hatte 1980 den Militärputsch gegen die demokratisch gewählte Regierung angeführt. Als neuer Präsident ließ er Oppositionelle inhaftieren und foltern. Eine bleierne Zeit, von der sich das Land lange nicht erholte.

Ein solches Regime braucht Leute wie Birol, dachte Max. Es bringt sie hervor und fördert sie. Verkorkst und auf gewalttätige Lösungen abgerichtet.

Zoes Killer.

Alberts Killer.

Ich kannte deinen Vater. Wir hatten eine Menge Spaß zusammen.

Du Heuchler hast auch ihn getötet.

Max riss das Bild aus dem Fotobuch. Mit der Schere trennte er es zwischen Birol und Albert in zwei Hälften. Als Max sich die Teilaufnahme noch einmal besah, glaubte er, einen verächtlichen Zug auf Birols Lippen zu erkennen.

Max holte Drago Topalovic bei Erhan ab, wo er die Nacht auf dem Sofa verbracht hatte. Er ließ Drago zu sich einsteigen und gab ihm den Ausschnitt aus Roberts Party-Fotobuch.

»Der Mörder deines Cousins«, erklärte Max.

Drago begutachtete die Aufnahme mit gerunzelter Stirn.

»Ist alter Mann.«

Max sprach langsam. »Sein Name lautet Birol. Er verfügt über eine Armeeausbildung für Spezialkräfte. Arbeitet als Mann fürs Grobe. Verstehst du mich?«

»Killer.«

»Ganz genau.«

»Wie sicher, dass Mörder von Mirko?«

»Hundert Prozent.«

»Und warum?«

»Die Kollegen von der Kriminalpolizei haben deinen Cousin erpresst. Er sollte gegen seine Freunde aussagen. Birol wollte das verhindern.«

»Mirko kein Verräter!«

»Ich weiß. Und unsere Freunde wissen das auch. Aber Birol tickt anders.«

Wie im Fall seines Vaters.

Und auch mich würde Birol töten, ohne mit der Wimper zu zucken, vermutete Max. Nachdem ich Zoes Leute in die Falle gelockt habe, kann es jederzeit geschehen.

»Sei vorsichtig, Drago«, sagte Max. »Der alte Mann ist gefährlicher, als er aussieht. Birol benutzt eine Kleinkaliberwaffe. Und du, mein Freund?«

Drago schob die Jacke zur Seite. Eine Waffe im Schulterholster. Der offene, runde Lauf und der markante

Schlitten verrieten die Beretta. Neun Millimeter Parabellum. US-Cops liebten diesen Pistolentyp, soviel Max wusste.

Eine Wumme mit Wucht.

Es würde laut und schmutzig werden.

Max gönnte es Birol.

Er fuhr Drago nach Neuss zum Hotel Marienhof. Unterwegs briefte er ihn so ausführlich, wie es nur ging. Warte im Zimmer auf deine Zielperson. Lass dich nicht blicken. Schlag dich hinterher zu Fuß in westlicher Richtung zur Neusser Innenstadt durch. Dort nimmst du ein Taxi zum Hauptbahnhof in Düsseldorf und steigst in den ersten Zug in Richtung Heimat.

»Verstanden?«, fragte Max.

Drago tippte auf Birols Konterfei in seiner Hand und zeigte den erhobenen Daumen. Dann steckte er das halbe Foto weg und schloss seine Jacke.

Max hielt vor dem hinteren Eingang. Von hier aus konnte Mirkos Cousin unbemerkt vom Empfangspersonal zur Treppe gelangen. Max beschrieb ihm den Weg, damit er nicht versehentlich ins Restaurant stolperte.

Drago bedankte sich überschwänglich.

»Zimmer Nummer 14«, sagte Max. »Erster Stock.«

Er blickte Drago hinterher.

Fick dich, Birol, dachte er.

Und den Rest der Bande lege ich ebenfalls aufs Kreuz.

109.

Am Abend saß Max in einem Café und vertilgte einen Flammkuchen, weil er hungrig war und sich an einem öffentlichen Ort sicherer fühlte als zu Hause. Das Handy hatte er neben dem Teller abgelegt. In immer kürzeren Abständen kontrollierte er, wo sich Andrés Auto befand.

Inzwischen hatte sein Bruder Feierabend, und sein Mustang parkte in einer Siedlung am südlichsten Rand der Landeshauptstadt. Hier trugen die Straßen Namen von Städten im Harz.

In einer Doppelhaushälfte wohnte André mit seiner Familie.

Während Max erneut auf das Display blickte, begann der Punkt, der den Ort des Peilsenders markierte, zu blinken und sich zu bewegen.

Gleich darauf klingelte das Handy.

Max wischte seine Finger an der Serviette ab und nahm das Gespräch an.

»Er fährt los«, sagte Erhan.

»Ich seh's.«

»Was machen wir?«

»Wetten, dass er Robert abholt?«, sagte Max. »Dessen Schicht endet gleich.«

Er nickte der Frau zu, mit der er den Tisch teilte, und legte einen Zwanzig-Euro-Schein auf den Tisch. Der blinkende Punkt erreichte die Frankfurter Straße und beschleunigte nordwärts.

Rasch verließen sie das Café. Max aktivierte die Lautsprecherfunktion, damit seine Begleiterin mithören konnte.

»Ist Lars bei dir?«, fragte er.

»Positiv.«

»Was für ein Auto habt ihr?«

Erhan lachte. »Das Beste, Alter!«

Max sagte: »Wir treffen uns am Parkplatz von McDonalds an der Fährstraße. Liegt zentral und ist gut angebunden nach Süden wie Norden. Interessant wird es ab dem Zeitpunkt, wenn Robert zu André eingestiegen ist.«

»Du wolltest jemanden mitbringen«, erwiderte Erhan.

»Ja, keine Sorge.«

»Heißt das, wir werden durch vier teilen?«

»Stört dich das?«

Es war Nacht geworden. Die Leuchtreklame des Fastfood-Ladens überstrahlte den Parkplatz. Der einzige Streifenwagen war nicht zu übersehen.

Erhan und Lars trugen ihre Uniformen und hatten ihre Seitenfenster heruntergelassen. Sie futterten Burger mit Pommes und tranken Cola aus Pappbechern. Lars hatte Ketchup am Kinn.

Max hielt unmittelbar neben ihrem Wagen.

Die Kollegen sahen neugierig herüber und musterten die Person neben Max.

»Wow, Alter, ist das nicht ...«, sagte Erhan mit vollem Mund.

»Ganz genau«, sagte Julia und zeigte ein strahlendes Lächeln. »Freut mich, mit euch zusammenzuarbeiten.«

»Solltest du nicht tot sein?«, fragte Erhan.

»Kommt nicht immer so, wie alle denken.«

Max musste an Mirkos Cousin denken. War er erfolgreich gewesen? Saß er bereits im Zug?

»Wie wollen wir vorgehen?«, fragte Lars.

»Wie besprochen«, antwortete Max. »Meine Brüder dürfen sich unbehelligt mit dem Koks, das sie sich ins Auto laden, vom Acker machen. Wir konzentrieren uns auf das Geld. Ihr haltet nach der Übergabe die Mocros in Schach, und wir schalten sie aus.«

»Es geht los!«, stieß Erhan hervor.

Max blickte auf das Display.

Der blinkende Punkt veränderte seine Position.

Erhan und Lars warfen die Reste ihres Abendessens aus dem Fenster. Der Motor des Streifenwagens sprang an. Der Punkt hatte das Rheinufer erreicht und wanderte südwärts.

Genau auf sie zu.

Dann war er verschwunden.

»Kein Empfang«, sagte Erhan.

»Der Tunnel«, antwortete Max.

Kurz darauf blinkte es wieder. Der Mustang näherte

sich der Kreuzung, auf die sie schauten. Max hörte das Röhren des Achtzylinders, bevor er den Wagen erkannte.

Der Mustang hielt keine fünfzig Meter entfernt an der Ampel.

Der Motor blubberte.

Zwei Silhouetten auf den vorderen Sitzen.

Die Brüder.

Max deckte das Display ab, damit der Lichtschein sie nicht verriet. Julia berührte seinen Oberschenkel und zeigte ihm den erhobenen Daumen.

110.

Die Ampel sprang auf Grün. Der Mustang jaulte auf. Max drehte den Zündschlüssel und nickte Julia zu. Mit großem Abstand fädelten sie sich in den Verkehr ein, der dem Südring entgegenrollte. Erhan und Lars folgten im Streifenwagen.

Dank des Peilsenders musste Max keinen Sichtkontakt mit Andrés Wagen halten. Er rechnete damit, dass sie über die Fleher Brücke nach Neuss fahren würden, wo Albert wohnte, um die Kokainlieferung irgendwo dort in Empfang zu nehmen.

Doch der blinkende Punkt nahm exakt den Weg, den er gekommen war.

Max beschleunigte den Volvo auf der Schnellstraße, die weiter in den Süden der Stadt führte. Es ging auf halb elf zu, der Verkehr war nur noch spärlich. Sie passierten Reisholz, Benrath, Garath. Noch zwei Kilometer bis zur Auffahrt auf die Autobahn, die rechts von ihnen das Viertel durchschnitt.

Ging es nach Monheim oder Leverkusen? Max musste an Emilia denken, die sie zu seiner Mutter gebracht hatten. Wie sicher waren die beiden?

Vor ihnen flammten Bremslichter auf.

»Achtung«, sagte Julia, die das Display im Blick hatte.

Max bremste ab.

Handyklingeln über die Freisprechanlage.

»Sie sind an der Freizeitstätte abgebogen«, sagte Erhan.

»Jetzt halten sie an«, stellte Julia fest.

Max nahm dieselbe Abfahrt, stoppte vor dem Betonklotz der Freizeitstätte und schaltete den Motor aus. Der Streifenwagen hielt neben ihm. Auch an ihm erloschen sofort alle Lichter.

Max kontrollierte den Punkt auf dem Display. Der hintere Teil des Parkplatzes befand sich unter der Autobahn. Dort hielten sich die Brüder auf. Keine hundert Meter entfernt.

Max sprach ins Telefon. »Julia und ich erkunden die Lage. Zugriff auf mein Kommando. Falls die Mocros schon da sind, kann es jeden Moment losgehen.«

»Verstanden.«

In dem großen Gebäude vor ihnen brannten nur wenige Lichter. Der Vorplatz war etwa zur Hälfte zugeparkt. Kein Passant unterwegs. Max und Julia zogen sich ihre Sturmhauben über den Kopf, duckten sich zwischen die Fahrzeuge und schoben sich langsam voran.

Über ihnen rauschte der Verkehr auf der A59, die den Platz auf Stelzen überspannte. Rechter Hand dehnte sich der Parkplatz bis unter die Trasse aus. Naturgemäß war es dort besonders dunkel.

Es dauerte einen Moment, bis Max etwas erkannte. Julia zog ein kleines Fernglas aus einer der vielen Taschen ihres dunklen Anoraks.

Ein paar Gestalten standen dicht beieinander vor geöffneten Heckklappen.

»Was tun sie?«, fragte Max im Flüsterton.

»Schnupfen Koks.«

Max erkannte, dass die Männer geschäftig wurden. Sie packten Kartons in den Kofferraum des Mustang. Robert holte eine Tasche aus dem Innenraum und legte sie im Heck des zweiten Wagens ab, eines großen Mercedes-SUV.

»Sie zählen nach«, flüsterte Julia.

Erst knallte der Kofferraumdeckel des Mustangs, dann die Heckklappe des SUV. Die Männer klatschten einander ab und stiegen in ihre Fahrzeuge. Motoren wurden gestartet.

»Zugriff«, sprach Max ins Handy.

Während Andrés Wagen laut röhrend aus seiner Lücke rangierte, schoss der Streifenwagen heran und blockierte den Weg des SUV. Die Kollegen ließen für den Bruchteil einer Sekunde das Martinshorn aufheulen.

Der Mustang raste davon.

Im SUV rührte sich nichts.

Erhan und Lars sprangen mit vorgehaltenen Maschinenpistolen aus ihrem Fahrzeug.

»Aussteigen, Polizei!«

Max und Julia kamen dazu und leuchteten mit ihren Taschenlampen ins Innere des großen Mercedes.

Die beiden Insassen stiegen mit erhobenen Händen aus. Sie ließen sich Zeit dabei, blinzelten ins Licht und schienen zu überlegen, welche Chancen sie hatten.

»Runter! Auf den Boden!«

Die Männer zögerten.

Max rammte dem Größeren die Spritze durch das T-Shirt in die Schulter, wie Julia es ihm erklärt hatte. Dem Mann knickten die Beine weg, und er brach zusammen. Auch sein Komplize war zu Boden gegangen. Julia zog ihm die Spritze aus dem Arm, beugte sich über ihn und kontrollierte den Puls am Hals.

»Geil«, sagte Erhan. »Was war das denn?«

»Eine Mischung aus Lidocain und Ketamin.«

»Das geht einfach so in den Körper?«

»Intramuskulär«, antwortete Julia. »Nur eine Frage der Dosis.«

»Und wie lang schlafen die jetzt?«

»Lang genug. Aber besser, ihr fesselt sie.«

Lars ging stattdessen zum Wagenheck, öffnete die Klappe und zog die Sporttasche heran. Er fummelte am Reißverschluss herum. Die Erwartung der Geldbündel machte ihn sichtlich nervös.

Endlich hatte er die Tasche geöffnet und fuhr mit beiden Händen hinein.

»Wow«, entfuhr es ihm. »Zwei Millionen, sagtest du?«

Max blickte sich nach Erhan um, der den am Boden liegenden Männern Handschellen anlegte. Dann umarmte er Lars mit der Linken und pumpte ihm mit der anderen Hand den Inhalt einer zweiten Spritze in die Brust.

Lars wollte protestieren. Seine Lider flatterten. Max fing ihn auf und legte ihn ab.

Julia stach Erhan oberhalb des Hosenbunds in die Hüfte.

Der Kollege war härter im Nehmen und begann sich zu wehren. Max hielt ihn fest, bis auch er schlapp war.

Sie verstauten das Geld im Volvo, zogen Sturmhauben und Latexhandschuhe aus und fielen sich in die Arme.

»Wann war dir klar, dass wir es so machen würden?«, fragte Julia.

»Weißt du noch, wie wir auf unserem Balkon saßen und du sagtest, wir sollten abhauen, ganz weit weg?«

Julia nahm sein Gesicht in beide Hände und küsste ihn.

Bis dass der Tod uns scheidet, dachte Max.

Während Julia den Motor startete und den Wagen zurück zur Schnellstraße steuerte, schickte Max den Link und das Passwort an Fabian Schilling vom Landeskriminalamt.

Gleich darauf rief ihn der Kollege an.

Über die Freisprechanlage konnte Julia mithören.

»Was bedeutet der blinkende Punkt?«, fragte Schilling.

»Kokain im Wert von zwei Millionen in einem Ford Mustang. André und Robert Bauer sitzen im Wagen. Alles Weitere überlasse ich dir.«

Max beendete das Gespräch.

Seine Brüder.

Einst waren er und sie unzertrennlich gewesen.

Aber Menschen ändern sich.
Verraten ihre Ideale.
Verraten einander.
»Tut es dir leid?«, fragte Julia.
»Dass wir jetzt endlich unsere Hochzeitsreise nachholen?«
Sie lachten und schworen einander, nie wieder getrennte Wege zu gehen.

111.

Dubai.
Beim Umsteigen von einer Emirates-Maschine in die nächste hatten sie drei Stunden Zeit. Sie ließen sich durch das weitläufige Airport-Areal treiben. Julia kaufte sich eine Sonnenbrille von Prada, die ihr perfekt stand. Max schlug bei einer Badeshorts von Paul Smith zu. Emilia entdeckte ein Käppi mit Leopardenprint, das sie unbedingt haben wollte. Es war ihr zu groß, aber natürlich bekam sie es.

Sie flanierten an der gläsernen Außenwand entlang. Der Blick ging weit hinaus auf die Stadt und den Hafen. Max wies seine Tochter auf den Burj Khalifa hin, das höchste Gebäude der Welt. Wie eine Nadel stach es aus dem Dunst in den Himmel.

»Cool«, sagte Emilia.
»Cool oder supercool?«
»Supercool!«

Kurz darauf wollte sie sich tragen lassen. Der Engel war müde.

Sie suchten ein Café auf.

Max rief Fabian Schilling in Düsseldorf an. Er entfernte sich ein paar Schritte von den Tischen, weil Emilia nicht alles hören sollte.

»Habt ihr meine Brüder geschnappt?«, fragte Max.

»Bei deinem Onkel. Alle drei und fünfzig Kilo reinstes Kokain.«

»Was ist mit Zoe?«

»Ihr tätowierter Mitarbeiter, der uns am Niederrhein ins Netz gegangen ist, fängt gerade an, sie zu belasten. Für einen Haftbefehl sollte es reichen.«

»Dann sind wir also quitt.«

»Wann kommst du wieder ins Büro?«

»Das kann noch ein paar Tage dauern.«

Oder Monate, dachte Max.

Wenn überhaupt.

Er machte sich keine Gedanken über die Zukunft.

Es gab nur die Gegenwart.

Julia blinzelte herüber.

Er warf ihr eine Kusshand zu.

»Eine Frage habe ich noch«, sagte Schilling.

»Ich höre.«

»In einem Hotel in Neuss gab es am Nachmittag einen Schusswechsel. Ein Mann kam ums Leben. Du kennst ihn. Der Leibwächter deines Onkels.«

»Birol Güler.«

»Als Täter wird ein junger Südländer beschrieben, der sich zu Fuß entfernt hat. Und ein paar Stunden vorher wurde ein Volvo beobachtet. Weiß, älteres Baujahr, so ähnlich wie du ihn fährst.«

»Was für ein Zufall.«

»Weißt du etwas darüber?«

»Nein, tut mir leid.«

Max beendete das Gespräch, kehrte zu seiner Familie zurück und nahm an dem kleinen, runden Cafétisch Platz.

»Wo warst du, Papi?«, fragte Emilia.

»Telefonieren.«

»Du musst nicht mehr telefonieren. Du bleibst jetzt bei mir und Mami.«

»Ja, Milli.«

»Für immer und immer.« Sie hielt ihm ihre Hand hin. »Drei Kreuze!«

Max gehorchte.

»Hab dich lieb«, sagte er.

112.

Nach einer Woche hatten sie ihre Trauminsel gefunden. Das einzige Hotel befand sich an einer sichelförmigen Bucht, die von Palmen gesäumt war und im Westen unter einer imposanten Klippe auslief. Der Strand war strahlend weiß, der Himmel tiefblau. Steter Wind sorgte für angenehme Kühlung. Zwanzig Bungalows verteilten sich unter den Palmen. Das Leben war einfach, aber exklusiv.

Morgens wurden sie von den Zikaden geweckt, die stets zur kurzen Dämmerung ihr lautes Konzert aufführten. Affen trappelten übers Dach. Das Frühstück konnte man sich auf der Terrasse servieren lassen.

Schon vorher planschten sie im Meer. Sie sammelten Muscheln. Die schönsten Exemplare waren meist von Einsiedlerkrebsen bewohnt. Die Tiere faszinierten Emilia stets aufs Neue.

Die einzige Verbindung zur Außenwelt war die Fähre, die dreimal pro Woche außerhalb des Korallenriffs hielt und neue Gäste aus aller Welt brachte. Um zur Insel zu gelangen, musste man in Boote einheimischer Fischer umsteigen. Bei der Ankunft am Strand gab es frischgepresste Säfte zur Begrüßung.

Schmale Wege führten durch den Regenwald zu Aussichtspunkten oberhalb der Bucht sowie zum Dorf der Einheimischen, das sich auf der anderen Seite der Insel befand. Gestern hatten sie beim Wandern eine Gruppe Nashornvögel beobachtet, die laut krächzend von Baum zu Baum flatterten.

Fast wäre Max in ein Spinnennetz gelaufen, das quer über den Weg gespannt war. Das Tier in der Mitte war riesig gewesen, die dürren Beine dunkelrot.

Milli fand alles supercool.

Am fünften Tag beschlossen sie, einen Fischer zu bitten, sie zur unbewohnten Nachbarinsel zu fahren. Für den Ausflug packten sie Strandtücher, Sonnencreme und Trinkwasser ein. Julia blies Emilias Schwimmflügel auf.

Max ging zur Rezeption, um Schnorchel, Masken und Flossen auszuleihen. Er hoffe, dass es das alles auch in Kindergrößen gab.

Zwei Neuankömmlinge checkten gerade ein. Beide Männer trugen Leinenhosen und Poloshirts. Sie waren mit identischen Koffern aus gerifffeltem Aluminium angereist und wirkten müde von den Strapazen der Reise.

Max stellte sich hinter ihnen an.

Der Ältere trug einen weißen Schal aus dünner Seide. Mit der dunkelhäutigen Schönheit am Empfang sprach er ein unverkennbar amerikanisches Englisch. Untereinander unterhielten sich die Männer auf Spanisch.

Die Empfangsdame blätterte in ihrer großen Kladde.

Der Jüngere nahm seinen Strohhut ab und fächelte sich Luft zu.

Erst jetzt bemerkte Max das Tattoo am Hals.

Ein Totenkopf grinste ihm entgegen.

Die Figur war vollständig in einen Umhang gehüllt. Die Hände gefaltet. Rosenblüten und Flammenzungen umrahmten sie.

Santa Muerte.

Max glaubte zu hören, wie am Tresen sein Name erwähnt wurde. Er war sich nicht sicher, gab aber unverzüglich sein Vorhaben auf, Schnorchel und weiteres Zubehör zu leihen.

Er machte kehrt, verließ ruhigen Schrittes das Gebäude, passierte den Außenbereich der Bar und erreichte den Strand.

Dort begann er zu rennen.

Dank

Das Schreiben gleicht oft einer Reise, an deren Start das Ziel nur als Idee existiert und der Weg erst noch gefunden werden muss. Mein ganz besonderer Dank gilt meiner Frau Kathie Wewer und meinem Bruder Klaus Eckert, die mir unterwegs in vielen Gesprächen geholfen haben, Max Bauer und seine Familie kennenzulernen.

Einen weiteren Wegbegleiter erreicht mein Dank nicht mehr. Lars Schultze-Kossack, mein Agent und Freund, starb in diesem Frühjahr. Ihm ist dieser Roman gewidmet.

Horst Eckert

»Horst Eckert zählt zu den stärksten Autoren deutschsprachiger Kriminalromane.«
Hamburger Abendblatt

978-3-453-43966-5

978-3-453-44103-3

978-3-453-42637-5

978-3-453-44175-0

Leseprobe unter **www.heyne.de**